天下炎黃

卷·5 絕世之戰

無極——著

人物簡介

天榜極品四大高手

扎木合

炎黃第一高手，徒有善名卻極其邪惡，後敗於許正陽之手，死於非命。

神妙

大林寺主持，炎黃第二高手，武功極高但品性卻一般，塵根未斷，終因害死許正陽兩位妻子而使大林寺步入萬劫無復之境。

蒼雲

炎黃第三高手，獨居東海，自創一門，武功之強已無人可比，後在勝許正陽與梁興二人後，感悟天道而去。

摩天

崑崙老道，炎黃天榜高手排行第四，為人陰險詭詐，卻死於許正陽之手。

人物簡介

五大極至風雲人物

許正陽

炎黃大陸殺戮最重的人，武功謀略天下無人可及，行事不依常規，多情又無情，野心極大，為鳳凰戰神之後人，被炎黃大陸的人稱之為噬血修羅。

梁興

許正陽此生最好的兄弟，同出一師，天下間唯一可以與許正陽爭鋒的絕頂高手，為許正陽統一炎黃大陸的最重要的幫手。

清林秀風

墨菲帝國的長公主，擁有絕世的美麗和智慧，更有著男兒般的壯志與雄心，許正陽此生最強大的敵人。

高飛

明月國六皇子，野心極大，兩次謀奪皇位卻都因遇許正陽而前功盡棄。其人才智過人，卻少了許正陽的運氣，雖是許正陽的敵人，卻極得許正陽欣賞。

南宮月

南宮飛雲之女，清麗絕倫，許正陽初戀之人，但因家族恩怨與許正陽有緣無份，最終出家為尼，其武功獨樹一幟，後為天下第三高手。

人物簡介

各國權臣榜

高權

飛天帝國的名將，卻是毀滅鳳凰軍團的主要負責人，後為許正陽擊成殘廢。

南宮飛雲

明月國第一上將，也是早期唯一的萬戶侯，崑崙弟子，多謀善用兵，但注定與許正陽成為對手，終死於沙場。

向寧

昔年鳳凰軍團的倖存者，明月國的一方王侯，擁兵數十萬，極忠心許正陽，南征北戰幾無敗績。

翁同

飛天太師，權欲極重，糊塗無能，一心排擠飛天重臣。

陸卓遠

拜神威帝國的名將，拜神威兵馬的大元帥，朝中支柱，被譽為有其存在一天，就不能有人用兵勝過拜神威，後死於清林秀風的詭計之下。

人物簡介

魔皇戰將榜

向南行、向北行、向東行、向西行

向家四虎，向寧的四個兒子，後為魔皇許正陽部下四名最為得力的戰將，各因軍功封王列侯。

黃夢傑

一代名將，文治武功足以定國安邦，更是魔皇手下水師最厲害的上將，本是飛天黃氏家族的人，但卻因被飛天滅門而改投於魔皇手下，高秋雨的表哥。

巫馬天勇

許正陽手下最得力的高手之一，有百萬大軍中取上將首級之能，魔皇的開國功臣之一。

子車侗

閃族之主，勇武過人，對夜叉梁興極其信服，率十數萬閃族鐵騎隨其征戰天下，立下無數功勞。

人物簡介

魔皇戰將榜

錢悅、傅翎

魔皇許正陽旗下的兩員虎將，足智多謀，凡魔皇所交任務，幾乎無失手記錄。

冷鏈

魔皇部下第一謀士，智深如海，膽識過人。

陳可卿

極為肥胖，忠肝義膽，對魔皇極其忠心，心智極深，極得許正陽所喜。

鍾離師

鍾離世家的新一代接班人，高才、多智，忠於許正陽，魔皇帝國的國師。

人物簡介

極品女人

高秋雨

高權之女，武功卓絕，聰慧過人，擁有美麗無雙的容貌，更有巾幗不讓鬚眉的豪氣，熟知兵法戰策，後為許正陽之妻，成為許正陽得力助手。

梅惜月

青衣樓主，艷冠天下，智深如海，許正陽最敬重的妻子，魔皇後宮之主，更是魔皇許正陽一統天下的最大功臣之一。

顏少卿

明月太子妃，其子後在許正陽的扶持下登基，榮登為皇太后，嬌艷無比，心智過人，卻深情至性。

鍾離華

鍾離師堂妹，鍾離世家的天之驕女，魔皇正妻之一，武功卓絕，膽識過人，美麗無雙，是能領百萬雄兵的天生將才，極得許正陽寵愛。

人物簡介

其他重要人物

天一、天風

亢龍山的高手，許正陽師叔，專為許正陽訓練殺手和衛隊，更為魔皇培養最恐怖的殺手和奸細。

蛇魔道人

許正陽之師，卻英年早逝，昔年武功天下無人可比，獨挑崑崙一派。

翁大江

翁同之子，心計狠毒，極其醜陋，無容人之量，典型世家子弟。

高占

明月國君，其人極有魄力，知人善用，力排眾議，讓許正陽與梁興建立起修羅和夜叉軍團。更收二人為義子，使其擁有無可比擬的榮耀。

鍾離宏

鍾離世家的長老，武功卓絕，一腔熱忱，對許正陽極其看好。

姬昂

飛天國君，其人昏庸無能，殘害忠良，淫亂朝綱，使飛天帝國在其手中走向衰落。

第一章　恆河手印

踏著朦朦的冬日晨霧，我和梁興秘密地趕到了開元。

經過了半年的休整，開元城的面貌已經不同於往日，一個龐大的城池建立在升平大草原的邊緣，從開元城的原址一直延伸至三川口，新城面積足足是原來的三倍，從地基架構來看，這新城以五行八卦的方位建造，中央戊土之家，將是開元中心所在，東西南北按照金木水火方位排列，一方各含七宿，南方火，應朱雀七宿，井木犴、鬼金羊、柳土獐、星日馬、張月鹿、翼火蛇、軫水蚓七星守衛；北方水，應玄武七宿，斗木獬、牛金牛、女土蝠、虛日鼠、危月燕、室火豬、壁水㺄七星映照；東方木，合青龍七宿，角木蛟、亢金龍、氐土貉、心月狐、房日兔、尾火虎、箕水豹宿星高照；西方金，領白虎七星，奎木狼、婁金狗、胃土雉、昴日雞、畢月烏、觜火猴、參水猿七星環衛，五行方位，含二十八宿，防衛森嚴，一派欣欣向榮的景象，雖然城池尚未建好，但是那華貴之氣卻已經直沖九霄！

我微笑地看著眼前的新城地基，扭頭對身邊正在嘖嘖稱奇的梁興說道：「大哥，看著新開元氣象如何？」

梁興連連地點頭，「此城的設計堪稱一絕，放眼炎黃大陸，恐怕難有與之相媲美的城池，阿陽，這個設計者才華橫溢，絕非一般人！」

「呵呵，其實這人大哥你也認識！還記得我們奴隸營中的老友楊琦嗎，這就是他的傑作！」我笑著對他說道。

「哦，小琦的設計？呵呵，沒有想到，當年的鼻涕蟲，如今卻成了這土木大家，二十八宿環衛戊土中宮，開元城堅若金湯，但是阿陽，任何堅固的城池都無法永恆，所有的果實都是從內部腐爛，你萬不可忘記呀！」梁興語重心長地說道。

我心中一驚，是呀，一切堅城都可以攻破，唯有人心長久，方成萬世的基業呀！我點點頭，沒有說話，心中在暗暗思量著梁興的話語。

遠處傳來蹄聲陣陣，讓我從沉思中清醒過來，抬眼看去，只見從開元方向飛馳來一隊人馬，素盔素甲，在晨霧中宛若幽靈一般，飛馳電掣般向我們衝來。

那白色的幽靈鐵騎衝到了我們的面前戛然而止，隊形絲毫不見混亂，爲首的一人，四十出頭，面如冠玉，三縷長髯飄於頷下，他看著我們激動地笑了！

來人正是修羅兵團的副帥傅翎。他翻身下馬，快步走到了我們的面前，躬身施禮，「修羅兵團傅翎參見兩位王爺，恭喜兩位王爺凱旋榮歸！」

梁興跳下飛紅，快走了兩步，一把抓住了傅翎，「傅叔叔，好久不見了，真是想死梁興了！」

傅翎仔細地打量著梁興，「興兒，你也長大了，穩重了許多，成熟了許多，傅叔叔看到你和正陽有如此的成就，心中真是歡喜萬分呀！」

梁興有些哽咽，半天說不出話來。

我跳下了烈焰，走到兩人的身邊，笑著說道：「傅叔叔，大哥，你看你們數年未見，今日見面本應高興才是，怎麼都效仿這小女兒態，呵呵，也不怕將士們笑話！」

兩人同時警醒，傅翎穩了一下心神，笑著說道：「是呀，今日本應該是一個開心的日子，怎麼能夠如此哭泣，呵呵，元帥說得對，今天我們應該高興才對！」說著，向我說道：「恭喜王爺，不但勝得漂亮，更與梁帥合鬥蒼雲，那一戰當真是轟動天下，蒼雲最後絕世一擊，被稱作是天下間第三次的天威之擊！兩位元帥逼使蒼雲退出武林，這未來的天下第一高手，非兩位元帥莫屬！呵呵，我等在開元留守的人沒有能夠目睹此戰，真的是遺憾呀！」說著，他的臉上露出了兩分失落的神色。

我輕聲問道：「副帥此次出來迎接我們，是否驚動了城中百姓？」

傅翎說道：「沒有，今日本來是本帥領兵巡視，聽說在新城之外，有兩個人跨獅而立，我就想到是你們兩個，所以前來迎接，城中百姓都還在睡夢之中，無人知曉兩位王爺的到來！」

我點點頭，「副帥，我們回來的消息萬不可輕易洩露出去，叮囑今日的軍士，要守口如瓶，如果有人將我們回到開元的消息傳出，定斬不饒！」

「王爺放心，這些將士都是我的親兵，絕不會走漏半點的風聲！元帥是否現在就入城？」

我點點頭，「副帥，我和梁興就跟在你的隊伍之中，混入開元，不要驚動兵團將領，對了，修羅兵團和夜叉兵團是否已經開始集結？」

「王爺放心！修羅、夜叉兵團已經在涼州以北的峽谷中秘密集結，估計再有兩日，兩兵團集結就完畢，而且行動十分隱秘，沒有驚動任何的人員！」

我滿意地笑了，「好，我們立刻趕回開元！我先回到帥府，副帥回到開元以後，則秘密將兩位內史和張燕軍師找來，並集合兩兵團將領在今晚秘密趕赴帥府！」

「遵令！」

我們沒有再閒談，我和梁興夾雜在傅翎的親兵中秘密地潛回了開元城，傅翎將我們送到了帥府，這才領兵離去。

帥府前一派寂靜，我和梁興大步上前，叩響門扉。青銅大門緩緩打開，帥府親兵看到我們，先是一愣，張口就要喊叫，我連忙制止住他，和梁興走進帥府，將大門合上，我吩咐親兵嚴加保密，不可將我和梁興回到開元的消息洩露出去，接著就走進了大廳之中！烈焰和飛紅臥在大廳之中，懶洋洋地看著在廳中走動的親兵。

洗了一把臉，我和梁興坐下，親兵將早餐和香茗端上。我拿起茶杯，輕輕的品了一口，就聽見從後堂傳來一陣凌亂的腳步聲，梅惜月帶著朦朧的睡意，衝進了大廳，身後還跟著憐兒等人。我連忙將茶杯放下，站了起來。

梅惜月的腰身已經顯得十分明顯，算起來，她已經有近八個月的身孕，再過兩個月，我就要為人父了！我快步迎了上去，將她扶住，憐惜地說道：「師姐，妳怎麼起來了？我正說喝口茶就去看妳，妳現在行動不便，還是多多休息！」

梅惜月看著我微微笑了，「知道你回來，哪裡還躺得下？再說，天風老神仙都說要多活動。」

我撓撓頭，傻笑了兩聲。

梅惜月走了兩步，向梁興微微一欠身，「梁大哥請隨意，惜月身體不便，就不多禮了！」

梁興連忙說道：「惜月不要見外，呵呵，我自會招呼我自己，看這樣子，惜月快要臨盆，還是多多休息，多多調養！」

我們又閒聊了兩句，梅惜月突然神秘地對我一笑，「正陽隨我來，給你一個驚喜！」

我愣了一下，「什麼驚喜？師姐怎麼笑得如此的詭異！」我笑著說道。

「隨我來就是！」說著，梅惜月一把將我拉住，然後扭頭對梁興說道：「梁大哥先坐在這裏，我和正陽到後堂一下！」

「你們隨意，呵呵！」梁興說道。

「憐兒，妳在這裏好好陪妳梁師伯聊天，妳梁師伯的武功高絕，不在妳義父之下，好好的向他請教，定然受用無窮！」梅惜月對站在一旁的憐兒說道，說完，拉著我就向後堂走去。

我腦子裏亂糟糟的，這是什麼和什麼呀！怎麼我成了憐兒的義父，我自己卻一點也不知道？還有，惜月一反以往的冷靜和沉穩，這樣興沖沖的，神色還顯得那樣的神秘，我感到異常的迷茫！被惜月拖著，我腦子裏充滿了疑問向後堂走去，穿過了後堂，我跟著梅惜月走進了後花園。

冬日的後花園中，百花已經凋謝，萬物都在沉睡，不見半點的生機。晨霧中，一個婀娜的身影在穿梭，只見劍影幢幢，凌厲的劍氣瀰漫在花園之中，如同晨霧中的霧之精靈，肆意縱橫。

我感到那身影好生熟悉，但是卻一時間想不起來。那閃爍的劍影，縱橫的劍氣，在空中劃過修羅斬的軌跡，但是其中，卻又蘊涵著一種意味深重的禪韻，使得修羅斬在凌厲的攻擊中，又多了一份圓轉和靈活！

我眉頭微微一皺，這種充滿禪韻的修羅斬，給了我一種異樣的感覺，似乎讓我感觸到了什麼，卻又無法講個清楚，我凝神注視著那婀娜的身姿，腦中卻不斷地浮現一幕幕和蒼雲拚鬥的情形！

梅惜月沒有出聲，她陪著我站立在晨霧中，面帶一絲笑容看著我。而我此刻卻已經沉浸在一種莫名的禪機頓悟之中。

佛門禪宗講究明心見性，蒼雲的招法中不見任何的招式，似乎完全是隨意而爲，信手拈來，卻又渾若天成。攻守之間不帶任何雕琢之氣，每一招每一式都不見任何的破綻，好像她本身就蘊涵這一個巨大的武學寶庫，那裏面存放著無數的精妙招式，我曾經想去模仿，但卻又無法領悟其中的神髓，看著眼前那充滿禪韻的修羅斬，我突然想起了當年在奴隸營中童飛曾經跟我說過的話：

「修羅斬蘊涵著天下所有的招式，但是它只是一個基礎，如果想要讓其成爲自己的修羅斬，必須要根據自己的心性去創造，創造出屬於自己的修羅斬！」

我突然心中一片空靈，似乎整個神靈都已經融入了那薄薄的晨霧中，融入了那充滿禪韻的修羅斬中！耳邊想起了梵音陣陣，似乎受到了某種牽引，我渾然不覺地慢慢向場中走去，凌厲的劍氣吹拂於我的面孔，讓我幾乎無法呼吸，但是我的身體卻無法停止，整個人的精神已經融入了瀰漫在空中的修羅斬那熟悉的軌跡之中。明心見性，我跟隨著呼嘯的劍氣，尋找著自己的本性！

「小雨，住手！」梅惜月焦急的聲音傳來，讓我神智一清。

「噹！」長劍落地，發出清脆的響聲。我頓時神智清醒，卻發現自己的身體不知道什麼時候已經進入了場中。

由於我被那禪韻吸引，不知不覺向那人接近，感受到了有人向自己靠近，那人毫不猶豫一劍向我刺來。梅惜月本來沒有在意，但是卻發現我絲毫沒有還手的意圖，她立刻大聲喊叫，雖然使我清醒，但是先前的那種明悟卻被驅走，我險些就觸摸到了我內心中的本性！

我抬頭向那人看去，這一看卻讓我心中泛起了滔天巨浪，我失聲地喊道：「小雨，怎麼是妳？」

晨霧中，高秋雨神色激動，眼中含著淚水，她默默地看著我，緩緩地說道：「正陽大哥，多日不見，你瘦了！」

她也瘦了，面孔憔悴了許多，帶著一絲淡淡的笑容，俏麗依然，卻不見了往日的刁蠻和天真，代之於臉上的是一種持重的滄桑，又有一種隱然的出塵味道。薄霧纏繞，另有一種說不出的禪韻。高秋雨的臉上帶著晶瑩的淚珠看著我！

我從心中發出一陣戰慄，伸出手，緩慢地說道：「小雨，妳回來了！」

「正陽大哥！」高秋雨猛然撲入了我的懷中，放聲大哭，似乎一切的不愉快都要在這一刻宣洩出來。我無語，輕柔地撫摸著她柔軟的秀髮，就這樣站立在晨霧籠罩的花園之中。

梅惜月悄悄的離開了，她知道這個時候我們需要安靜，小雨也一定有很多話要跟我說，這個時候，她應該離開。花園中只有我和高秋雨兩人，她在我的懷中哭泣著，哽咽地說道：

「正陽大哥，我姥爺、舅父還有我父親都被殺害了！」

「我知道，鄭大哥知道！」我不知不覺間又用起了當日在天京時所用的姓氏，輕柔的拍著高秋雨那嬌弱的身軀，緩緩地說道：「當我一聽到這個消息，就派出青衣樓尋找妳的下落，但是卻一直沒有妳的消息，小雨，我知道妳一定受了很多的苦！哭吧，哭出來也許會好受些！」

我的話讓她更加痛哭失聲，淚水瞬間將我的衣衫浸濕。

高秋雨臉上帶著微紅，眼睛有些紅腫地說道：「什麼鄭大哥，你這個騙子！」

似乎又恢復成了我熟悉的小雨，我的心情感到開朗了許多，拉著她的手，柔聲問道：「小雨，這段時間妳都跑到了哪裡？我遍派偵騎，卻沒有發現半點妳的行蹤！」

高秋雨穩定了一下心神，試圖從我手中掙出，但是我牢牢的抓住她的手，試了兩下，她就放棄了，臉上帶著一種莊重的表情，說道：「我一直在臥佛寺中！」

「臥佛寺？明亮大師那裏？」我問道。

高秋雨說道：「當日我舅父前往皇城，我姥爺就感到有些不妙。那天我們家已經被暗中包圍，姥爺知道可能有凶險，於是就和我父親商議，父親糾集了家兵，打算殺出去營救舅父，但是姥爺卻說這一切都是命，命中注定的！他讓我父親帶著我馬上離開，但是父親誓死要和姥爺一起，說是既然是命，那麼自己也要爲自己犯下的錯誤贖罪，他要我馬上離開，我死也不同意，就在僵持中，明亮大師不知道從哪裡突然出現。正陽大哥，你說得不錯，明亮大師確實是一個世外的高人，重重的眼線卻無法發現他來到了我們府中。他和姥爺在密室中說了兩句話，就來到了我面前，也不見有什麼動作，就把我擊昏過去，醒來的時候，我已經在臥佛寺中，明亮大師告訴我，黃家已經沒有了，姥爺和父親都戰死了！」說著，她的臉上又顯出了悲容，淚水又一次地流了下來。

「那妳一直都在臥佛寺中？」我連忙岔開了話題。

「嗯，明亮大師說這是姥爺的安排，說這是姥爺和你的約定！」

「那妳爲什麼不馬上前來找我？」我知道黃風揚說的是什麼，那是當年我和他之間的約定，我要永保黃氏一脈不絕。

小雨擦了擦眼淚，「明亮大師說叫我先不要來找你，因爲你的局勢尚不穩定，需要數月才能收拾殘局。我如果那時就來找你，勢必將影響你的計畫，他讓我在臥佛寺休養一段時間。」

我內心中不由得感謝明亮大師。說實話，那時如果小雨前來，勢必會讓我起兵爲黃家報仇，而那個時候我正忙於準備討伐高飛，必然會陷入兩難之境，而當我平定了明月的局勢，那麼飛天將是我的下一個目標，如果這時小雨前來，我可以毫不猶豫地答應，因爲這本來就是我的計畫。看來這個老和尚果然不是一個簡單的角色！

「剛才我看妳的劍法中，修羅斬已經有了大成，似乎更添了一些變化，使得這修羅斬又有了一種新的味道，是否是明亮大師指點的？」我問道。

「嗯，初時我在臥佛寺無事，就每天在後山練劍，有一天，明亮大師突然出現在我的面前，向我攻擊，我僅一個照面就被他制服。明亮大師說，我的劍法脫胎於修羅斬，而修羅斬雖然是天下第一等的奇學，但是卻不適合我修習！」說話間，高秋雨的臉上露出一種崇敬神色。

我微皺眉頭，「爲什麼呢？」

「明亮大師說，由於我所修習的修羅斬是出於你手，你內力天成，而且自出道以來殺戮眾多，所以在你的招式中殺氣太重，陽剛之氣濃郁，招出無回，絲毫沒有半分的回轉，我內力大不如你，所以無法使出應有的威力！」

我心中一震，這明亮看來對我的修羅斬十分熟悉。兩年前，我在天京傳授高秋雨修羅斬的時候，自己尚沒有進入大成之境。修羅斬的剛烈之氣過重，而且由於我自出道以來，不停殺戮，招式間自然融入了一種殺氣。後來我自大林四僧手中逃出，閉關半年，再有體悟，對修羅斬更有了一份體悟！而與飛空十二槍的拼鬥中，讓我更得到了曾祖的練功記錄，使得自己的修羅斬才有了與蒼雲一戰時的一刀，斬天！不由得我對這明亮的功力更覺好奇。

高秋雨微微地停頓了一下，接著說道：「後來明亮大師就讓我跟隨他修習佛法，說是可以消除修羅斬中的殺氣，我本來也不相信，但是在聽了大師一個月的佛法之後，我再練這修羅斬就覺得又有了一種不同的感覺，於是我跟隨大師半年，每天都在他的佛法浸潤之下，覺得自己的心靈有些明悟！直到一個月前，大師將我叫到了後山，讓我將修羅斬在他面前演練一遍，然後指點了我兩句，就讓我下山前來找你！」

聽完了小雨的話，我默然無聲，腦中又開始回復到剛才小雨那充滿禪韻的劍招之中，久久不能自拔。突然，我感到腦袋上被人狠狠地敲了一下，一陣疼痛讓我再次的清醒過來，小雨看著我，臉上有些薄怒的神色，「我和你說話，問了你半天你也不理我！」

我突然笑了，這才是我認識的小雨，刁蠻中帶著一些天真，還有一些任性！我不由得哈哈的笑了起來。

「小雨，妳不要怪我，我正在想妳剛才劍招中的禪韻，所以沒有聽見妳的話，是我不對，我向妳道歉！」說著我躬身一禮。

小雨笑了，接著，她正色道：「正陽大哥，小雨還有一件事情求你！」

我點點頭，「妳說吧！」

「我黃家世代爲飛天效力，卻落得如此的一個下場，小雨這世間再無親人，想請大哥能夠幫我復仇，發兵天京，我要將那翁氏一門誅絕，方能慰姥爺的在天之靈！」說著，她露出愁苦之色，兩眼泛紅。

我將她一把摟在懷裏，「小雨放心！我必然助妳復仇！另外，還有一件事情要告訴妳，那就是妳的表哥黃夢傑還在世上，如今正在我軍團效力！」

「真的？」小雨從我懷中掙脫出來，臉上帶著歡愉之色。

我笑著說道：「真的，估計他今晚就會到達帥府，你們兄妹就可以見面了！」

高秋雨臉上的愁苦之色一掃而光，忽聞這世上還有一個親人在，她心中的高興立刻寫在了臉上。突然她奇怪地問道：

「大哥，剛才我敲你的腦袋，爲什麼你一點感覺都沒有？依你的功力，應該可以有所反應，怎麼我覺得你似乎沒有半點的內力？」

我苦笑了一聲，「小雨，妳應該知道在月前我和梁大哥兩人合鬥蒼雲的事情吧！」

「嗯，我聽說了，那時明亮大師聽說了你們的拼鬥，眼睛發亮，就讓他門下的弟子一五一十地將你們的每一個細節講述出來，還不時的插嘴詢問。我聽臥佛寺的弟子說，自從明亮大師接任住持以來，從來沒有那樣激動！」說到這裏，小雨的眼中也露出了一種神光。

「那他怎麼說？」

「大師當時聽完之後，只說天威之擊，萬物沉寂，但殊不知沉寂下面卻是生機！破而後立，百物潤生！世間少了一個高手，卻多了一尊佛！我不明白他的話意，問他他也不說，只是告訴我說將來遇到你，你會明白的！大哥，這是什麼意思？」

好厲害的明亮，只是從他人的轉述中就明白了箇中的奧秘！

看著小雨好奇的神色，我緩緩地說道：「小雨，明亮大師神人一般，雖未見，卻同親眼見！我一生都無法超越他的境界了！當日和蒼雲一戰，我們三人已經各出全力，蒼雲引天雷一擊，威力宏大，我雖然接住了她那一擊，但是體內的經脈卻已經斷去了四五，如今功力全失，沒有數年的時間，難以再恢復到我全盛的狀態。所謂破而後立，就如同這花園中的樹木一般，在冬日衰死，但是到了來年，春風拂過，綠芽新出，依舊是生機盎然！大師說的就是我如今的狀況。至於後面的一句，則是針對蒼雲，蒼雲那日的引天雷一擊，已經感悟了無上的天道，世間對她再無半點吸引，從今以後，再也不會談論世事，這世間也許真的就多了一尊佛！」我不禁吁吁然嘆道：「我想大師也早已經感悟出了天道的渺渺，所以對於世間一切的煩心事，都閉上眼睛，視若不見，這樣的境界，絕不是妳我可以體會到的！」

小雨突然想起了什麼，說道：「對了，大哥，在我離開臥佛寺的時候，大師曾經給我一封信，讓我轉交給你，說是可以對你有所幫助！」說著探手入懷，取出了一封信件，交給了我。

接過信函，我有些疑惑地打開，我實在不知道明亮要和我說些什麼，畢竟我和他只有一面之緣，並沒有任何的交往，他又要告訴我什麼？我懷著一絲疑慮，認真地看著明亮的信函：

字示許施主正陽：

當日與施主寺中一見，知施主功力已漸入佳境，但是殺氣過重，終會深受其害，望施主不可忽視！

前日聞聽施主與蒼雲道友一戰，以身承天威一擊，成全蒼雲道友大乘之境，老衲心中感激異常。但天威一擊威力宏大，施主必然已受重傷，然施主最後的一擊，也顯示出施主深明破而後立的道理，老衲私下猜測，若無五年之功，施主定然難以全復！然亂世之中，施主又有遠志，如無神功在身，恐難以一酬壯志，故老衲冒昧授施主恆河手印，以加速神功恢復！所謂的恆河手印，不用任何的修持，講究無修無得無證，心境一如，順逆無拘，縱橫自在，乃是我佛無上的妙法修持！所謂「大象無形，大音希聲」，最大的相是無相之相，似一物皆不中，沒有什麼東西可以比仿，因為它是無形無相無可比擬的，它是大得不得了，盡虛空，遍法界，無物不包，無法不具。手就是心，心就是手，俗語說得心應手，就是這個道理。假如不是心，手也不會動。印就是我們和佛心心相印，佛心就是我心，我心就是佛心；故經云：心、佛、眾生三無差別；又云：千佛萬佛共一體，即此意也！施主可憑藉此法修持，相信三年內當可盡復功力，若與我佛有緣，或可感悟無上大道！

修持之法，感由心悟，施主聰慧，定當明白老衲的深意！

三年前，老衲曾贈與施主偈語，當時施主未曾理會，但如今想來有了一種別樣的感覺。何謂佛心？施主定然無解，其實佛心即是施主的本心，老衲知施主非是一個嗜殺之人，但是欲望與仇恨將施主本心遮掩，需以佛法扶持，方不入魔障！持本心，血手何妨？求大仁，小仁或可拋棄，施主不妨體會！

老衲送施主一個故事：有一個牧羊人，很會牧羊，他所豢養的羊繁殖得很快，沒有多久，他的羊就從幾千隻到一萬隻了。他很節省，從來不肯殺一隻羊請客或自己吃。別人見到他雖眼紅，可是卻也奈何他不得。

那時有一個人，很會詐騙，和他結成很好的朋友，牧羊人信以為真。於是這個人就對牧羊人說：

「我和你已成為知己朋友了，心裏不論甚麼話都可以來談。我知道你沒有妻子，很寂寞。現在，我打聽到東村有個女郎真是美麗極了，給你作妻子，非常合適。我作介紹人，是一定可以成功的。」

牧羊人聽了很歡喜，就給他很多羊和一些其他禮物，算作聘禮。

過了幾天，這個人走來對他說：「她已經答應作你的妻子，而且，你的妻子今天已經生了一個兒子了，我特地來給你道賀。」

牧羊人聽到還沒有見過面的妻子，就已經替他生了個兒子，心裏更加歡喜，就又給了他很多羊和別的東西。

再過了幾天，這個人又走來說：「唉！真可惜，你的兒子今天死了！我真替你難過呢。」牧羊人聽了以後，便號啕大哭，悲痛不止。

望施主牢記此故事，不可忘懷，或如今無法瞭解其中含意，但十年後，施主或者可以明瞭之中的含意！老衲多語，已犯我佛慎言戒律，但施主若可有所領悟，老衲同樣欣喜。

明亮

看著手中的信函，我不由得對明亮感激異常，閉雙眼而開心眼，世事都難以逃脫他的那雙法眼，我仰天嘆道：「這世間奇人眾多，許某當真是坐井觀天了！」

帥府中戒備森嚴，衛兵在府內來回的走動巡視，刀劍的森冷寒光籠罩著整個帥府，在暗處更有無數的赤牙成員隱藏戒備！

帥府大廳中，正中牆上高掛浴火鳳凰戰旗，戰旗中的鳳凰被烈火包圍，在燈光照耀下，似乎要展翅沖天而起！更顯出一派華貴莊嚴，將整個大廳襯托得無比的肅穆和凝重。

我看了看坐在廳中的兵團將領，兩大兵團中的主要將領大致都已經來到。我滿意地點點頭，示意錢悅將大廳的門關上，然後一幅飛天的地形圖掛在門後，我緩步走到了地圖前，看著地圖沉吟了半晌。

好半天，我扭頭過來，看著廳中的眾將，緩聲說道：「各位，奉皇上的密令，我們將要開始著手準備攻擊飛天！」

我話音一落，大廳中立刻熱烈了起來，眾將的臉上都露出了興奮的神色，其中尤以黃夢傑最為興奮，他的眼中流露出炙熱的復仇火焰。

我看了一眼眾人，繼續說道：

「按照我們的計畫，我們已經將謠言散佈出去，飛天已經著手開始安排防禦拜神威的進攻，其主力軍團多已調防南線，如今在北線防禦的，只有飛天的玄武軍團和其他的一些弱小兵團，這是我們千載難逢的進攻時機！」說著，我扭過身來，向飛天的地圖看去，半晌不再說話。

大廳中一片寂靜，只有沉重的呼吸聲響徹我的耳際。我緩緩地說道：

「關於我的身世，在座的兵團將領一部分知道，還有一部分不知道。本帥本是飛天浴火鳳凰軍團的創始人戰神許鵬的曾孫，當日許氏一門大劫，我僥倖逃出了生天，多年來，我一直沒有忘記家族的仇恨！如今飛天又毀去另一根支柱，黃氏一族在多年以後，又重蹈我許氏覆轍，如今再也沒有半點力量可以阻止我們的前進！皇上親手將鳳凰戰旗交在我的手中，我要讓這鳳凰戰旗和明月的旌旗，飄揚在炎黃大陸的每一個角落！」

大廳中再次譁然，向家兄弟和幾個和我關係密切的將領神色如常，傅翎、鍾炎、仲玄這些不知情的老將則不禁動容！戰神許鵬，是每一個兵家的偶像，即使如鍾、仲這樣的明月老將，他們對許鵬一方面懷著無比的仇恨，但是在另一方面，卻在夢想著能夠成爲如同許鵬一樣的名將。而傅翎曾經是飛天的將領，更是四大軍團的一名戰士，對於許鵬的名字，已經在他的耳朵裏磨出了繭子！如今，這些來自不同地方的將領卻在同一個夢想中的軍團效力，他們神色激動地看著我，等著我繼續說下去。

我沒有理會身後的騷動，深深地吸了一口氣，眼睛繼續盯在地圖上，沉聲說道：

「如今，飛天已經成了一塊蛋糕，一塊誘人的蛋糕，誰能夠將飛天佔領，誰就有可能統治整個炎黃大陸，明月已經隱忍了多年，是我們要將這塊蛋糕吃下的時候了！」

我扭過身子，冷厲地看了一眼眾將，「在私，許某家仇，還有夢傑兄的滅門之恨，也是和飛天姬氏家族算賬的時候了！所以，無論如何，我們將要發動一次大規模的戰爭，一場吞食飛天的戰爭！」

大廳中頓時氣氛熱烈，眾將紛紛起身請命，要求發兵飛天。我擺擺手，示意他們坐下，露出了些許的笑容，我再次面對地圖。

「從開元發兵，共有四條路可以通往天京。」我手指地圖，緩緩地說道：「第一條，自開元出發，南進經漠南關、上谷、漁陽，抵達天京，這一路，三大名關列在我們的面前，對手是飛天最爲著名的四大軍團之一玄武軍團，相信這些守將都是飛天的死臣，必然拚死和我們對抗，所以這一路，將由我和傅翎將軍親自統帥十萬大軍沿路攻擊；第二條路，自開元出發，向西南方向挺進過朔方、五原，佔領河西漠西長廊，由此轉向東南，攻擊天京，此地一馬平川，最適合於騎兵作戰，所以就由梁帥率領閃族十萬鐵騎和五萬重騎兵突進，此路所遇到的抵抗不會太大，但是卻有兩個主要的目的！」我伸手阻止梁興說話：「一是在漠西長廊建築大型的防禦工事，抵禦安西地區的朱雀軍團反噬，二來就是吸引出天京精銳的朔風鐵騎，我要你們在天京城外的平原之上一舉全殲朔風鐵騎，不要讓他們回轉天京，之後繼續屯兵漠西長廊東北，與漠西長廊形成雙重的防禦體系，在天京大戰開始之時，一舉全殲朱雀軍團，不可漏掉一個！」我目光炯炯地看著梁興，「梁帥要知道，這漠西長廊一線極爲重要，你務必要使得天京合圍之勢形成之前，阻止朱雀軍團救援，並在天京大戰發動前將其全殲，這其中的分寸，我相信梁帥可以掌握！」

梁興會心地笑了，他點點頭，「本帥明白！」

我的話看似矛盾，卻另有深意。如果在天京大戰之前全殲朱雀軍團，那麼天京必然絕望，他們會不顧一切將南線的青龍兵團調回，以黑龍軍團的實力，阻止拜神威在兩個月內無法突破蘭婆江防線還是可能的，如果天京方面喪心病狂，甚至會讓他們向拜神威投降，放拜神威過江，那樣，我們就不得不和拜神威提前對決，這絕對不是我想要的結果！留下朱雀軍團，就是給天京一個希望，這是一塊雞肋，關鍵就在於如何運用！

我知道梁興必然明白我的話，說完以後，我就不再多慮。繼續看著地圖說道：「第三路，是自開元東出，過狼胥山，經陽城、定陵一線至天京，與我在天京成犄角之勢，攻取天京。這一路地形複雜，而且一路上關隘眾多，民風也十分的剽悍，所以只有選一個熟悉飛天的人領兵！」說著，我的眼睛已經死死地盯著早已經坐不住的黃夢傑，「夢傑兄是否願意出任這一路的統帥？」

不等我話音落下，黃夢傑已經站了起來，他大聲地說道：「元帥放心，夢傑願率領此路兵馬，一定按時到達天京，如果有半點的拖延，請元帥責罰！」

我笑了，看著廳中的眾將，我大聲說道：「那麼夢傑兄，這東路軍的主帥就是你了！」

「多謝元帥！」

我示意黃夢傑坐下，轉身繼續說道：「諸位，下面就是第四路兵馬，這路兵馬的目的不是天京。」我說著，看看有些疑惑的眾將，微笑著說道：「自開元出發，穿越過天狼山，是一片荒漠，這裏沒有任何的防禦，只有一些散落的民族，我們要穿過這片荒漠到達天京的背部，天京以南四百里，就是著名的天門關。如今飛天的全部兵力都在蘭婆江和漠南兩線，天門關的防守必然空虛，但是這裏卻是扼守天京的南大門，我們突然出現，必然可以不費吹灰之力將其拿下，並且，我們要在這裏修建工事，一來截斷天京的後路；二來阻止蘭婆江一線兵馬的北下，這個天門關，我想就讓鍾、仲兩位老將軍出馬，不知兩位老將軍意下如何？」

聞聲站起，鍾炎和仲玄躬身向我說道：「末將遵從元帥吩咐！」

我緩步走回正中的帥椅，一連串的講解讓我感到有些疲憊。我閉上了眼睛，沉思了一會兒，對廳中的眾將說道：

「各位，此次我們出兵飛天，只能勝，不能敗！而且，我們只有在來年九月前結束這場戰役，才能全身而退。所以一切的行動只能秘密進行。今天是冬至，距離新年只有九天的時間，我要你們在這九天中全力準備，但是不得露出半點風聲。新年將至，所有人都準備新年來臨，那時的戒備最爲鬆懈，所以在本月三十一日前，我要你們全部秘密開拔出開元，梁帥務必要在來年開春，也就是來年的三月一日到達朔方城，將朔方秘密合圍；黃夢傑則要在三月一日前穿越狼胥山，並且在來年的七月到達天京；而鍾炎、仲玄兩位老將軍，則需在來年的六月一日前趕赴至天門關，並將其秘密佔領之。本帥將在二月十五日在開元誓師，引鳳凰軍團揮師南進，除鍾、仲兩位老將軍以外，各路兵馬在三月一日發動全線進攻，其間不得停頓，連續攻擊，務求在七月一日前將天京形成合圍之勢。三路兵馬在七月十五日自東、西、北三個方向全線攻擊，對天京猛攻；留下南門使其無法凝結必死決心，其南路殘敵，就請鍾、仲兩位老將軍將其殲滅之！」

說到這裏，我站起身來，目光凌厲地看著眾人，「各位，此戰之妙盡在於前期的隱秘，我等必須如同蛇行無聲，秘密到達各攻擊地點，然後發動突然的襲擊！所以在三月一日總攻開始前，如果任何人走漏出半點風聲，甚至是本帥已經回到開元的風聲，都定斬不饒！」

「末將等明白！」眾將同時起身，向我拱手答道。

我露出了笑容，「本帥現在正在皇城養傷，無法行動，呵呵！」我的話一出，頓時引起一陣笑聲。

梁興緩緩地說道：「那麼，我們又將如何稱呼此次的行動呢？」

我想了一想，笑著說道：「既然我們要如同蛇行無聲一般潛入飛天的領土，那麼就叫做『蛇跡潛行』如何？」

「好！貼切！」梁興第一個撫手贊成。

我再次環視廳中眾將，「自今日起，諸位不需前來帥府，各自準備兵馬，在十二月三十一日子時出發，不需向我請示，我們就在天京城下見！這將是我浴火鳳凰軍團重生之後的第一戰，如果打得好，各位的名字都將會永留青史！」

「鳳凰所指，所向無敵！」眾將同聲低呼，聲音迴盪廳中，那燈火下的火鳳此刻顯出一派猙獰神色。

送走了眾將，我和梁興緩步走向書房。書房內，梅惜月、高秋雨、冷鏈、孔方和張燕，還有被惜月收爲義女，並改名爲許憐兒的憐兒都在屋中等著我們。一見我們走進書房，眾人連忙站起。

我擺手示意他們坐下，接過憐兒遞上的香茗，輕輕地品了一口，緩緩地說道：「剛才在大廳中，我已經將各將領的任務安排下去，現在除卻了軍事的行動，我們來說說這開元的供應。」

「啓稟主公，開元、涼州兩城自主公兩年前開始推行農務，至今年秋，涼州、開元兩年豐收，糧草方面除本地居民溫飽以外，還可以供應二十萬大軍一年的所需！而且各行業的稅賦均有增加。」冷鏈搶先說道。

我說道：「不夠，這還差得很遠！」我喝了一口茶接著說道：「自明年三月一日發動攻勢，至來年九月全部結束，我們至少要保證五十萬大軍半年的糧餉，如今開元、涼州的產量只能供應我大軍的基本糧草，這遠遠不夠！」

冷鏈疑惑地問道：「主公，既然如此，為何說差得很遠？」

我沒有開口，梁興突然說道：「明年開春，正是百姓農忙春耕之時，我們在這個時節發動戰爭，必將帶來一片荒蕪，至明年秋收之時，飛天可能顆粒無收！再至後年，必然大災來臨。我們是佔領一個國家，而不是毀壞一個國家，如此一來，我們必將遭到唾罵。這樣也會給朝廷那些老傢伙們許多的藉口來攻擊我們！所以，既然發動戰爭，我們就要為那些將要在戰爭中受苦的無辜百姓考慮！」

我點點頭，對冷鏈說道：「所以，我們除了要保證大軍的糧餉供應，還有一點，就是要確保將飛天百姓受到戰爭的影響降至最小！」

冷鏈和孔方突然神秘一笑，梅惜月更是帶著燦爛的笑容。我奇怪地問道，「你們笑些什麼？」

「主公，在主公起兵之日，梅樓主曾經告訴我們，明月戰亂平息之時，必然是主公盤算飛天戰爭開始之時。那時樓主就已經告訴我們，說主公必然會考慮到飛天百姓來年受到戰爭影響的因素，所以在主公起兵之後，樓主著令我們開始在整個大陸收購糧草，如今，我們已經在十萬大山之中秘密建造了一個龐大的糧倉，以儲備各處收購來的糧草，那糧倉現在已經儲滿糧草，最後一批糧草在新年前會秘密的運到，主公放心，那些稻穀足可以支撐飛天數千萬人的口糧供應！」

書房中眾人此刻眼中都帶著一種尊敬的目光向梅惜月看去。梅惜月的臉瞬間變得通紅，我拉住她的手，長嘆道：「能夠得到惜月的幫助，正陽勝過得十萬雄兵！呵呵，如此一來，我們可以靜心安排來年的戰事！」

「正陽大哥，我要隨你一起出征！」一直沉默的高秋雨突然開口。

我臉上露出爲難神色，看著高秋雨不知如何回答。修羅兵團完全是以男子爲建制，如果讓她加入，必然會有很多的麻煩，特別是戰役一旦開始，連續的進攻，一個女子是否能夠支持下來，我心中也不禁有些擔心。

看到我臉上的爲難神色，高秋雨急急拉住梅惜月的手，「大姐，妳看他！妳就幫小雨說說嘛，我知道正陽大哥最聽妳的話了！」

我一陣頭暈，這丫頭居然知道我的命門所在，如此一來，我將來怎麼還有好日子過？

我正在叫苦的時候，梅惜月緩緩地開口道：「正陽，小雨武功高強，而且出身於軍人世家，也許可以給你很多的幫助！」

「師姐，我不是不同意，妳知道這兵團之中全是男子，小雨前去會有很多不方便！」

「那梁大嫂爲何就可以在兵團中領兵！」小雨有些不服氣地說道。

正在一旁喝茶的梁興聞聽，一口茶噴出，茶水飛濺，濺了坐在他對面的冷鏈一身。梁興連忙向冷鏈道歉，一面粗著脖子說道：「小雨不要亂說，哪裡有什麼梁大嫂！」

「梁大哥還瞞著我們，夜叉兵團誰不知道納蘭姐姐是未來的元帥夫人！梁大哥還不承認，回頭和納蘭姐姐說，看她怎麼說！」小雨大聲說道。

整個屋中的人都在用一種奇怪的眼神看著梁興。我早已經知道梁興和納蘭蓮的事情，沒有想到他居然也是和我一樣，呵呵，看來我們真是兄弟！但是這個時候，我只能幫著梁興說道：

「小雨不要胡鬧，妳納蘭姐姐能在夜叉兵團，一來並沒什麼重要的職務；二來，她手下有一批女兵自成一軍，直接受妳梁大哥的指揮，自然沒有那許多的麻煩！」

梅惜月突然又笑了，我突然感到有些不對勁。

「此事正陽放心，在我們接收了開元之後，我已經秘密的在東城組織一批女子，跟隨天風真人和傅叔叔訓練。那些都是沒有家的苦命女人，個性都極爲頑強，人數大約是在五千人。我本來是想讓她們做我的親兵隊，但是如今小雨妹妹要上陣，那麼，就把這開元娘子軍交給小雨妹妹，讓她來帶領，總比我這沒有帶過兵的人來指揮好！」

我的腦袋一陣發脹，看著小雨摟著梅惜月大講令人肉麻的讚語，我苦笑著扭頭向梁興看去，卻見他視若不見地轉過臉去。

「正陽大哥這下沒有話說了吧，呵呵！」小雨笑嘻嘻地看著我。

我無奈地點點頭，「好吧，小雨，那妳就率領這五千娘子軍好好的訓練，妳只有兩個月的時間，自己努力吧！起兵後，妳就做我的親兵隊吧，反正我現在武功全失！呵呵！」說到最後，我露出一絲詭異的笑容，卻發現梅惜月此刻臉上也露著一絲冷笑，心中一驚，連忙正色地說道：「小雨，這個事情就這樣決定，明日就帶領她們前往兵營吧！」不理小雨的歡呼，我正色地說道：「好了，還有什麼事情嗎？」

「主公，由於涼州、開元現在人口劇增，新開元城也在建設中，這管理一事，我和孔內史都不是擅長之人，所以，主公最好能夠儘快的請來一個治理的人才，這也是爲了以後開元的發展呀！」冷鏈有些爲難地說道。

我又是一陣頭大。說實話，我也知道冷鏈和孔方都不是一個上佳的城守，梅惜月雖然精通治理，但畢竟是一個女子，不好過多出面。可是這一時間，我又去哪裡尋找一個合適的人選來主持開元事務呢？這開元將是我未來的根基所在，如果選錯了人，那麼我的根基就要受到影響，所以這個人選需要十分的慎重！

梁興沉吟半晌，突然開口說道：「正陽，我倒是有一個人選！」

「哦？是誰？」我連忙問道。

「通州城守司馬子元！」梁興一字一頓的說道：「如今閃族之亂已經平息，有子車部落治理閃族，百年之內不會再有太大的動亂，所以通州如今已經成了一個自由貿易的城市，司馬子元在那裏已經沒有什麼用武之地，此人雖然有些迂腐，但卻是一個絕佳的人才，而且對明月的感情並不是很深，可以控制！」

「嗯，既然大哥說是人才，那一定是人才了！我明日就上表朝廷，將司馬子元調來開元！」我點點頭。

「那麼我就立刻修書一封，讓納蘭帶領司馬前來開元！」

「呵呵，梁大哥一定是想大嫂了！」小雨突然又插嘴道。

梁興黝黑的面孔頓時脹得發紫，他看著小雨，訥訥的說不出話來。

突然覺得有人拉我的衣裳，低頭一看，只見憐兒不知何時跪在了我的面前，低聲說道：「義父，憐兒也要跟隨義父殺敵！」聲音雖小，但是卻透出無比的堅定。

我有些昏沉，怎麼事情一個接著一個。我剛要開口說話，梅惜月插口道：「正陽，憐兒和飛天也有深仇大恨，這些年來她苦練武功，就是爲了能夠上陣殺敵！算起來，憐兒今年也有十五了，就讓她跟隨小雨妹妹去長長見識吧！」

「就是呀，憐兒起來，明日和我一同進兵營！」高秋雨亦接口說道。

憐兒沒有起來，跪在我的面前，看著我。我苦笑著，「好吧，憐兒，那就跟隨妳小雨姨娘去吧！」

我一句話頓時把小雨的臉說得通紅，半天也說不出話來。憐兒帶著喜悅的神色站了起來，立於惜月的身後。

我長出了一口氣，此時梁興卻開口問道：「阿陽，漠南關、上谷、漁陽一線有玄武軍團重兵把守，三關都是飛天的精兵守護，你長途奔襲，能否按時到達天京？」

我笑了笑，「大哥，你放心，此事我和張先生已經詳細的計畫過了！嘿嘿，他防守嚴密，卻擋不住我奇兵偷襲。大哥放心，只要大哥在六月將朱雀軍團全殲之後，在七月一日在天京與我準時會合，我們要讓飛天成爲我火鳳軍團腳下的第一塊墊腳石！」說著，我向梅惜月看去。

梅惜月會心地笑了。

第二章　火鳳重生

我站在臥室的門外，心中焦慮地來回走動，侍女穿梭於我的身邊，我恍若未覺，耳邊還迴響著梅惜月淒厲的慘叫聲，她的聲音是那樣的無助，那樣的悲苦，但是卻又有一絲喜悅的生氣蘊涵在其中。高秋雨和鍾離華站在我的身邊，她們的臉色蒼白，任她們怎樣，也無法想像生孩子原來是一件如此痛苦的事情。

新年當天，鍾離華在鍾離師的陪同下，從武威趕來，她給我帶來了一個絕好的消息。鍾離宏率領十萬大軍突襲房陵，一舉成功！如今，房陵和武威已經連成了一道巍峨的防線，陀羅最大的糧倉已經落入了我的手中。在此役，武威大軍將陀羅最爲精銳的房陵戍邊軍全殲，如今陀羅三大精銳已經去掉了一個，估計在三年內再無半點的力量。

鍾離華此次前來，也帶來了鍾離宏的手諭，依照鍾離宏的意思，希望我和鍾離華能夠在火鳳軍團建立前成親，如此一來，鍾離宏再無半點的疑慮，火鳳軍團和武威軍團結成一家，從此息息相關，榮辱與共！我和梅惜月、高秋雨商量以後，決定在火鳳軍團成立之後的十天，在開元大辦婚事，並於當晚出兵南進，屯兵於漠南關！

沒有想到，就在昨晚，梅惜月突然臨盆，自子時到寅時，依舊沒有將孩子生下。卯時將要點兵誓師，但是我卻無法安心離開，我站在門外，耳中迴響著梅惜月淒慘的叫聲，心中卻是一片空白。我一直希望成爲一個父親，但是當我真的要成爲父親的時候，我的心中卻又有些恐懼，因爲這代表著我的身上將背負更加沉重的責任。而且梅惜月那淒慘的叫聲，讓我心中感到一絲悸動，我無法形容我心中的感覺，如同五味瓶倒翻，酸甜苦辣鹹五味俱全。

小雨和鍾離華站在我的身邊，她們的身體微微有些顫抖，我抓住她們的手，與其說是在給她們力量，不如說我是在從她們的身上吸取力量！

「王爺，王妃至今未能順產，估計是難產。如果發生意外，王爺是保誰？請王爺明示！」產婆匆匆從屋中走出來，她的臉色蒼白，聲音有些顫抖。

我臉色鐵青，根本未曾考慮，「保大人，務求王妃安全，如果王妃有半點的閃失，今日在場之人，就全部準備吧！」我厲聲地說道。準備什麼？我不說，想來她們也十分清楚。

產婆渾身一顫，立刻躬身回到了臥室。

我閉上眼睛，一如往常的平靜，但是內心中卻如同翻江倒海般激盪不休。我再也無法保持心中的那古井之態，雙手抓住小雨和鍾離華的手，強力地克制著全身的顫抖。

更響四下，我渾身一顫，馬上就要到卯時了！我心中不由得有些焦急。

「大哥，你先去軍營吧！馬上就要點卯，你身爲主帥，更要提前到達！」高秋雨輕聲地說道：「這裏有我和華姐姐在，不會有事情的！」

「是呀，正陽大哥，你快去吧！軍紀森嚴，即使主帥也不能違犯！我和小雨妹妹在這裏守候，如果有什麼事情，我馬上派人去和你聯繫！」鍾離華也輕聲地勸道。

我心中何嘗不明白，但是如今梅惜月碰到了難產，我又如何放心離去？正當我心中矛盾的時候，臥室中走出一個侍女，在我面前躬身說道：「王爺，王妃說請王爺立刻前往軍營，不可有半點的耽擱！王妃另外請高王妃和鍾離王妃進去！」

我點點頭，扭頭對高秋雨和鍾離華說道：「這裏一切就拜託妳們了！」

兩人點頭應是。

我大步走出了帥府，翻身跨上烈焰，又扭頭看了一眼帥府之內。「出發！」我揮手對身後的親兵說道。

升平大草原的修羅兵團駐地中，早已經處於一種緊張的戒備狀態。刀槍已經出庫，寒光直沖斗牛！此刻正是酣夢時分，但是整個大營中卻是燈火通明，全營將士已經整齊肅穆地列隊於點將臺前。迎風抖動的火鳳戰旗，在燈火照映之下，火鳳勃然欲出，更顯一派猙獰。

我率領親兵風馳電掣般衝進了軍營，頓時整個大營沸騰了！所有的將士口中同時呼喝道：「修羅！修羅！」

我感到熱血沸騰，整個人在瞬間燃燒了起來。在這一刻，我暫時將梅惜月的安危忘記，耳邊迴響的只有震耳欲聾的歡呼之聲。來到了點將臺前，我翻身跳下烈焰，緩步走上了點將臺。

兵團中還留守的將領此刻都已經到齊，傅翎大步迎上來，躬身向我說道：「啓稟王爺，火鳳軍團集結完畢，請王爺訓示！」

我緩步來到戰旗下面，先是面對戰旗中的火鳳叩首三拜，這是在向我的祖先膜拜，我要告訴他們，我已經完成了他們的遺願，浴火鳳凰軍團在這一刻已經重生了！

點將臺下，一片寂靜，每一個人都止住了呼吸，他們在看著，眼中充滿了一種狂熱的崇敬，似乎我所做的每一個動作，都是一種對上蒼的祭拜，這是一種類似於圖騰一般的儀式，大營中被一片神聖莊嚴的氣氛籠罩！

我緩緩地站起身來，轉過臉去，看著點將臺下整齊列隊的士兵，心中湧動著一種無比的驕傲，這是我的火鳳軍團，在我的帶領下，它將會超越我曾祖所創造的輝煌，成爲這大陸上新的主宰！

「將士們！」我努力平穩住我激動的情緒，沉聲地說道：「如同你們看到，浴火鳳凰，這個高貴的神靈已經站在了我們的身邊。六十年前，曾經給明月帶來了恥辱，但是從今天，將會給我們帶來榮耀，重生的火鳳，將會帶著無邊的聖火，將整個炎黃大陸燃燒！」我說道。雖然我功力不再，但是洪亮的聲音依舊飄蕩在寂靜的夜空中，傳到了每一個人的耳中。

將臺每一個人都感到了一股炙熱的火焰瞬間瀰漫。

我揮手示意安靜，接著說道：「六十年前，本王的曾祖手創了浴火鳳凰軍團，在他的帶領下，火鳳四十年未曾一敗！而今天，我，許氏的後人，明月的修羅王，將告訴你們，現在牠依然是一隻無敵的火鳳，牠將創造出更加燦爛的輝煌！」

我幾乎是在用喊的將最後的話說出，深深地吸了一口氣，平穩了內心的激動，我再次開口道：

「我們明月有最好的勇士，有最無敵的鐵騎，還有最勤勞的百姓。但是多年來，我們困守在大陸的極北，忍受著惡劣的環境，貧瘠的土地，我們沒有怨天尤人，我們振奮！但是卻還要受一群人的壓榨，他們開拓疆土，卻讓我們的勇士賣命，他們享受了無比的榮耀，但是我們的勇士卻永遠長眠在異國的土地，你們心中是否願意？」

「不願意——！」臺下頓時沸騰。

我用顫抖的手向南方一指，「勇士們，那些人佔據著炎黃大陸上最好的土地，那些廢物享用著世間最美味的事物，我們應該怎麼辦？」

「殺光那些人！只有勇士才有資格享受！」

「現在，你們將要爲你們自己而戰，不是爲了別人，而是爲了你們自己！勇士們！」

「鳳凰所指，所向無敵！鳳凰所指，所向無敵！」將臺下的軍士們齊聲呼喝！

我笑了，我知道我已經把他們的心燃燒了，他們將是最爲剽悍的勇士，新生的火鳳軍團將無敵於炎黃大陸！

我緩緩地退回戰旗下，火光映照下，我似乎已經和身後的火鳳融爲一體，點將臺上下一片寂靜。我閉上眼睛，深呼一口氣。沉吟了一下，從桌案之上拿起了第一支令箭，「麒麟軍都指揮使向南行聽令！」

沒有想到我第一個就點了他的名字，向南行神色激動地閃身站出，「末將在！」

我看著他，「你本是浴火鳳凰軍團的後人，所以這第一支將令就交給你，著你率領本部麒麟軍於今夜南進，本帥有錦囊一個，你在路上觀瞧，裏面已經有詳細的行動計畫，你依照計畫行事，不可有半點疏忽！」說著，我將桌上的一個錦囊拿起，交給了向南行，「向三哥，望你勿要讓本帥失望，更不要丟了我火鳳軍團的不世威名！」

向南行神色激動，臉上的肌肉顫抖，「末將遵令！」說著，他在眾將羨慕的眼光中接過了我手中的錦囊和令箭，轉身而去！

我略一思索，拿起了第二支令箭，「錢悅聽令！」

「末將在！」

「著你率領五千鐵騎，秘密開拔，送你錦囊一個，依錦囊之中所言行事！」我看著錢悅，緩緩說道：「錢悅，你已經跟隨了我近四年的時間，此次你首次領兵出征，勿要辜負我對你的期望！」

「末將誓死完成命令！」

我拿起了第三支令箭，「楊勇聽令！」

「末將在！」

「著你領一萬弓騎兵，秘密潛出開元，同樣你也有錦囊一個，依計行事！」

「末將遵令！」

「傅將軍！」

「在！」

「自此刻起，你不得離開軍營，全營準備，刀不歸鞘，馬不卸鞍，全營無你我將令，不得出入，違令者，斬！」我冷肅地說道：「本帥會隨時通知你下一步的行動！」

「末將遵令！」

我大步走到了點將臺前：「將士們，你們準備好出征了嗎？」

「準備好了！」

「那麼，讓我們一同向火鳳祈禱，給我們帶來無比的榮耀！」說著，我轉過身來，面對火鳳戰旗緩緩地跪下。臺上和臺下的將士隨著我齊唰唰地跪下。我的心中在默默的祈禱：曾祖，你在天之靈保佑正陽，火鳳重生，光耀炎黃！

誓師完畢，我風馳電掣般地趕回了開元城，此刻天際已經放亮，清冷的早春晨風讓我剛才的熱情瞬間的冷卻，我如同疾風一般的衝進了帥府，匆匆地趕到了臥室之前。

「哇——！」一聲嬰兒的哭泣聲傳入了我的耳中，我渾身一顫。那洪亮的哭泣聲讓我感到了一種悸動，我止住了腳步。

高秋雨臉上帶著笑容走出了房門，她看到我先是一愣，接著大聲地喊道：「惜月姐姐，正陽大哥回來了！」接著衝到了我的身邊，興奮地喊道：「惜月姐姐生了！惜月姐姐生了！是個男孩！」說著，拉著我的手就向屋內走去。

我腦海中一片空白，如同夢遊一般在小雨的拉扯下走進了臥室。房中瀰漫著淡淡的檀香味道，梅惜月恬靜地靠著柔軟的背墊，她的臉色蒼白，卻還帶著一絲淡淡的笑容，那笑容中充滿了欣慰。

小雨一推我，我如夢方醒般地走上前去，坐在惜月的身邊，拉著她的手柔聲地說道：「師姐，辛苦妳了！」

梅惜月蒼白的臉上帶著一絲病態的潮紅，她笑盈盈地說道：「正陽，我沒有事，你在外面等待，所受的辛苦較我更甚！」

我看著她，默默無語。

我獨自坐在靜室之中，雙手不停地在胸前練各種的手印，這些手印完全不受我自己意識的控制，似乎完全是出於一種本能的變化。

恆河手印，乃是佛教密宗中最爲高深的一種修持密法，性相不二，心境一體，融自身於天地，身體本就是一個無窮的宇宙，法身既然是常住不壞，那麼，世間相就自然常住了。這手印之說，並沒有常法可依，完全是按照自己內心的一種辨識化結，以溝通天地的無上玄妙，持本心一如，化天地精妙爲我身所用，雖處於都市之中，卻可以體會世間萬物的玄妙至理！

夫水與月乎？逝者如斯，而未嘗往也；盈虛者如彼，而卒莫消長也。蓋將自其變者而觀之，則天地曾不能以一瞬；自其不變者而觀之，則物與我皆無盡也！這是當年一位詩人所留下的一句名言。任天地變化無常，但是本心依舊，我持我本心，天地中奧妙也盡在我的手中！

在不自覺中，我把兩掌豎合，掌心微虛，如蓮花之開放，接著兩掌仰上相合，狀如掬水，變化出種種不同的手印。萬念歸一。

虛無縹緲，恍惚渺冥之際，內外的分隔徹底崩潰下來，虛極靜篤中，身內法輪逐一轉動，清虛心經、恆河手印還有體內那不知名的古怪氣流，借著我變化無常的手印漸漸地融合為一，我漸漸進入了一種無我相、無人相、入我我入、人天合一的玄妙境界！

許久，我緩緩地睜開了眼睛，斗室中漆黑一片，但是我卻觀若燈火，非是我功力盡復，而是在這瞬間的頓悟之中，我閉雙眼以開心眼，天地間，再無半點的玄妙之機能夠躲過我的眼睛！

恆河手印講究因緣所生法，我說即是空，既然一切都是空，了無一法可得，哪裡有生？沒有生，哪裡有滅？一切都沒有，我又何須執著於一點？在我瞭解此理之後，我體內消失已久的真氣再次緩緩催動了起來，夾雜著那如同流光閃爍的古怪氣流，我的真氣開始慢慢的平復，斷裂的經脈在那無生無滅的真氣的修持下，漸漸地開始緩慢的復原！

我不由得從內心佩服這恆河手印的創始者，此人以無上的大智慧和妙法，創出恆河手印這種古怪的修持方法，但是這炎黃大陸之上，卻再也沒有比之更爲玄妙的妙法。以本性而變化，絲毫沒有半點的成法可以言論，如同禪宗頓悟一般，不立於文字，全憑心中半點的靈光普照！

我面帶平和的笑容，緩緩地站起身來，踱步走到門前，將門打開。仰頭呼吸園中那新鮮清冷的夜風，夜空中繁星密佈，正是初春時分，夜空中玄武七宿斗木獬、牛金牛、女土蝠、虛日鼠、危月燕、室火豬、壁水貐七星並耀，宛如一條巨龍橫跨天際，那景象無比的壯觀動人！我閉上眼睛，感受這天地中的玄奧聖潔，如同虔誠的教徒膜拜神靈一般，我心中再無半點的欲望，己身在瞬間似乎與這無盡的天地相合，再也無法察覺到自己的存在！

感覺到體內那微弱的真氣與天上星宿共同在這無邊的宇宙一齊運轉，天地之精神，實乃我之精神，天地之能量，乃我之能量。微弱又如何，強悍又如何？到了最後，不是還是歸於一片無盡的虛空之中嗎？

正當我沉浸在這無邊的玄奧妙境之中時，無上的靈覺似乎感到了氣流的湧動。我睜開眼睛，只見一個親兵從大廳方向急急走來，來到了我的面前，躬身一禮，「王爺，客人都已經到齊，酒宴都已經設好，可以開始了！」

我點點頭，露出祥和微笑，「馬上傳我的命令，著副帥整兵準備，兩個時辰後，也就是子時，率領十萬大軍在城外集合，準備出征！」

那親兵看著我神色古怪，但是沒有多問，立刻轉身離去。我知道他爲何露出那樣的表情，今日本是我大婚之日，涼州、開元兩地名流與一干朝廷派來的使節都已經在大廳中守候，而我此刻發出出征戰令，任何人都會覺得有些奇怪！

這本就是我和梅惜月諸人商量好的事情。在各路兵馬秘密潛出之後，爲了使飛天將所有的注意力集中於一點，我必須要大張旗鼓，以吸引飛天的兵力！但是由於我不能延誤天京會師的時間，所以，我一方面要大張旗鼓地吸引天京方面的注意力，另一方面，我必須要快速猛烈地發動攻擊，不然，待到飛天大軍集結漠南關的時候，將會給我造成很大的麻煩！

這本來就是一個十分矛盾的事情，如同梁興阻朱雀軍團一樣，所有的事情都要做到恰到好處，出其不意，方能攻其不備！我用兵不喜歡過多廝殺，相較而言，我更喜歡以奇兵出擊，動如九天神龍，見首不見尾，藏於九地之下，動於九天之上，這才是我的性格！與梁興不同，梁興喜歡以大規模的攻防戰，配合嚴整的戰略部署，靜若處子，動如脫兔，攻其必救，守其必攻，兇猛剽悍！但是我們都有一個相同的特點，那就是我們都要求用最少的犧牲來換取最大的勝利，區別在於我更喜歡戰爭的大局控制，而梁興則著重於單一的戰事！如果說兩軍列陣，修羅兵團必定不是夜叉兵團的對手，但是如果就整體的戰爭而言，梁興絕不是我的對手，這和我們的性格有著很大的關係。

換上了吉服，我大步地走向大廳。此刻大廳中坐滿人，都是開元、涼州兩地的鄉紳名流，還有就是受高正等人指派而來的特使，他們同樣帶來了大批的禮物，除了高正和顏少卿送來的禮物，更有朝中的王公大臣們送來的各種珍寶。此刻，這些賓客的臉上也帶著一臉的詫異，因爲他們發現在今天的宴會之上，沒有一個兵團的將領，只有我麾下的文官留守迎接，其他的都是一些他們並不熟悉的人員！

我一走進大廳，頓時大廳中熱鬧了起來，所有的人都站起來向我躬身施禮，甚至連高正派來的特使，也是一副謙卑的樣子！想我堂堂的攝政王，一等輔政大臣，可以說一人之下，萬人之上，所有的人見到我，都是一副謙恭小心的模樣，畢竟我手中掌握著整個明月的兵馬大權，可以說我令旗一揮，千萬人人頭落地，也絲毫不爲過！不論是出於什麼心理，又有誰能夠對我趾高氣揚呢？

我含笑和他們打著招呼，並向坐在大廳正中的天風等人施禮！天風是我的師叔，也是今天我的長輩，梅惜月的青衣樓供奉無法露面，小雨的表哥如今已經跨過了狼胥山，深入到了飛天的國境，所以來的只有鍾離華的長輩，其餘的人都是以我的幾位師叔做今日的證婚人！

我看了看時間，估計傅翎已經開始集結兵馬。於是向天風等人點點頭，示意婚禮可以開始！天風緩緩地站起來，朗聲說道：「各位請肅靜，今日是我的師侄，也是明月的修羅王許正陽大婚之日。由於修羅王家中沒有親人，那麼貧道今日就暫代這主婚大位，三位新娘有兩人的家親未能到達，所以同樣有她們指定的長輩來證婚，現在，婚禮開始！」

隨著天風的話音剛落，早有一旁的司儀高聲的喊道：「請三位新娘！」

眾人一陣騷動，早聽說修羅王的未婚妻都是美貌如花，如天仙一般的人物，此刻，大家都不禁想要看看她們到底有怎樣的美貌！

隨著司儀的喊聲，三女緩緩走進大廳。她們身穿大紅吉服，頭戴鮮紅蓋頭，在攙扶之下款款走了進來。雖然頭上罩著蓋頭，但是隱約中卻有一種動人的風姿，已經讓眾人神魂顛倒。

三女以紅綢相連，來到了我的身邊，和我一字展開，我手中牽著紅綢的一端。

司儀高聲喊道：「一拜天地！」

「二拜高堂！」

「夫妻對拜！」

……

一應繁瑣的禮節過後，終於完成了這累人心神的婚禮！我領著三女一一向眾人敬酒，正在酒酣之時，一個親兵匆匆跑了進來，在我耳邊低聲細語：「王爺，副帥已經在城外集結完畢，等待王爺的下一步指示！」

我點點頭，笑著對廳中眾人說道：「各位請暫且安靜！」我話音一出，頓時大廳中鴉雀無聲。所有的目光都在看著我。我高聲的說道：「今日婚宴共有兩件事情！一件，就是正陽的婚事，今日禮成，正陽也了了一件心事！第二件，就是正陽將在今晚發兵飛天！所以婚宴到此結束！」

大廳中頓時騷亂了起來，誰也沒有想到我會突然的在這個時候出征。沒有理睬眾人的騷亂，我一把將身上的大紅吉服扯下，裏面赫然還套著一身的白金盔甲！

小雨和鍾離華也隨之將頭上的蓋頭掀開，將身上的吉服扯下，盔甲鮮明，自有一種颯爽英姿躍入眾人的眼簾！

梅惜月緩緩地揭下了蓋頭，那如同天仙般動人的風姿頓時讓大廳中響起一片驚嘆聲。她接過身邊的侍女倒來的一杯酒，遞到了我的面前，「正陽，你以國事爲重，爲妻深感驕傲！今日送上一杯水酒，爲夫君壯行，爲妻在開元聆聽夫君凱旋佳音！」

我伸手將酒杯接過，仰頭一飲而盡。

一旁的天一走到我的身邊，手中端著兩杯酒，遞給了我一杯，「正陽師侄，請滿飲此杯！開元事宜不用擔心，我們幾個老傢伙會照顧好惜月！此酒代師叔爲你餞行！」說著，他一口飲盡，緩緩地說道：「小雨雖然熟讀兵書，但是卻未曾真正上陣廝殺，正陽千萬要小心照料，不要讓她有任何的閃失！」

我接過酒杯，再次一飲而盡，然後命親兵再端來一杯，我手捧酒杯，大聲對廳中眾人說道：「各位，軍情緊急，正陽必須要馬上出征！所以今日無法陪同各位盡興，正陽在此向各位請罪！待正陽回到開元，定要再擺酒宴，與各位同醉！」

「王爺心寄國事，小人等佩服之至！我等將在開元聆聽王爺佳音，恭候王爺凱旋！」廳中眾人齊聲躬身喝道。

「請大家滿飲此杯，就權當正陽給大家賠罪！」我說著，再次飲盡杯中酒。

廳中眾人同時飲盡，我看了看身邊的小雨和鍾離華，大聲地笑道：「兩位愛妻，隨爲夫殺敵去！」說著，大步向廳外走去。

高秋雨和鍾離華兩人滿臉通紅，緊跟著我走出大廳，我翻身跨上烈焰，對送至門外的梅惜月說道：「師姐，多注意休息！正陽去了！」

梅惜月眼中帶著淚水，「正陽儘管殺敵，爲妻就在這裏等候正陽佳音！」

我一拍烈焰的腦袋，「兒子，隨老子去建功立業嘍！」

烈焰一聲震天的吼叫，迴盪夜空，風馳電掣般向城外衝去。

漠南關是飛天自開元南下的第一道雄關，這裏也屯駐了大量的部隊，特別是自開元失守以後，漠南關更是地位重要，爲了確保無憂，飛天的四大軍團之一玄武軍團，在這裏駐紮了六萬大軍，他們牢牢地扼守著飛天北部的第一道防線！

漠南守將朱瀚本是飛天太師翁同的小舅子，靠著裙帶關係，他登上了漠南關總領的職務。他沒有別的本事，溜鬚拍馬如果他是第二，當沒有人敢稱第一，不然憑藉他那空空的腦瓜子，又如何能夠成爲玄武軍團重要的人物。不過，也是他的命好，玄武軍團的統帥趙捷爲他派了一員副將，凌玉楝！

這凌玉楝是一個不簡單的人物，不但武功出眾，更重要的是他智謀過人，更兼之熟讀兵法，在他的輔佐下，朱瀚這個漠南關總領倒是也過得十分舒心。朱瀚也有自知之明，從來不插手漠南關的軍政事務，一心的爲自己的將來作打算，而凌玉楝也是一個明白人，在場面上也是十分尊敬朱瀚，從來都是一副畢恭畢敬的模樣，這讓胸無點墨的朱瀚心裏十分舒服，於是在政務上，只要凌玉楝開口，他都會想辦法來解決，這兩人自合作以來，倒是相得益彰。

朱瀚曾誇口說道：「漠南關只要有我朱瀚和凌玉楝在，如金湯般堅實，牢不可破！」並對上司吹噓自己和凌玉楝是相敬如賓！只是這個詞用的是否得當，他沒有想過，聽說當時他話一出口，趙捷當場一口茶噴出老遠，一旁的凌玉楝更是面孔通紅，這相敬如賓的朱瀚和凌玉楝，一時成了玄武軍團的一個笑話。

不過，如今朱瀚的心裏可就有些不舒服了，自新年過後，漠南關突然傳出了一種說法：凌玉棟看不起朱瀚，並爲他的一條狗起名爲瀚瀚。而且，聽說凌玉棟時常在趙捷面前說自己的壞話，對自己總領的位置虎視眈眈。後來朱瀚專門請凌玉棟吃飯，席間詢問起來，知道凌玉棟家裏確實有一條狗名叫憨憨，不過不是瀚，而是憨！朱瀚當時只是哈哈一笑，雖然嘴上沒有說什麼，但是心裏面這個不痛快就不用講了！

十幾天前，漠南關突然又有了一種說法：凌玉棟和開元的修羅王許正陽私下聯繫，以漠南關爲代價，想要向許正陽投降！朱瀚當時聽了，心中就是一驚。雖然凌玉棟百般解釋，但是朱瀚心中卻又有一番想法。三天前，朱瀚得到了探馬回報：開元修羅王於開元城誓師，浴火鳳凰軍團重生，並且大軍已經殺向漠南關！朱瀚聽了心中更是緊張。

這許正陽何許人也，他朱瀚是最清楚不過的，先是在天京一場血戰，而後破去大林寺四佛陣，在開元奇計偷襲開元城，自己的外甥翁大江被打得灰頭灰臉地從開元逃了回來，之後血戰東京，六十天連奪五關，會師東京城，破掉一字長蛇陣，月餘時間打下東京，更在東京校場決戰蒼雲，被蒼雲稱爲未來的天下第一高手！

這種種的傳說，讓朱瀚坐立不安，如今這漠南關突然傳出了凌玉棟要投降的消息，開元城立刻出兵漠南，之間是否有些必然的聯繫？朱瀚不敢往下細想，他只覺得自己的兩腳發軟，渾身虛汗直流！

坐在總領府的書房中，雖然還是初春的時節，天氣依舊寒冷，但是朱瀚卻是從內心中感到了自己的全身都在燃燒。自得到了開元城發兵漠南的消息，他已經連續數次的催請凌玉棟向上谷和漁陽請求救兵，但是凌玉棟只是淡淡一笑，說總領放心，一切盡在他的掌握之中。什麼掌握？自己這個總領居然半點都不知道！而且敵軍一天天向漠南逼近，凌玉棟還是不溫不火，不見半點的動靜，這讓朱瀚想起了前些日子的流言。難道那些流言都是真的？朱瀚開始胡思亂想。

門輕輕被推開了，從門外走進來一人，朱瀚抬頭一看，卻是他手下的謀臣諸良，這諸良年齡在三十左右，長的一表人材，但是在他英俊的面孔下面，卻是如同蛇蠍一般的心腸。朱瀚的許多主意都是出自於諸良之手，但是此人平日裏對人，總是一副笑瞇瞇的模樣，爲人貪財好色，更是沒有半點才學，但是害起人來，卻是陰險刁鑽，人頌綽號：空心笑面虎。當然，這個名字只是在私下流傳，當著諸良的面，卻沒有一個人敢這麼叫！

看到朱瀚一副愁眉苦臉的模樣，諸良連忙上前，臉上堆著笑容，「總領，怎麼如此的愁苦？有何不開心，可以給屬下說說，讓屬下也分擔一二！」

「唉——！」朱瀚長嘆了一聲，「我怎麼能夠高興的起來呀！這許正陽領兵突然向我漠南攻擊，凌玉棟卻遲遲沒有反應，我數次催問，他都是說讓我放心，可是我又怎能夠放心呢?那許正陽不是一般人等，心狠手辣，兇殘無比，兼之此人武力超強，而且用兵如神，他這一來，恐怕我漠南危矣！」

諸良輕聲說道：「總領，不知道您是否聽到了一些謠言?當然這些謠言都是虛造，不可以當真！」

「哦?什麼樣的謠言?」朱瀚眉毛一挑，心中又開始盤算了起來。人就是這樣，你越是在他的耳邊說不要相信，他心裏面就越是犯嘀咕。

諸良爲難的說道：「總領大人，這屬下實在不好說！如果被統領大人知道，定然要責怪屬下，而且，屬下從來不喜歡做那種在別人背後說壞話的人！」

「本總領命令你說，謠言嘛，說說而已，難道本總領還分不出來?如果統領大人責怪，本總領爲你說話，你放心說吧！」朱瀚有些不高興地說道。

「既然總領大人讓屬下說，那麼屬下就不怕得罪統領了！聽外面的流言，統領大人似乎已經和明月的許正陽聯繫，說是要將漠南獻上，做他的進升之階，而且，還聽說許正陽此次前來，主要是針對翁太師一族，說只要凌統領將大人獻上，就可以高坐漠南總領一職！當然這些都是謠言，都不足以爲信！」

朱瀚心中一驚，冷冷說道：「不盡然吧，本總領以爲有些事情是無風不起浪的！」他心裏想道：這凌玉棟雖然在人前對自己恭恭敬敬，但是此人的才學高自己數倍，如果不是沒有什麼背景，恐怕早就爬到了自己的頭上。雖然這漠南軍政都是歸於凌玉棟所管，但是對外仍只是一個統領，怎比得這總領一職榮耀！凌玉棟平日與自己談論起當今天下的兵法名家，對於許正陽和梁興兩人都是佩服不已，現在他沒有半點的動作，誰曉得心裏是怎麼想的？人心隔肚皮，不防不行呀！

想著，他問道：「還有什麼謠言？」

「聽說凌大人將城門緊閉，爲的就是把許正陽進攻的消息封鎖，等許正陽一來，他就要借機開城投降！這些無知刁民，又如何知道凌大人的神機妙算，真是胡說八道！」諸良眨著眼睛說道。

可是諸良越是這樣說，朱瀚越是覺得心中有些不妥，他看著諸良，突然冷笑道：「什麼神機妙算，我倒要看看他如何借機開城投降！」他沉吟了一下，「不過今天你所說的話，出你嘴，入我耳！不可再讓第三人知道。這種消息還是不要傳播的爲好。不過，你立刻派出細作，將統領府牢牢監視，看看他凌玉棟究竟要耍出什麼樣的把戲！同時派出親信之人，向上谷和漁陽報告，請求援兵火速到達！」

「屬下遵命！」諸良恭聲說道。

揮揮手，朱瀚有些心焦地讓諸良下去。他獨自坐在屋中，諸良的話不斷地在他的耳邊迴響，心中的焦躁越來越甚，這凌玉棟究竟在搞什麼？

凌玉棟今年已經四十有五了，自他投身玄武軍團，戰功顯赫，但是苦於沒有任何的背景，所以至今還只是一個小小的副將。自來到了漠南，他全力輔佐朱瀚，不敢有半點的懈怠，原因很簡單，因爲他知道這是自己最後的一個機會了！朱瀚雖然沒有半點本事，但是此人卻很有自知之明，所以從來不干涉自己，而且還盡自己最大的努力來幫助他。對於這樣的一個上司，凌玉棟心中沒有半分的看不起，相反，他對朱瀚的尊敬是出於本心，因爲朱瀚有顯赫的家世，如果朱瀚給自己美言兩句，自己今後的仕途將會平步青雲！

不過，這兩天凌玉棟心中也有些不舒服，因爲他感到了朱瀚對自己的猜忌，月前，朱瀚突然和他提到他的愛犬，那心中的不快，凌玉棟還是聽得出來的，於是，他馬上將自己的愛犬殺死，沒有想到自己如此誠意的表示，並未能夠讓朱瀚心中的猜忌消失。這兩天城中謠言四起，凌玉棟不是不知道，但是嘴長在別人的臉上，總不能把人家給殺了？而且漠南關那麼多的人，怎麼殺？

他嘆了一口氣，這下屬還真是難當！緩緩走到了地圖前，他凝神看著漠南四周的地勢，心中開始考慮如何對付許正陽的進攻。也只有在這個時候，他的心情最爲平靜！

從屋外走進了一個年輕人。凌玉棟回頭看了看，沒有理睬，來人是他的獨子凌飛。凌飛是凌玉棟的驕傲，年僅十八，卻十八般武器樣樣精通，而且也是一個熟讀兵書的未來將領。只是此刻他沒有心情理睬凌飛，因爲他在全神考慮許正陽的種種進攻套路！

「父親！」凌飛輕聲叫道。這個年輕人就像其他的年輕人一樣，有著不同尋常的傲氣，這一點從他的眼角神情就可以看出。

「什麼事情？」凌玉棟沒有回頭，他繼續盯著眼前的地圖。

「大戰將起，孩兒想知道父親將如何打算？這樣孩兒心中也有個數！」

凌玉棟知道自己這個兒子出奇地驕傲，這是他最爲擔心的一件事情。

「哦？那麼先告訴我你怎麼看？」凌玉棟問道。

「父親，孩兒以爲許正陽雖然厲害，但是他修羅兵團連番征戰，主力尚在東京，此次匆忙對我漠南進攻，必然是以疲兵攻擊，孩兒以爲，我們應該在許正陽先頭部隊到達之時，趁其立足未穩，迎頭痛擊，然後死守漠南，等待援軍到達！」凌飛緩緩地說道。

凌玉棟笑了，他看著凌飛，心中不由得有些欣慰，「爲什麼這樣做？」

「父親，對許正陽先頭部隊的攻擊，可以提高我們的士氣，打擊對方的氣焰。許正陽連番大勝，士氣高漲，我們突然的出擊可以使他們的士氣遭受打擊；然後我們坐守漠南，待援軍到達，我們以新銳之師對許正陽的久戰之師，一戰可勝！更重要的是，許正陽自出道以來，未曾嘗過敗績，今日我們在漠南打敗許正陽，父親的聲望必然可以提升到一個從未有過的高度，今後我們也就再也不用看那朱瀚的臉色了！」說著，凌飛的臉上露出恨恨的神色，凌玉棟知道，對於自己殺了愛犬憨憨，凌飛心中總是有一種莫名的仇恨。

拍了拍凌飛的肩膀，凌玉棟笑道：「好，飛兒果然是有勇有謀，此計甚好！只是這第一戰必須要有一員猛將出馬，飛兒可有人選？」

「孩兒不才，願領本部的兵馬，擊殺許正陽的先頭部隊！」凌飛意氣風發地說道。

凌玉棟哈哈地笑了起來，他心中的得意實在無法形容，有這樣一個令自己驕傲的兒子，他還怎麼說呢？

正說笑間，突然門外親兵喊道：「啓稟統領，總領大人在客廳等候！」

「哦？」凌玉棟心中感到無限厭煩，他實在是受不了朱瀚這一天三次的拜訪，身爲總領，大兵即將臨境，卻沉不住半點氣，如何穩定漠南軍心。想著，他的臉上露出一絲的輕視。但是輕視歸輕視，凌玉棟不敢有半點的懈怠，他連忙說道：「告訴總領大人，我馬上前去！」說著，又對凌飛說道：「飛兒去準備吧，我現在去見總領大人。爲父估計許正陽的先頭部隊在這兩天就要到達，飛兒準備隨時出擊！」

凌飛著實不想看到朱瀚那張胖胖的肥臉，扭身離開。

整了整衣冠，凌玉楝大步走向客廳。朱瀚此刻正在客廳中焦急的走動，他實在是無法在自己的總領府中坐著，於是決定還是來和凌玉楝好好談談。

「總領大人！末將失迎，請恕罪！」凌玉楝大聲說道。

朱瀚臉上也擠出了一絲笑容。兩人在客廳中寒暄了兩句，朱瀚急急的問道：「凌統領，這許正陽大兵將要到達，不知道大人如何準備？」

凌玉楝笑了笑，「大人請放寬心，玉楝心中已經有了打算。玉楝打算在許正陽先頭部隊到達之時先領兵出擊，然後退守漠南，等待援軍到達！」

「出擊？」朱瀚心中突然一顫，他想起了諸良的話：凌玉楝伺機準備獻城投降！這主動出擊，未免有些……

他猶豫了一下，看著凌玉楝問道：「這不合適吧，修羅兵團以兇悍著稱，麾下猛將如雲，那許正陽更是一個武力超絕之人，大人卻要出擊？未免是以卵擊石吧！」

「大人放心！」凌玉楝心中有些不快，他耐著性子說道：「許正陽雖然兇悍，但是他的修羅兵團大戰才罷，主力尚在東京，未曾聽說有大規模集結，所以此次前來，必然是他在開元的留守之兵！修羅兵團精銳未出，只是依靠人數想要將我漠南打下，未免有些狂妄。我漠南尚有六萬守軍，不是那麼容易對付！而且，聽說許正陽和蒼雲一戰，身受重傷，手下的大將有多數在東京，此次前來，必然沒有什麼名將，但是許正陽總不成讓他的副帥來充當這先鋒一職吧！所以我們只要全力一擊，然後等待援軍到達，既可以揚我飛天的威名，又可以打擊對方，如此大功，屬下正要向大人賀喜！」凌玉棟侃侃而談。

朱瀚心中還是有些擔心，但是凌玉棟已經如此說了，他也不知道如何反駁，帶著一絲猜疑，朱瀚又和凌玉棟閒扯了兩句，緩緩地起身告辭。

整整一個晚上，朱瀚沒有睡著，他翻來覆去在床上躺著，心中卻是在想著凌玉棟和諸良兩人的話語，到底該如何是好呢？就這樣，更響五下，朱瀚在憂慮中迷迷糊糊的睡了過去。

三聲號炮聲響徹雲霄，剛剛睡著的朱瀚翻身起來，滿臉的倦意，惱怒的大聲罵道：「這個凌玉棟搞什麼鬼？這才五更天，放什麼號炮！」

一個家僕慌慌張張的跑進了臥房，「大人，不好了！許正陽兵臨漠南，正在城下叫罵！」

「什麼！」朱瀚瞬間睡意全無。

高秋雨和鍾離華率領五千鐵女騎兵，在城下立馬橫槍，一身火紅戰甲罩在身上，頭上綁著一根火紅的綢帶，胯下大宛汗血寶馬，手中落鳳槍寒光閃爍；身邊鍾離華白金軟甲，胯下一匹四蹄踏雪的照夜獅子，手中裂風大刀，身後五千鐵女一字排開三騎一伍，鐵錐陣形一字排開，殺氣騰騰，晨光下更顯鬚眉豪氣！

五千鐵女在城下大聲喝罵，嬌聲燕語，煞是好聽。城頭上的守軍居然聽得入迷，一時間忘記了回答。

朱瀚和凌玉楝一先一後地趕上了城頭，一看到如此的樣子，凌玉楝心中不由得生氣，他大聲喝罵，使得飛天的軍士這才清醒了過來，他們立刻高聲回罵。

要說這些鐵女也真是厲害，絲毫沒有為城頭的叫罵動氣，只是高聲叫罵！就連高秋雨和鍾離華這兩個大家閨秀也絲毫沒有半點的羞怒神色，這使得凌玉楝和朱瀚都不禁為對方的涵養所震驚。

朱瀚微微皺眉，他看著城下的這些女兵，疑惑地問道：「這是修羅兵團？」

凌玉楝更加疑惑，從來沒有聽說修羅兵團中有這樣的一支女兵，遲疑地說道：「哦，是吧？」

朱瀚對於凌玉楝的回答很不滿意，看著凌玉楝剛想開口，這時，凌飛大步走上了城頭，向城下一看，臉上頓時露出一絲輕蔑的笑容，轉身對凌玉楝躬身說道：

「請統領大人下令，末將願領三千鐵騎，將敵兵全殲！」

凌玉棟有些遲疑，他直覺這些女兵絕不簡單，但是自己堂堂男兒，怎麼能被這女人嚇住，心中不覺有些猶豫。朱瀚則是一臉的奇怪：「真的要出戰？」

凌飛有些厭惡地看了一眼朱瀚，沒有理睬，「請父親下令！」

凌玉棟果斷地命令道：「凌飛出戰！」

「且慢！」朱瀚連忙阻止，「這樣是否有些不好？還是從長計議！」

凌飛臉上露出一抹冷笑，沒有說話。凌玉棟沒有遲疑，「總領大人，敵軍只是一群女流之輩，正是出擊的好時候，而且，我們這些大男人總不成就在這裏被一群女人罵得不出頭，傳出去，總領大人顏面無光呀！」

「顏面不顏面的無所謂！」朱瀚低聲嘀咕著。但是心中卻又不想放過這樣的好機會，點點頭，他無奈地說道：「那全憑統領大人的命令吧！」

「出戰！」凌玉棟說道。

凌飛拱手下城，翻身上馬，點起三千兵馬，三聲號炮之後，漠南關城門大開，玄青洪流湧動，三千兵馬瞬間來到了城外。

看到漠南關的城門大開，高秋雨一揮手，身後鐵女罵聲立止，各自從耳中取出一個小木塞。

凌玉棟不由得哭笑不得，原來人家把耳朵堵上了，自己再怎樣的高聲喝罵，人家也聽不見，倒是這群女人一頓惡毒臭罵，自己聽了個一清二楚，這算什麼呀！

高秋雨一催胯下火兒，緩緩出列，手中大槍點指凌飛，帶著輕蔑的神情，嬌聲說道：「來將通名！」

凌飛看到高秋雨那輕蔑表情，心中頓時大怒，一催坐騎，搶身迎上，喝道：「凌飛在此，看妳等一群弱女子，不在家相夫教子，卻來這兩陣廝殺，快快回去，本公子看妳們是女人的份上，饒妳們不死！」

一聽凌飛的名字，高秋雨臉上輕蔑神色更濃，冷哼一聲：「無名的小子在這裏張牙舞爪，真是不知死活！」說著，回頭對身後的眾女說道：「這乳臭未乾的毛頭小子讓我們退回，姐妹們怎麼說？」

頓時，各種惡毒的話語響起，鐵女陣中一片喧鬧之聲，那刁鑽的話語讓凌飛火冒三丈，大喝一聲，縱馬向高秋雨撲上。

就在凌飛飛馬而出的同時，高秋雨卻閉上了眼睛，手中大槍倒拖，立於兩陣之前，彷彿是自古屹立於那裏的巍峨山脈，對凌飛的攻擊絲毫不理會。

城上的凌玉棟在高秋雨閉上雙眼的同時，卻感受到了一股無比凌厲的殺氣，蔓延於沙場之上，心中一驚，大叫道：「不好！」

「怎麼了？」朱瀚疑惑的問道。

「這個女人的武力之高，絕非是飛兒可比，飛兒危險了！」說著，他轉身就要下城。

「統領大人哪裡去？」站在朱瀚身邊的諸良突然低聲說了一句，朱瀚一副恍然神色，他大聲喊道。

「飛兒有難，屬下要去救他！」凌玉棟說道。

「恐怕統領大人另有目的吧！」本來就不贊成出戰的朱瀚此刻想起了城中的謠言，莫非他是要借此機會出城獻降！必然如此，不然，許正陽怎麼會只派出了些許女兵，想來是因爲這城中早有內應，根本就沒有放在了心上。想到這裏，他冷冷的說道。

話一出口，城頭之上頓時瀰漫著一股不祥的氣氛，朱瀚手下的親兵立時戒備。

只是這一耽擱，城下拼鬥已經有了結果。

第三章　巾幗鬚眉

凌飛暴烈地向高秋雨衝去，高秋雨罔若未見。

十丈，高秋雨手腕輕輕扭動。

凌飛手中的大刀閃爍著森冷的寒光，狂湧的勁氣帶起了漫天的塵沙，直撲高秋雨。

五丈，高秋雨的臉上湧現出恬美的笑容，她雖然閉著眼睛，但是無上的靈覺早已經散開，一種無以名之，無人無我，無憂無慮的大自在湧上了心頭，雙眼雖閉，但是心眼已開，凌飛帶起的氣流湧動使高秋雨對他的攻擊路線清楚無比。

凌飛絲毫沒有察覺到危機的來臨，雙眼神光暴射，手中大刀突然爆出，漫天的刀影，虛實難辨，塵土飛揚，煙霧瀰漫中，凌飛突然將刀影收回，大刀貼在腰中，負於背後，有刀變無刀！坐騎依舊狂野地向高秋雨衝去。

一丈，高秋雨烏黑的秀髮無風自動，那紅色的綢帶向上捲起，煞是好看，長槍依舊拖於地面，不見絲毫的動作！

突然間，高秋雨動了，由極靜轉爲極動，手中倒拖的大槍，緩慢地運轉，向凌飛砸去，馬勢迅疾，長槍緩慢，一快一慢，這種視覺的差異讓人感到無比的難受，凌飛被這看似緩慢但是卻如同迅雷一般的一槍逼得心頭發悶，一種鮮血狂噴的感覺湧上了心頭。

落鳳槍在短短的一段距離中不斷地變化，眨眼之間，兩人已經擊在了一起。

負在背後的大刀如同魔術變化般閃電劈出，迎向高秋雨那變化萬千，看似緩慢卻又如迅雷般的一槍。

而就在這時，高秋雨雙眼突然睜開，口中嬌叱一聲！「噹！」一聲震耳巨響，刀槍交擊在一起，一股強勁的氣流從刀槍交擊處狂湧四散，塵土飛揚。

凌飛一聲淒厲慘叫，壓在胸腔中的那口鮮血噴出，胯下的坐騎無法承受高秋雨這無比凌厲的一槍，四肢跪地，淒厲嘶鳴！凌飛更是落在塵埃之中。

就在高秋雨一槍攻出之時，一直神色輕鬆的鍾離華突然手中裂風刀一揮，身後五千鐵女瞬間湧上，在凌飛落馬、身後三千騎兵尚在呆愣的時候，五千鐵女已經殺出，如同風捲殘雲一般，三騎一伍，配合嫻熟，一人攻，一人防，一人擋，三人合作，天衣無縫，只是一個衝殺間，三千騎兵已經倒下了兩千人，無主戰馬四散逃逸，這是修羅兵團特有的騎殺之法！一個回合衝擊完畢，五千鐵女陣形不亂，如同鬼魅一般瞬間退回原地，整齊列陣。

此時塵埃落定，高秋雨坐於火兒身上，手中落鳳槍指在凌飛的喉間，冰冷的寒光帶著凌厲的氣勁，大槍光芒吞吐，高秋雨如同跨越神駒的火焰女神一般，桀驁不群！

凌飛此時臉上再無半點的傲氣，臉色灰敗，沒有半點的神光，剛才的一槍已經讓他再無半點力量站起，他躺在地上，眼角流出淚水！這是他生平的第一戰，卻敗得如此的凄慘，連一個回合都無法支撐，而且是敗在一個女人的手下！身後三千騎兵已經逃散，戰場之上，只有一群如同朽木一般的屍體和正在尋找主人的戰馬，遍地鮮血，一副修羅獄場！

高秋雨嬌聲對城頭呆若木雞的飛天眾人說道：「凌統領，我家元帥說了，統領似乎有些信心游離，朝三暮四非是男子所爲，故今日派小女子前來，令公子我們帶回，盼統領早下決心！」說著，身後的鐵女上前將凌飛一把抓起，繩索一套，拽回本陣。

高秋雨帶著甜美的笑容，「今日打攪，秋雨告退！」說著，一催火兒，火兒空中一個旋身，閃電般回歸了本陣。

「姑娘們！我們回兵，向元帥請賞嘍！」鍾離華笑盈盈地說道。

五千鐵女頓時燕語鶯聲，拉著狼狽的凌飛向後退去。

「凌統領，請你解釋一下這是怎麼回事！」朱瀚從鐵女的凌厲殺伐中驚醒過來，他聽了高秋雨的話，厲聲喝道。

「總領大人，千萬不要相信，這只是許正陽的詭計！」凌玉棟心中叫苦，他看著朱瀚，急急辯解，眼睛還不時向城外看去。

「那你下面想要如何？」朱瀚厲聲說道。

「屬下立刻整備兵馬，準備拼死一戰！」凌玉棟連忙說道。

「嘿嘿，拼死一戰？我看你是要和我拼死一戰吧！我早就說過，不要出戰，你父子卻一意孤行，現在我明白了，原來是想要趁機獻城，如果不是本總領今日前來，恐怕此刻已經是你凌大人的階下囚了！」

「這，這總領大人如何說起？」凌玉棟心中有苦說不出，他一邊回答，一邊不時向緩緩退去的鐵女騎兵看去，心中還在為自己的兒子擔心！

「早就聽說你凌大人要求官獻城，本總領雖然不理政務，但是卻不要以為本總領是個白癡。想來你們已經說好今日獻城，所以許正陽才派了五千女人前來。本總領從來沒有理睬軍務，恐怕你跟本沒有想到本總領也會來到這裏督戰吧！」朱瀚有些佩服自己的聰明，他有些得意地說道：

「無奈之下，你派你兒子去應戰，只是應付了事，卻沒有想到對方誤會！嘿嘿，五千女人瞬間將我三千精兵殺戮，你說誰會相信！」

凌玉棟此刻已經是有嘴也說不清楚，他看著朱瀚，心中真想把這頭蠢豬殺了。苦笑著，「那總領大人說要如何？」

「我要你去將這些女人殺死！那兩個女將活捉！用此來證明你的忠誠！不然，嘿嘿，本總領就在這裏將你格殺！」朱瀚厲聲說道。

「屬下遵命！」凌玉棟心中明白，自己已經落入了對方的陷阱，從自己登上城頭，一舉一動無不在對方的算計之中。甚至自己出去追殺對方，恐怕也是另有陰謀，光是這些女人，凌玉棟第一次正視這些鐵女，雖然是女人，卻絕不是自己手下這些閒散兵士可以抵抗，而且後面必然有埋伏。可是眼前的情況卻是那樣的可笑，明知道有陷阱，自己卻必須要跳進去，這當真是無奈！

「敢問總領大人給末將多少兵馬？」

「多少兵馬？嘿嘿，你巴不得將我漠南關所有的兵馬帶走！就帶著你本部的兩萬兵馬去吧！」朱瀚冷冷地說道。

「遵令！」凌玉棟咬牙說道。說完，他走下城樓，點起兵馬，殺出城去。沉重的大門緩緩的關閉了，凌玉棟知道自己已經陷入了一個必死之局，心中依舊抱著一些幻想，他手中大槍一揮，「將士們，讓我們把明月的女人捉住！」

飛天軍士頓時精神大振，眼中放出光芒，似乎已經忘卻剛才鐵女凌厲的搏殺，他們一聲大呼，跟在凌玉棟身後，放馬狂北而去，身後帶起無邊的塵土。

狂奔了十里，凌玉棟卻發現有些不妙，那些女人似乎是在故意引逗他們一樣，始終和自己保持一箭的距離，既不快，也不慢，心中的隱憂越來越重，但是他已經沒有退路，於公於私，都不允許他後退，特別是他還聽到那些女人在調笑自己的兒子，這更讓他無法容忍！

催令三軍向前面的鐵女騎兵猛追，凌玉棟帶著本部的兩萬兵馬越來越接近，前面是一處山彎，鐵女騎兵瞬間拐了進去。凌玉棟心中狂喜，因為他知道這山彎之後，是一處死地，裏面是一個沒有出路的死谷，地方狹小，根本無法展開騎兵攻擊，而自己身後還有一萬步兵，正是在這樣的地方來收拾這些女人！

這下看你們怎麼跑！他高聲對身後的軍士們說道：「弟兄們，她們進了死谷，我們追！」一千軍士立刻精神大振，他們叫囂著，狂奔而去。

轉過了山彎，凌玉棟卻發現自己錯了，眼前密密麻麻列隊著數不清的步兵，都是一色的素色盔甲，如同白色的幽靈般，讓人心中悸動！

連忙喝止身後的軍士，看來對手早已經到達了漠南，對此處的地形已經摸了一個通透，自己心中的那點僥倖瞬間全無。領軍就要回撤，忽聽耳邊三聲號炮，炮聲迴盪群山，扭頭看去，自己的後路已經被人堵死，大約五千重裝步兵列隊山道之上，為首的兩人，長相相同，每人手中都是兩柄車輪大小的巨斧，身後的士兵同樣武器，身上還背負著兩柄小斧！

爲首的兩個大漢朗聲笑道：「凌統領，修羅兵團葉海濤、葉海波恭候統領多時了！」

凌玉棟突然仰天長嘆，「修羅，你當真是用兵奇詭！」

他話音尚未落下，就聽一個豪邁的聲音在身前響起，「凌玉棟，漠南此刻已在我家主公之手！修羅兵團護旗使巫馬天勇向你討戰！」

巫馬天勇人未到，話音先起，聲音未落，一個嬌柔的聲音響起：「凌玉棟，還有本夫人，鍾離華等著你的邀戰！」

凌玉棟頓時覺得自己身處萬年玄冰之中，心中沒有半點的戰意。

望著凌玉棟遠去的背影，朱瀚突然覺得有些不對勁，但是究竟是如何？他自己心裏也不知道！只是隱隱感到凌玉棟的背影有些悲壯。長嘆了一聲，朱瀚緩緩轉身，對身後的諸良說道：「吩咐下去，做好防守的準備，在上谷援軍沒有到達之前，我們將會有一場苦戰！」

諸良恭聲地說道：「大人放心，屬下已經有了很妥善的安排，早在月前屬下聽說了許正陽在開元會師，屬下就已經知道會有這一天了，所以早已經以大人的名義寫出了一封求援信，估計援軍已經在路上了！」

朱瀚眼中放著奇光，呵呵笑道：「諸良，沒想到你有如此的計謀！哈哈，誰說你沒有本事，本總領看你比那個凌玉楝能幹多了！等此次事情結束，本總領親自爲你請功！」

諸良恭聲說道：「那屬下要多謝總領大人的提拔了！」

「哈哈哈！」朱瀚突然覺得自己的心情好了許多。

遠遠的天際，蕩起了一片煙塵，朱瀚瞇起眼睛向遠處看去，心中估計著應該是還有二十里地方能夠到達漠南，雖說口中不怕，但是心中卻已經有些怕了。他絲毫沒有注意到身邊的諸良此刻臉上露出異常詭異的笑容！

「報！」從城樓下慌慌張張地走來一個親兵，他單膝跪地，大聲的說道：「啓稟總領大人，漠南城南出現一彪人馬，似乎是從上谷方向而來的！看旗號是上谷屠總領大人的人馬！」

「什麼？」朱瀚猛然感到一陣激動，他那脆弱的心靈在連日來一直緊繃，此刻聽說了援軍到達，心中的歡喜無法言表，渾身一陣輕鬆，他險些一頭栽倒在地，幸虧是一邊的諸良將他扶住。長出一口氣，雖然有些奇怪援軍居然如此快到達，但是卻沒有時間考慮許多，連忙說道：「快！快開城放行！」

倒是一旁的諸良連忙攔住，冷靜的問道：「來人有多少？領軍何人？」

「啓稟主簿大人，來人共有兩萬，一色的弓騎兵，主將姓楊，他說上谷屠大人領五萬大軍在後，兩日內可以趕到！」親兵恭聲說道。

「怎麼？難道有什麼問題嗎？」朱瀚奇怪地問道。

諸良恭聲說道：「沒有，大人，只是例行公事罷了！聽說屠大人手下一員虎將，姓楊！看來就是他了！」

朱瀚又哪裡知道上谷有沒有什麼姓楊的將軍，只是諸良如此一說，心中再無半點疑慮，他呵呵笑道：「既然如此，那麼我們還是趕快去迎接楊將軍！諸良，這裏就交給你，我親自去迎接，楊將軍遠道而來，我們可是不能失卻禮數！」說著，他大步走下城頭，卻沒有發現諸良此刻臉上詭異的笑容更甚！

朱瀚笑容滿面地來到了漠南的南門口，對守衛在城門口的士兵說道：「來呀！快快開門，本總領要迎接楊將軍！」心裏面卻在思量，這諸良怎麼知道上谷屠振方有一個猛將姓楊？這個傢伙這兩天表現很不尋常，偷偷寫信告急！真是的，平時也沒有看出他有這麼的精明，怎麼突然間變得如此聰明？看來回頭要防著這個傢伙，說不準他什麼時候就會給自己一刀，嗯，還是要注意！

漠南關目前所有的兵力都集中在了北門，南門如今防守薄弱，只有一萬名步兵，領軍的將領聽到總領大人如此一說，立刻下令放下吊橋，打開了城門。

城外一身玄青色著裝的騎兵早已經等得不耐煩，城門一開，立刻如同旋風般衝了進來，朱瀚剛想要迎上去，卻發現這些騎兵不知道何時已經利箭上弦，衝進城中就是一陣狂射，沒有半點心理準備的飛天士兵被這突如其來的攻擊打得昏了頭，根本沒有想到防禦，瞬間，立於城門處的步卒轉眼全部倒在了血泊之中。

這些騎兵呼嘯著掠過，手中的弓箭不知道在什麼時候已經換成了六尺長的斬馬刀，順著狹長的馬道瞬間衝上了城頭，城頭的士兵根本沒有想到這援軍會對自己發動如此突然襲擊，頓時亂了手腳，城門殺聲四起！

一副暈頭轉向的模樣，朱瀚懵了，他被這迅猛的襲擊搞得摸不著頭腦，大聲喊著：「你們這是幹什麼！我乃是漠南關總領朱瀚，我命令你們停止攻擊！」

沒有人理睬他，飛天的士卒被這狂野的馬隊打得四散奔逃，瞬間就潰不成軍！不到一萬的步卒轉眼間都在地上哀嚎著，再也無人能夠站起來。朱瀚立在血泊之中，四周刀光閃閃，寒氣逼人，那些馬上的騎士一個個面目猙獰，身上都沾滿了血跡，冷冷地看著立馬正中的朱瀚。

「叫你們的楊將軍來！」朱瀚喊道，他到現在還沒有弄明白爲什麼上谷的兵馬會突然攻擊自己！他要和他們好好地理論。

周圍的騎士們臉上都帶著嘲弄的笑容，一個清朗的聲音在朱瀚的耳邊響起，「在下就是楊將軍，不知道朱總領喚在下何事？」

話音剛落，一匹白色戰馬衝到了朱瀚的身前，馬上一員大將，手中一把開天槊，身上還背著一張奇形巨弓！他三十多歲，面皮白淨，神色溫和，如果不是他那雪白戰袍上沾滿了血跡，朱瀚實在無法想像這個人是一員武將，但是他不得不承認，因爲他剛才還看到這人手中的開天大槊帶著攝人心魄的詭異厲嘯，在自己的眼前肆意屠殺。

朱瀚聲音有些顫抖，挺了挺胸膛，厲聲喝道：「在下朱瀚，漠南總領！你們爲何大肆屠殺我的手下，這是奉了誰的命令？」

「自然是我家主公的命令！」那員大將臉上依舊帶著溫和的笑容。

「該死的屠振方！」朱瀚破口大罵，突然他停下來，不對，屠振方雖然和自己有些不和，但是如此大肆屠殺己方的士兵，他還沒有那麼大的膽子，而且也沒有理由要如此殺戮呀？這個時候他才發覺有些不對勁，奇怪的問道：「你的主公是誰？」

「哈哈哈！」楊將軍突然放聲大笑，四周的軍士也不由得笑出了聲，好半天，楊將軍說道：「朱瀚呀朱瀚，我家主公在錦囊之上對你的評價是自作聰明的一頭蠢豬！看來一點也沒有說錯，難道你現在還沒有看出來我們是什麼人？」

「難道……」朱瀚突然失聲說道，他心中卻又馬上否認，他希望這只是一場夢！

「不錯！」楊將軍一揮手，身後的飛天大旗瞬間倒塌，一面繡有在火焰中重生火鳳的戰旗高高飄揚，那戰旗上寫著：浴火鳳凰軍團神弓營左都指揮使楊！那楊將軍站在那飄揚的火鳳戰旗下，高傲地說道：「浴火鳳凰軍團修羅王座下神弓營左都指揮使楊勇，代我家主公向朱大人問好！」他頓了一下，冷冷的說道：「漠南關已經落入我家主公之手！」

這時，從南門處傳來陣陣的喊殺聲，朱瀚突然覺得遍體冰涼，一陣天旋地轉，一頭栽倒在馬下。

凌玉棟率領著三十多騎，灰溜溜如同喪家之犬般向漠南狂奔，他現在只希望漠南關無事！在過去的兩個時辰中，簡直就是他一生中的惡夢，他實在無法相信，經自己一手調教的兩萬飛天將士居然如此不經打，短短的兩個時辰，兩萬大軍灰飛煙灰，只有自己身後這三十多騎跟隨自己衝出了重圍，那漫天飛舞的短斧，那兇狠凌厲的碎首大槌，還有那個巫馬天勇，手中兩把玄鐵寒冰戟，簡直就是兩把勾魂筆，自己麾下的親兵沒有一個人能夠阻擋他，也沒有一個人能夠擋住他那一戟之力！那不是兩軍對陣，那簡直就是屠殺！

還有身後的兩個大漢，他們雖然沒有參加攻擊，但是自己率領大軍幾次想要突擊，卻都被他們擋了下來，原以爲自己已經是神力，但是和這兩人一比，簡直就是小孩子和大力神的對比，硬架了對方兩斧，自己的兩臂到現在還在發麻。在那瀰漫著血腥氣息的山谷中，凌玉棟唯一感到對自己沒有威脅的，竟然是那些將自己引來的鐵女騎兵，她們始終站在一旁，用一種悲憫的眼神看著自己一方被大肆屠殺，女人！到底還是心軟。

漠南關就在眼前，城頭上依舊是飛天的大旗，凌玉棟心中長出了一口氣！看來漠南關還沒有失守！他來到關下，大聲的喊道：「快開城門！」

城頭上死一般的沉寂，沒有一個人出面，凌玉棟突然心中升起了一種不祥的感覺！「快開門！我是統領凌玉棟！」

一陣爽朗的笑聲響起，城頭上飛天大旗突然被扔了下來，取而代之的，是繡有浴火鳳凰的戰旗飄揚，一員大將立於城頭，手中一把巨弓，大聲的說道：

「凌統領，要想進城，就先接我三箭！」

話音一落，三點寒星突然出現在凌玉棟的視線之中，那寒星帶著凌厲的勁氣呼嘯，卻又看似緩慢。凌玉棟知道那只是一種真氣摩擦產生出來的視覺差異。

三點寒星看似緩慢，眨眼就來到了凌玉棟面前，一咬牙，凌玉棟手中大槍一揮，掛著呼嘯的勁氣迎上，大槍在空中劃出詭異的弧線，將三點寒星全部罩住！

兩聲脆響，大槍準確地將兩支箭矢敲中，那利箭上所帶的氣勁詭異非凡，直襲凌玉棟的心脈。原本就有些發麻的手臂更是酸痛，幾乎握不住手中大槍。凌玉棟沿著原先的箭矢軌跡挑去，那一點寒星似乎失去後勁向下一沉，凌玉棟手中大槍走了一個空！那剩下的一支箭矢下沉之後，勢不停歇，一箭正中凌玉棟胯下的坐騎！

戰馬一聲淒涼慘叫，立時將凌玉棟甩下馬來，就在這時，城樓之上那員大將手不停歇，一弓九箭，連續射出！凌玉棟在地上就聽身邊一陣慘叫，跟隨自己突圍出來的三十幾人竟然被對方瞬間射殺！好詭異的箭法！

拔出佩劍，凌玉棟此刻聽到身後一陣戰馬嘶鳴，大地也在顫抖，身後千軍萬馬在奔騰，他知道今天自己難逃一死！

「凌統領，你不屬於在下。還是先對付身後的人吧！哈哈哈！」城上大將大笑著隱身而去。身後，巫馬天勇、高秋雨和鍾離華率領著五千鐵女已經先行趕到，瞬間將凌玉棟包圍起來。巫馬天勇微笑道：

「凌將軍，今日你們的一舉一動，都已經算在我家主公的手中，你有兩條路，一是投降，我家主公最愛人才，或許你還可以留下性命！二就是在我們三人之中選出一個對手，如果你勝了，你就可以離去！」

「這也是那許正陽說的？」凌玉棟厲聲說道，他的眼睛通紅，看著眼前三人。

高秋雨突然嬌聲說道：「你想得美呦，如果是我夫君，你此刻早已經沒有了性命，誰還耐得和你囉嗦！這是本夫人說的！」

「妳家夫君？」凌玉棟疑惑地問道。

「這是我家主公的兩位夫人，一位也曾是你飛天重臣黃家之後，高權的女兒，黃家的遭遇想來你也有耳聞；另一位，乃是我明月重臣鍾離世家之後，你自己選吧！在下衷心希望能夠和統領一戰！」

凌玉棟先是向高秋雨深深地躬身一禮，說道：「原來是黃門之後，凌玉棟方才在城下失禮了！黃王爺高風亮節，凌某向來佩服，雖然死敵，但是卻不改凌某的尊敬之情！」

高秋雨突然對眼前這個神色疲憊的漢子產生了好感，柔聲說道：「凌統領，不論我黃家和翁同有何仇恨，都與你們無關，凌統領還是放下兵器，看在我們都同是飛天臣子的份上，我保你不死！」

凌玉棟說道：「忠臣不侍二主，凌玉棟生是飛天人，死是飛天鬼！只求高小姐能夠看在我們一朝臣子的份上，將我兒放回，凌玉棟心中感激不盡！」說著，他的眼睛已經向鍾離華和巫馬天勇打量而去。

這巫馬天勇個頭碩大，那兩柄短戟沉甸甸的，看上去就知道分量不輕，而且剛才已經看到他在戰場上的廝殺，凌玉棟知道自己絕不是他的對手！高秋雨，名家之後，更答應放自己的兒子，於情於理不應該動手，更重要的是，自己看過她和凌飛那一戰，說實話，高秋雨那一槍自己是否能夠接下，凌玉棟心中也沒有把握。既然這兩個人都不能動手，那麼也只剩下了鍾離華一人，看這鍾離華文文氣氣，不像是一個高手！

凌玉棟腦中思緒急轉，突然他一咬牙，決心下定，拱手對鍾離華說道：「凌玉棟就向鍾離夫人請教！」

一直默不作聲的鍾離華臉上露出笑容，飛身從獅子身上跳下，扭頭對高秋雨說道：「怎麼樣，我說他一定會選我的，呵呵，小雨姐姐輸了！」轉身對凌玉棟說道：「鍾離華恭候！」

話音一落，凌玉棟就感到有些不妙，他看到巫馬天勇搖頭苦笑，心中不由得有些擔心。

「請夫人亮兵器！」凌玉棟小心翼翼地說道。

「凌統領不用客氣，鍾離華的兵器在該出現的時候，自然會出現！」話音未落，鍾離華突然向前踏出了一步，這一步似進似退，飄忽不定，自鍾離華的身體爲中心七尺之內，突然凹陷般的出現了一個巨大的洞，勁氣湧動，甚是詭異！

這洞表面上無法看出，純屬以氣勁形成，堪堪將凌玉棟的身體籠罩其中。氣勁噬人肺腑，凌玉棟感到自己的全身似乎已經被束縛住一樣，氣機凝滯，行動呆滯！

大喝一聲，凌玉棟借聲提力，真氣狂湧，手中長劍當刀使，瞬間劈出了三劍！三劍的落點玄之又玄，卻都不是向鍾離華劈去，而是在她的身前和兩側劈砍，看似漫不經心，卻恰恰砍在了鍾離華腳步的三處落點，頓時大洞消失，鍾離華神色一變。

凌玉棟毫不停歇，手中長劍劍勢綿絕，滿天的劍影忽現，長劍在一片虛影之中瞬間直擊三劍，劍勢籠罩鍾離華胸前膻中三處大穴！

「凌統領好功夫呀！」鍾離華雙手突然出現兩柄尺二短刀，漫不經心地隨手舞動，只聽一陣劍刃交擊鳴響，可比擬驟雨打在芭蕉葉上般，雙方瞬間不知道接觸了多少下！

凌玉棟腳步踉蹌地退下，臉色蒼白，剛才那短暫的接觸，每一劍都是實在地和鍾離華那對尺二短刃碰實，凌玉棟只覺得每次兵器碰撞，都有一股炙熱氣流湧入，那真氣詭異非凡，似乎是在燃燒自己的身體，讓他產生了一種想要吐血的難過！

鍾離華臉上露出詫異的表情，嬌聲笑道：「好厲害的凌統領！剛才你我連擊三十六下，換成別人，早已經口出鮮血了！凌統領卻只退了七步。好，凌統領小心了，你既然已經攻過，下面要讓鍾離華攻擊了！如果凌統領能夠躲過我這一輪攻擊，就帶著你的兒子離開吧！」

凌玉棟心中絲毫不敢有半點的輕視，看來自己是真的選錯了！這鍾離華恐怕才是這三人中功力最高絕的人物。不敢有半點鬆懈，凌玉棟說道：「請賜教！」

鍾離華雙腳虛空踩踏，瞬間來到了他的面前，手中短刀接連向他砍去！這短刀本不是如此用法，尺二短刀更適合小巧靈活的近身搏鬥，可是鍾離華這一刀完全脫出了短刀的概念，刀勢古樸，看上去沒有半點奢華，但是其中卻又蘊涵了千般的變化！

凌玉棟完全沒有躲閃的餘地，他感到那短短的尺二短刃已經將他所有的退路封死，不得已手中長劍連封。

連續十一聲響，兩柄短刃和長劍再次交擊，接連不斷地封砍，兵器傳出的氣勁，使得兩人身邊形成了一個絕大的氣場，凌玉棟臉色蒼白的可怕，耳邊突然響起鍾離華的聲音：「統領再接這最後一刀！」

短刃隨著話聲在空中劃出詭異弧線，刀身火紅，似乎已經燃燒一般，帶著氣勁和轟鳴的沉雷聲向凌玉棟砍來。凌玉棟運集全身的功力，手中長劍光華閃爍，寒流湧動。

一聲巨響，真氣交實，鍾離華臉色蒼白飛退下來，嘴角掛著一抹血絲，面上帶著微笑：「統領可以離去了！」

凌玉棟宛如天神般站在那裏，鬚髮皆張，面孔通紅！他喉頭抖動了兩下，突然一口鮮血狂噴而出。

「父親！」凌飛大聲地喊道，但是苦於被縛，無法動彈。

凌玉棟臉上帶著微笑，他心裏明白，雖然自己最後一擊將鍾離華擊退，但是自己心脈已被震斷。他緩緩的看著鍾離華，眼中沒有半點恨意，突然仰天大吼道：「朱瀚，無知小兒，以小人之心度我，你害人害己，飛天完矣！」說罷，一口鮮血再次噴出，身體直挺挺地倒向地面。

大軍浩浩蕩蕩地開出了漠南關，帶起了一陣陣的塵土，我跨坐在烈焰身上，臉上沒有半點的表情，身邊跟隨著高秋雨、鍾離華、巫馬天勇、楊勇和許憐兒一干人。大軍默默地行進，只有戰旗的獵獵聲響和戰馬低沉的嘶鳴！

「正陽大哥，真是沒有想到那個被稱爲空心笑面虎的諸良，居然是梅姐姐的手下，虧得他平時裝出的那幅模樣，沒有想到卻有如此的心機。那個朱瀚當時的模樣實在是讓人吃驚！」高秋雨率先無法忍受窒息的沉默，開口說道。

她這一開口，頓時引起了鍾離華的共鳴，連一旁的憐兒也說了起來。頓時，大軍行進時那莊嚴肅穆的氣氛被打破。看著自己統帥苦笑的表情，巫馬天勇一干將領都忍不住偷笑了起來。

我無奈地搖搖頭，從內心而言，我確實是對這個心直口快的老婆沒有半點的主意，其實我也知道，能夠忍這麼長的時間，對高秋雨而言確實也是不容易了，也不知道她和明亮所學的禪心定力去了哪裡！

我低沉的說道：「小雨，妳梅姐姐的手下奇人異士眾多，能夠有她的幫助，確實幫了我一個大忙！這也教給了妳一件事，那就是千萬不要聽憑他人的言論就給一個人下結論。諸良是青衣樓在妳梅姐姐登上樓主之位後苦心培養出來的一批人，他們平時都是一些看似不起眼，或者是口碑很差的人，但是，正是這些人構成了青衣樓未來的主體。諸良此人實有大才，可是難就難在他平時要裝出一副胸無點墨的樣子，越是這樣的人，就越被人瞧不起，但也就是這樣的人，才更有威脅，妳梅姐姐高瞻遠矚，非是我能夠比擬的！」

高秋雨若有所思，不再出聲。

我冷冷的對高秋雨、巫馬天勇和鍾離華三人說道：「還有一件事，你們幹得好事！」我頓了一下，「你們不該在我來之前就將那個凌飛放走，這個凌飛，聽諸良說是一個心胸狹窄的人，必然要想盡辦法報仇，你們自作主張放他離開，其實就是在爲將來樹立一個敵人！你們難道很清閒嗎？」

鍾離華和巫馬天勇羞愧地低下了頭，只有高秋雨振振有辭地說道：「正陽大哥，話不是這樣說的呀！那個凌飛走的時候對我們十分恭敬，絲毫沒有半點的恨意，我倒不覺得他有什麼危險！而且像那個凌玉棟，確實是一個豪傑，誓死不降，是一個好漢！」

「胡鬧！」我臉色有些陰沉，「正是因爲他太過恭敬，這樣的人才可怕！小雨妳想過沒有，他的父親是死在我們手中，而他卻沒有半點的恨意，這說明什麼？這個人的心機定然深沉，連對父親的死都能夠隱藏，將來也是一個不小的麻煩！還有那個勞什子凌玉棟，我不覺得他有什麼了不起，什麼豪傑，如果說不怕死的都是豪傑，那麼天下豪傑多的是，妳同情得過來嗎？真是的！」

「反正怎麼說都是你有理，呵呵，我說不過你！人已經放了，你說怎麼辦？」高秋雨一副不在乎的樣子，在兵團眾多的將領中，也只有這個王妃大人一點不甩我那陰沉的臉色，嘻嘻哈哈的說道。

「妳！」我氣得臉色鐵青，但是對於這個我最疼愛的妻子，我是半點方法都沒有。

「夫君，這些日子怎麼沒有看到向三哥和錢悅？」鍾離華看到我的臉色有些不好看，連忙問道。

我突然問道：「今天什麼日子？」

「四月初五！」巫馬天勇恭敬地回答道。

「嗯，估計就要開始了，呵呵！」我沒有理會有些迷惑的眾人，臉上露出了神秘的笑容！

大地在顫抖，蹄聲如雷，鳥獸皆驚，清冷的晨風中，鋪天蓋地的玄青色洪流湧動，鐵騎轟鳴掠過。那飄揚的大旗上，斗大的「方」字迎風抖動，旗下一員盔甲鮮明的大將胯下一匹烏錐馬，在玄青色的洪流中飛馳。

方朔風，這個大林寺住持方丈神妙門下的得意弟子，被稱為飛天的第一勇士，大林寺百年來最傑出的一個年輕人，此刻躊躇滿志。他率領著他的朔風鐵騎向漠西長廊飛馳。

從他奉師命出山，協助翁同，組建了這支號稱是飛天第一鐵騎的朔風鐵騎。五年了，整整五年了，他的這支鐵軍還沒有用武之地，這讓他這個一心要建功立業的年輕人感到無比鬱悶。終於等到了，他等待了數年的機會終於到了！這一次，他面對的將是有夜叉之稱的梁興。

說到武力，方朔風知道自己絕對無法和夜叉抗衡，畢竟被與自己師父齊名的蒼雲譽為未來天下第二高手的夜叉，絕非是浪得虛名。但是他心裏卻有一種衝動，畢竟兩軍搏殺，個人的力量很難起到作用，最為關鍵的還是臨陣的指揮，自幼受名師薰陶，方朔風心中自信，他這支無敵的朔風鐵騎，將取得輝煌的勝利！

湧動的洪流戛然止住，方朔風從幻想中清醒過來。「什麼事情？」他有些不高興地問道。

「將軍，你看！」身邊的副將指著前方，臉上帶著驚懼的神色。

眯著眼睛向前看去，只見在大軍前方三箭之地，無數的裸肩長髮騎士擋在大軍的前方。方朔風倒吸了一口涼氣，他知道這些蠻人，其實就是令中原人談閃變色的閃族大軍，沒有想到自己還沒有和夜叉兵團較量，就要先和這支傳說中的魔鬼騎兵抗衡，方朔風心中確實有些沒有把握！

方朔風來到了陣前，大聲的說道：「前方何人！」聲音遠遠送出，頗見他深厚的功力。

一聲震天的長嘯，一騎自閃族大軍中飛馳而出，衝出陣列，那騎士在陣前勒馬，洪聲說道：「俺是閃族族長子車侗，今天奉我家梁王之命，和你們這些號稱飛天第一鐵騎的傢伙鬥上一鬥，看看究竟是你們第一，還是俺們稱雄！」

方朔風心中大怒，沒有想到這個梁興如此狡詐，自己躲在後面不出，卻將這些蠻人放在這裏，說心裏話，閃族鐵騎號稱是炎黃大陸的第一鐵騎，能夠與之抗衡的，只有已經潰散的西羌騎兵，自己這朔風鐵騎雖然厲害，但是能不能和這閃族的天生騎士相抗衡，他心裏面可是沒有譜。不過雖然有些害怕，方朔風心中更有一種強烈的欲望，那就是閃族鐵騎雖然厲害，但畢竟是一群化外蠻荒，又怎麼能和自己這些訓練有素的大軍抗衡？想到這裏，方朔風躊躇滿志，如果能夠將這些化外蠻人擊敗，自己在翁同的眼裏腰板更足，朔風鐵騎也就成了真正的炎黃第一鐵騎！

想到這裏，方朔風看著子車侗冷笑了一聲，「區區一群化外的蠻人，竟然敢幫助亂軍，犯我天朝之地，其行不可恕，其心更可誅！我勸你還是早早退去，不然本將軍大軍一動，到時讓閃族人雞犬不留！」

一聲怒笑，千年來被人們看成了化外蠻人，沒有人看得起他們，只把他們當成一群野人對待，只有梁興，真誠和公正地對待他們，看著眼前狂傲的方朔風，子車侗心中殺意湧動，冷聲的說道：

「無知小兒，就憑你們那些娃娃兵，卻想要和我家主公對陣，真是不知道死活為何物的東西，嘿嘿，今天就讓你家子車爺爺教給你，什麼才是真正的騎戰，讓你好好的領略一下我們這些化外蠻人的厲害！」說著，他大刀一掄，口中暴戾喊道：「孩兒們，給我列陣！」

一聲山呼海嘯般的喝動，閃族大軍鐵騎湧動，瞬間列成陣形！

子車侗大刀點指方朔風：「無知小兒，記住，你的腦袋是你家子車爺爺的！」說話間，無形殺氣瀰漫開來，身後的閃族鐵騎更是將一股狂野之氣充斥於蒼穹之中。

向南行立於峽谷之頂，遙望著上谷的方向，心中充滿了疑惑！從他接到了將令，秘密開出開元之後，打開了錦囊，卻見上面只是寫著：

「於四月初三至初五，盡燒上谷之敵於臥虎峽谷之中，去上谷候命！」

臥虎峽谷是一條從上谷至漠南關的必經之路，峽谷悠長，可容納十萬大軍通行，峽谷兩邊地形險要，雜草叢生，數萬大軍伏於峽谷兩端，可以神不知，鬼不覺！這個地方，向南行是知道的，但是，上谷之敵為何會通過這裏，而且是在四月初三到四月初五這段時間？他就百思不得其解，難道自己這個正陽兄弟真的有通天之能，能生生從上谷將上谷敵軍引到這臥虎峽谷？

不過雖然不解，但是向南行還是忠實地執行了命令，因爲他對自己這個既是上司又是兄弟的主帥佩服到了五體投地，從自己跟隨這個兄弟以來，當真是風光無限，領兵大戰，未曾有過任何的敗績！光憑這一點，就已經讓他沒有任何的懷疑餘地。

站在峽谷山頂，向南行深深地呼吸了一口清新的晨風，他緩緩地舒展了一下身體，心中卻有些煩躁！已經兩天了，今天就是四月初五，可是上谷方向沒有半點的動靜，他的心裏急躁萬分，但是表面上卻又不能露出半點，因爲他知道自己一言一行都將會影響到自己手下將士的情緒，說起來，這些將士的心中也早已經火燒火燎，自己在這個時候更應該保持冷靜！

「三將軍，已經是第三天了，我們到底是要做什麼呀？」一個副將小聲地問道。

「三天又如何？」向南行掃了那副將一眼，眼睛依舊向上谷方向遙望，「東西都準備好了嗎？」

「三將軍放心，我們已經將這臥虎峽谷中所有的樹木、乾草找來，沒有任何問題！」副將連忙說道。

「嗯，很好！有沒有被人發現你們的行動？」

「沒有，我們都是夜間行動，沒有驚動任何人！」

向南行不再說話。他的目光遙望上谷方向，只見塵煙滾滾，顯然是大隊人馬趕來，不由得大喜，心中喃喃自語：「屠振方，快過來吧，你向三爺爲你準備了一頓大餐！」

十萬朔風鐵騎陳兵於平原之上，他們盔甲鮮明，殺氣騰騰，在他們的對面，五萬裸肩長髮的閃族勇士，則相對看上去差了許多！就連子車佪，也是一身閃族的傳統征戰服裝，只是在頭上插了一支象徵身分的五彩翎羽。但是閃族的坐騎，則是披著一色的黑色皮革軟甲，馬頭上戴著包著鐵皮的軟甲面具，每一個騎士手中閃爍生光的長柄彎刀，身上背負硬弓，他們沒有列出閃族最爲常用的方陣，而是列成了一個由無數個三騎組成的大三角陣，子車佪單人獨騎，就在全隊的最頂端。在子車佪身後，則是跟著一騎，手中大旗飄揚，那是子車佪手下最爲剽悍的一員大將，伯賞清源！他是閃族大軍的旗手，在戰場上，他將跟隨著子車佪衝鋒，所有的閃族騎士則根據伯賞清源大旗的走向，號令分合聚散。

牛角號嗚嗚吹動，朔風鐵騎根據傳統的千人一隊爲單元，五萬人分成四個梯次對閃族大軍的側面發動衝鋒，以便各顯其能，看誰能夠一舉擊潰閃族大軍，相臨的五萬人組成一個十方陣，將從正面衝擊閃族的騎陣！

方朔風手中的大槍一擺，朔風鐵騎一聲吶喊呼嘯，同時從正面和側翼猛撲閃族騎陣，鼓噪喊殺聲如海潮沉雷，直要吞沒撕裂閃族大軍。

子車侗冷冷地看著向自己呼嘯而來的朔風鐵騎，臉上露出一絲陰冷的輕蔑，待到朔風鐵騎將要接近自己的時候，他低喝一聲：「二三列！」

隨著他的話音，伯賞清源手中大旗嘩啦一擺，大三角瞬間分成了兩個小三角。待朔風鐵騎將近半箭之遙的時候，「殺！」隨著子車侗口中發出一聲暴戾的喊喝，閃族鐵騎驟然發動，兩支三角風馳電掣般衝向朔風騎兵。

子車侗一馬當先，帶領著一半的三騎錐迎戰正面的朔風騎兵，其他的三騎錐則迎向了從側翼從來的朔風騎兵。按照方朔風的想法，閃族騎兵雖然厲害，但是畢竟是單兵作戰，所以他將五萬的朔風騎兵結陣而戰，另外的五萬騎兵則可以從側面搏殺，三面夾擊，閃族騎兵必然敗北，更何況，自己的朔風鐵騎更是在人數上多於對方，所以勝算已握！

待到了衝鋒發動，方朔風卻發現對方也是分兩路展開，這樣一來，他們等於是在用一比二的兵力和自己對抗，方朔風心中不禁惱怒異常，而他手下的那些驕悍鐵騎更是異常氣憤，他們大呼道：「殺死閃族蠻子！」「一個也不要留下！」「閃族蠻子也猖狂！」隨著喊喝聲起，森寒的兵器瞬間包裹住了兩支閃族鐵騎。

向朔風鐵騎騎陣衝擊的子車侗，率領著手下的騎士，在觸敵的剎那間，閃電般的排成了五個梯次，三騎錐規律地排列，最前列的是子車侗和伯賞清源，帶著三十幾個三騎錐組成的大三角。

朔風鐵騎十方陣，捲地而來，兩相碰撞，閃族大軍的三角隊形像尖刀一般銳利地插入了方陣之中，三騎一組，瞬間將朔風鐵騎分割成了十幾個小方塊搏殺起來。

這種奇特的戰法是梁興根據閃族鐵騎的特點創出來的。以往閃族搏殺兩陣，一旦發動衝擊，立刻就隊形展開搏殺，依靠嫻熟的馬術、刀術和他們的兇猛，散騎搏殺，沒有一定的章法。而自從閃族臣服於梁興之後，梁興苦思半年，創出了這種奇特的不展不散的三騎錐陣，使得閃族大軍更加的強大和剽悍！

朔風鐵騎突然遇到了這種從來沒有看到過的衝鋒隊形，如同釘子般直插核心，簡直是匪夷所思！一時間原本整齊的隊形頓時混亂了起來，不由自主的被分成了無數個小圈子，每一個圈子都是十幾二十騎對閃族九騎或者六騎，方陣騎兵在紛亂組合間，已經有無數的人負傷落馬。小陣搏殺，閃族三騎一組，互相的保護，配合得異常嚴密。而平時以戰陣著稱的朔風鐵騎，面對這凌厲的三騎錐，毫無章法，散開則各自爲戰，多數被殺，聚攏則重疊相互牽制，相互碰撞，威力大減。剛圍住了一個三騎錐，瞬間又出現三到四個三騎錐圍殺外圍。於是戰場上怪事迭起：分明是朔風鐵騎多出閃族鐵騎一倍，卻經常出現閃族鐵騎將朔風騎士圍殺，朔風鐵騎組成的方陣竟然漸漸的失去了反擊的能力，一個個在淒厲的慘叫中落馬，瞬間被奔騰的戰馬淹沒。

而在兩側，朔風鐵騎四隊衝殺，完全沒有整體的陣形，這些騎兵是方朔風在飛天騎兵中精挑細選出來的，騎術和武功一流的人，是一些剽悍兇猛之人，所以也是朔風鐵騎中最有殺傷力的人物。

閃族騎兵沒有採用強行分割的方法，而是自然地分爲了四個三角陣迎擊。無論是從馬術上還是體魄強猛，或者兇悍勇猛，閃族騎兵絲毫沒有半點的弱勢，再加上結陣而戰，雖然面對數倍於自己的朔風鐵騎，閃族騎兵絲毫沒有顯露出人數上的劣勢！戰馬穿插，兵器呼應，極爲流暢。

相比之下，朔風騎兵一旦相互間三五騎並馬衝殺，總是會出現各種的磕磕碰碰，只有不斷地呼喝同伴「閃開！」「上！」「外邊，我在裏面！」等各種的口令，彼此間呼喝聲和馬嘶聲跳躍糾結在一起，亂成了一團！

閃族騎士極少出聲，但有呼叫，必是隊形變幻，在電光石火般的兩軍搏殺中，任何遲滯或是混亂都可能是致命的。朔風鐵騎的單騎本領在訓練有素、配合嚴密的閃族騎兵面前，根本沒有施展的機會，在一聲聲憤怒的嘶吼中，朔風騎兵帶著沉重的盔甲紛紛落馬，激蕩起陣陣的塵土。

閃族騎兵們縱馬馳突，刀光霍霍，朔風鐵騎悉數倒在血泊中。

這場少有的騎戰，從清晨一直進行到了黃昏，戰場上到處是朔風騎士的屍體，十萬騎兵化爲了烏有，四散潰逃，閃族大軍只付出了一萬人的生命，卻使得飛天最爲剽悍的朔風鐵騎成了一個歷史的代名詞！

方朔風臉色鐵青，雙眼通紅，他死命搏殺，身邊的騎士一個個地倒在了馬下，他一手建立起來的朔風鐵騎在閃族大軍的衝殺之下，變成了一具具沒有生命的屍體，他簡直無法相信這眼前的景象，一直以爲只會散騎搏殺的閃族蠻人，竟然如此精通配合，這簡直就是一個惡夢！

圍殺方朔風的閃族騎兵在一聲悠長的呼喝中退下來，子車侗那暴烈的聲音在方朔風的耳邊響起：「方朔風，你一手訓練的朔風鐵騎敗在了我們這些閃族蠻人的手中，心中滋味如何？本族長說過，你是我的！」

說話間，子車侗飛馬衝了上來，他身上的閃族戰服已經不知跑到了哪裡？精赤著上身沾滿了血跡，也不知道是他的鮮血亦或是朔風騎兵的鮮血，他面目猙獰地衝到了方朔風的面前，手中那沾滿血跡的大刀一指方朔風，冷聲說道：

「朔風小兒，你家子車爺爺在這裏等著，讓我看看大林寺究竟有什麼出奇的本領！」

看著那如同魔神般的子車侗，方朔風突然感到了一種從內心發出的顫慄，這不是人！他心中晃過了一個念頭，自己受神妙師尊培養多年，數年間苦心培養的朔風鐵騎被對方不到一半的兵力全殲於此，看著遍佈在戰場上的屍體，這個自詡爲英豪的大林天驕有些退縮了！

沒有給方朔風思考的時間，子車侗飛馬殺到，手中的大刀呼嘯著向方朔風劈來，勁氣瀰漫，將方朔風的退路封死！

畢竟是天下第二高手培養出來的弟子，方朔風在刀氣拂面之時，人也瞬間進入了冷靜之中，手中大槍輕輕一卸，將子車佪的刀勢去掉，大槍一抖，分心便刺，銳利氣勁直撼子車佪！

子車佪大刀向回帶，刀勢圓轉輕舒，橫立胸前，槍尖玄之又玄地點在了子車佪的刀桿之上，勁氣四溢，子車佪連人帶馬被強絕的氣勁逼退數步，他更覺從方朔風的槍尖之上傳來一股怪異寒流，讓他十分難受，一口逆血幾乎噴出。

「好！不愧是大林弟子！」強行將逆血咽下，子車佪大聲叫好，「這就是你們大林寺的韋馱杵？」

方朔風也不好受，那一槍雖然點在了子車佪的刀桿之上，但是他也被子車佪那強悍真氣反震得心血波動，長長出了一口氣，方朔風感到手臂微微發麻，他說道：「蠻荒之人，也來獻醜，今天就讓你看看我大林雄風！」說話間，他的心中生出一種無比的自豪，人馬合一，大槍帶著凌厲氣勁，向子車佪砸去。

嘿聲冷笑，子車佪心中怒火中燒，「無知小兒，你家子車爺爺看你有身本領，憐惜你兩句，不知道好歹的東西，接了我這一刀再說！」

說話中，子車佪冷冷地看著方朔風，不理那掛著詭異氣勁的大槍，一股有別於春日的秋風肅殺之氣瞬間發出，當大槍快要接近自己的時候，子車佪輕伏胯下烏錐之上，烏錐通靈般閃電竄出，大槍在子車侗的上方一寸劃過！

大刀橫推，刀勢突然暴烈，如同閃電般劈出，宛如秋風掃落葉，瞬間劈出了三刀，刀身蹊蹺地砍在大槍的尾柄五分之處，方朔風只覺得一股奇絕大力傳來，真氣撼動心脈，雙手虎口脹裂，大槍瞬間宛如萬斤般沉重，再也無法拿握。

子車侗瞬間再次劈斬數刀，刀光瀰漫，勁氣幢幢，方朔風心中頓時慌亂起來，吃力舞動大槍，想要在重重的虛影之中尋找子車侗的大刀，只聽一聲大喝，淒厲慘叫響起，血光崩現，方朔風大槍落地，一條胳膊離開他的身體，冷笑聲起，子車侗拍馬跟進，大刀斜刺劈出，一刀將方朔風的人頭斬下，坐騎馱著無頭的屍體向前狂奔數步，方朔風的屍體撲通落於馬下！

「嗷！」子車侗口中發出野狼般的嚎叫，叫聲迴盪在血色戰場之上，無數的閃族騎士同聲呼應，在血紅的殘陽照耀之下，戰場上更顯無比冷酷。

第四章　征伐飛天

臥虎峽谷被籠罩在一片火海之中，濃煙裹著惡臭的人體被燒焦的味道，瀰漫在空中，火光沖天，夾雜著箭雨紛紛，一聲聲淒慘的哀嚎聲響徹了整個峽谷。五萬大軍在峽谷中掙扎著，在濃煙中不停地尋找著出路。

向南行站在峽谷頂，冷冷的看著在火光中輾轉掙扎的上谷援軍，嚴正的臉上露出了一絲笑容，在火光的照耀下顯得是那樣的冷酷和肅殺！

「三將軍，我們下一步怎麼辦？」身邊的副將小心翼翼地問道。

「嘿嘿，下一步，當然是在上谷喝酒，等待元帥到來！」向南行那酷戾的面孔上露出笑意，他和聲對身邊副將說道。

「那這些殘兵……」

「呵呵，給我把所有的燃火之物全部扔下去！再將巨石投下，我們的任務就完成了，下面就該我們進軍上谷了！」說著，他看看尚在峽谷中掙扎的上谷援軍，長嘆了一聲：「可憐的屠振方，就這樣死了，可惜！」說著，他搖搖頭，也不知道他到底在嘆息什麼！

火勢更旺，慘叫聲迴盪於蒼穹。

我坐在上谷帥府之中，看著眼前有些得意的向南行，心裏就覺得好笑，我緩緩地問道：「向三哥，爲何這樣的表情？是否心中有什麼不滿？」

「主公，我原以爲你要給我什麼樣的任務，沒有想到只是放一把火，什麼都沒有做！連個兵毛都沒有碰到，臥虎峽谷中燒殺屠振方，還以爲來上谷能夠有一場好殺，但是這幫飛天的賊毛連打都不打，直接開了城門，還一臉的笑容，讓我這一肚子的氣都沒有地方發！想我堂堂的火爆麒麟，怎麼說也是一員虎將，怎麼現在淪落到了和楊勇那樣打伏擊。」

傅翎正在有滋有味的品著香茗，聽到了向南行最後的自我吹噓和貶低楊勇的話以後，一口滾燙的熱茶噴出，我首當其衝被噴了一頭。

楊勇更是早已經橫眉立目地說道：「向老三，你把話給我說清楚，什麼叫像我那樣打伏擊！」

傅翎神色尷尬地爲我擦了擦臉上的茶水，連聲抱歉。我看著向南行，有些哭笑不得地問道：

「向三哥，莫非就是因為沒有殺敵而感到不快？」

「是呀，連秋雨妹子和鍾離妹子的鐵女都上陣殺敵了，可是我堂堂的火爆麒麟卻幹些放火的勾當，我心裏有些難過！」向南行忿忿說道，絲毫沒有理會楊勇那可以殺人的眼光。

我笑著看著向南行，「三哥莫要著急，你要知道，此次我們攻打天京，並不是我們最終的目的，我們的目的是在佔領飛天之後對整個大陸的鳥瞰，所以，我們只有用最小的代價來換取最大的戰果，能夠避免衝殺的時候，我們絕不衝動，因為我們在佔領了天京之後，還面臨著拜神威的反擊，那才是讓我們此次征戰的最大敵人，相對而言，飛天在我眼中不過是一個虛有其表的紙老虎，根本不值得我去理會！我們所佔領的兩大雄關，可以說都是飛天的屏障，如果我們強行攻擊，不是沒有可能，但是那勢必要付出過多的代價，我們四路進軍，梁王那裏必然要面對連番的硬仗，他的兵力消耗絕不會小，而黃夢傑長途秘密奔襲，勢必也成為疲憊之軍，所以當我們在天京合圍的時候，主攻任務勢必要落在我們頭上，如果我們在這一路上強行攻擊，到了天京，我們還有多大的力量來對抗天京的頑強阻擊？」

向南行的臉色好看了一些，我站起來走到了他的身邊，和聲說道：

「三哥，我們要求的是勝利，我只要結果，對於這中間的過程，我不在意！打仗並不只是憑藉力量火拼，更多的是要依靠我們的智慧，兩軍對壘，那不過是戰陣的下乘，關鍵是在於我們智謀的運用！從去年我回到開元之後，我已經在考慮如何拔掉這三關，漠南關我利用流言分化對手，然後故技重施，再以漠南關的告急調出上谷之敵，以火攻全殲！我要的是時間！錢悅此刻估計已經帶領五千人混入了漁陽，如今趙捷必定再全力備戰，等待我們的攻擊，嘿嘿，今天是四月初十，按照我們的速度，我們應該在二十天以後到達漁陽，但是我不動，我要讓他們等待，等待是最能磨去他們的鬥志，我們要在漁陽發動一次龐大的戰役，以威懾天京，到時三哥難道還害怕沒有仗打？」

「哦？」向南行的眼光放亮，他看著我，在我耳邊悄悄地說道：「正陽，那漁陽之戰，我要做先鋒！」

「哈哈哈！」我聞聽大笑，「三哥放心，少不了你的！」

「嘿嘿！」向南行露出了滿足的笑容。

我緩緩走到了掛在帥府中的地圖前，盤算著。

「那麼王爺打算如何指揮這一場漁陽之戰？」大廳中，所有的人在我站在地圖前面的時候，也都圍攏了過來，鍾離師緩緩問道。

「這場戰役在於一個時間上的錯覺，首先，我們突然整兵休息，必然將放鬆趙捷的警惕，漁陽的防禦勢必將要鬆懈，所以我們要有一支疑兵，這支疑兵將駐紮在上谷，在十五天內不動，十五天後，疑兵進軍，要緩慢進兵，更給漁陽方面造成我軍已成疲兵的錯覺！」我說到這裏，看著鍾離師和張燕緩緩說道：「鍾離軍師，張軍師，這支疑兵，我想就由你我來帶領，不過，我們只有一萬人馬，但是，我們要利用這一萬人馬造成十萬之眾的大軍之勢，鍾離軍師，張軍師，我們要好好想一下呀！」

鍾離師看著地圖想了一想，突然笑道：「若只是造勢，不要說十萬，就是二十萬也可以造出！」

我笑著點點頭，「鍾離軍師，我們這支疑兵是整個漁陽之戰中的關鍵，不可以露出半點的破綻，所以我們務必要做到謹慎再謹慎，只要我們能夠在二十五天之內不被發現，那麼漁陽之戰，我們將勝券在握！」

「鍾離明白！」鍾離師笑著說道。

「副帥，你立刻整備我兵團人馬，我們在今夜子時過後，全軍秘密開拔，晝夜不停，向漁陽進發，務求在二十五天內兵臨漁陽！這樣一來，我們就可以給趙捷造成第二個錯覺，那就是我們大軍尚在途中，來犯之敵不過是一支貪功冒進的先鋒部隊，他必然要盡全力將這支先鋒部隊吃下，以振作漁陽的士氣，只要他肯出戰，我們就在城下一舉將玄武兵團擊潰，絕不可給他半點的機會！」

傳翎聽了我的話，有些遲疑說道：「元帥，我兵團自去年六月起兵，近一年的時間連續征戰，將士們都已經十分疲憊，這樣的用兵，是否會造成士兵們的怨言？」

我沉吟了一下，點頭說道：「副帥說的也有道理，但是我們現在必須如此，方能夠在全勝之下，保持我們的兵力。告訴將士們，讓他們再辛苦一下，待漁陽落入我們手中，我們將在漁陽休整二十天，之後到達天京將是一馬平川，再無任何障礙，漁陽我們不要任何俘虜！」

話到了最後，帥府大廳中陡然瀰漫起一片森冷的殺機，大廳中的眾人不由得都打了一個寒戰，高秋雨和鍾離華兩人臉色蒼白，所有的人都明白我最後一句話的意思，那代表著血腥的殺戮！

我沒有理會眾人的反應，依舊立在地圖前，此刻漁陽已經在我手中，我的眼睛關注的是天京，我要讓天京成爲一片火海，一片廢墟！

我騎著烈焰，和鍾離師與張燕緩緩地並馬徐馳，此刻，一萬人的大軍在刻意營造之下，旌旗招展，軍容整肅，全然一副大軍行進的模樣。按照我們的指示，十萬大軍每三人持一灶，於是我命令大軍每一個人都要持三灶，在沿途不斷的壘建，做爲一種迷惑對方的手段，我要求每一個人都要將火灶做得逼真像樣！所以每當大軍停止行進的時候，總是炊煙嫋嫋，給外人一種錯誤的感覺。

許憐兒縱馬在我身後，靜靜地聆聽著我和鍾離師與張燕的談話。

「主公，我們這樣做，不知道能否讓趙捷上當？」鍾離師心中還是有些不安地問道。

我呵呵地笑了，說道：「鍾離，一切事情謀事在人，成事在天。我已經將所有的方面算到，就看趙捷如何對應。按照我的情報分析，此人應該是一個十分多疑的人物，若是正常的情況下，他絕不出戰，但是我們兩批大軍，虛實相應，只要我們把戲做足，那麼他必然上當！即使副帥他們無法將趙捷引出漁陽，我們屯兵攻擊，至少城中還有錢悅等人接應，雖然那樣會讓我們損失慘重，但是無論怎樣，漁陽已經不在我的考慮之中！」

「義父，那你現在在考慮什麼？」身後的憐兒聽到了我最後一句話，立刻問道。

我扭頭笑著對憐兒說道：「憐兒，行軍打仗，就像是在下棋一樣，我走出了一步，就要考慮到下一步的行動，甚至是十步以後的行動！對義父來說，漁陽已經握在我的手中，關鍵在於後面的天京合圍！不知道黃夢傑現在的進展如何？梁興是否已經全殲了朔風鐵騎？」說話間，我不由得有些神情呆滯。

看出了我心中的擔憂，張燕突然笑道：「主公不用擔心，朔風鐵騎雖然厲害，但是卻無法與梁王手下的閃族大軍對抗；而黃將軍更是一個心思細膩的人，他不會讓主公失望的！」

我點點頭，沉聲說道：「若是漁陽一戰能夠打好，然後梁帥那裏再將朱雀軍團完勝，那麼天京之戰，我們將會輕而易舉成功！兩戰的關鍵就在於不僅要打得好，更要打得狠！越是打得狠，天京的人心越是不穩，那麼我們對天京的攻擊也就越是簡單！梁興那裏，說實話我倒是不怕，但是副帥和秋雨他們卻讓我擔心，畢竟一個是飛天的舊臣，一個是女孩子，我下令不留一個俘虜，就意味著漁陽的十萬大軍將無一人能夠生還，戰事之慘烈，他們能否忠實執行呢？」

鍾離師緩緩地點頭，「副帥應該還可以，關鍵就是秋雨和小妹，她們平日裏雖然說是熟讀兵書，但是這戰場的慘烈又何曾真正的見識過！」

我陷入了沉思，突然問道：「今天是什麼日子？」

鍾離師有些奇怪的看著我，說道：「五月初六！」

「催令三軍，將一切沒有用處的輜重扔掉，我想，此刻漁陽大戰已經開始，我們可以全力向漁陽進發了！」我大聲說道。

我話音未落，從後面飛馬跑來一騎，來到我的面前，馬上的騎士有些氣喘吁吁地說道：「啓稟元帥，東京快報！」

我心裏一驚，東京發來快報，難道發生什麼事情了嗎？我伸手將那騎士手中的火漆信件接過，打開一看，心中立刻一緊，來得還真是時候！

看到我的臉色陰沉，張燕似乎意識到了什麼，他低聲問道：「主公，是否有什麼不對？」

我點點頭，緩緩地說道：「東京向寧千里加急：東瀛在月前對我青州發動了攻擊！」

「哦？結果如何？」鍾離師的臉色頓時也一緊。

「東瀛此次調出一千六百艘海船，在青州以東三百里的松陵渡強行登陸，向北行與對方三天血戰，最終無法將東瀛阻於海上，如今已經退守青州一線，他們向東京緊急求援！」

雖然鬆了一口氣，但是張燕和鍾離師的臉色卻十分難看，沉吟了一下，張燕緩緩地開口道：「東瀛此次突然出兵青州，絕不是一個簡單的事情，我看他們已經看破了我們的計策，所以企圖在此時給我們一個壓力，讓我們無法全力攻擊飛天！」

「嗯，我想東瀛出兵必然和拜神威有聯繫！」我冷聲的說：「看來我們原先的計畫要修改一下了，不只是東瀛，我想陀羅此刻也一定是蠢蠢欲動，不過，陀羅的危險倒是不大，那裏有鍾離宏鎮守房陵，明月西線一時不會有什麼危險，不過這東瀛，我們卻不得不防呀！」

「那我們現在怎麼辦？」

「傳令三軍，加速前進，我們在漁陽仔細商議！」我大聲地說道。說著，我一拍烈焰，率先衝出，身後緊緊跟隨著許憐兒。

修羅兵團副帥傅翎率領兩萬鐵騎，兵臨漁陽城下。玄武兵團主帥趙捷率十萬大軍輕敵出戰。兩軍混戰之時，巫馬天勇、楊勇自兩邊殺出，三路夾攻玄武兵團，玄武兵團大敗於漁陽城下。在趙捷出戰之時，已經混入漁陽的錢悅，率領以亢龍山弟子為主力組成的五千血殺團成員，在漁陽城中突然發難，奪取了漁陽城的控制權。在趙捷敗回漁陽的時候，城門緊閉，斷絕了趙捷的後路。玄武兵團全軍覆沒在漁陽城下，趙捷在亂軍之中被鍾離華斬殺！此役，十萬玄武軍團將士無一人漏網，傅翎忠實地執行了我不留俘虜的命令！

我看著手中的捷報，心中不由得大快，將手中的捷報傳給了鍾離師和張燕兩人，瞬間，漁陽大捷的消息傳遍了整個行進中的大軍，頓時一陣歡呼聲震天。

我心中的喜悅只是一閃而過，心頭瞬間又壓了一塊沉甸甸的石頭，漁陽雖然已經拿下，通往天京的大門已經打開，但是我感到了一種前所未有的壓力，那壓力來自於身後的東瀛，來自於在蘭婆江一線的拜神威！東瀛不宣而戰，而且，看樣子是以全國之兵向我明月進犯，其根源必然是在拜神威，按照我原先的計畫，在奪取天京之後，我將和拜神威在天門關議和，然後回手收拾東瀛，但是現在看來，恐怕這議和一說很難實現，我必須要先面對與拜神威的戰鬥，更要和拜神威的名將陸卓遠提前對壘，這使得我心裏十分不安。

天京，本來是這場戰役的結束，但是現在，卻成了一場戰役的開始，時間對我更加的重要，我必須要提前開始對天京的合圍，但是我現在卻已經和黃夢傑、鍾炎、仲玄失去了聯繫，將士們已經十分的疲憊，我是否能夠提前結束天京戰役？

突然間，我將縹緲的希望寄託在了梁興的身上，我希望他也可以與我有相同的看法。

漠西長廊，飛天西部的一處重要平原，這裏地形平緩，向西望，就是飛天的安西自治領地，也是飛天的亂源之一。如果想要向天京進發，漠西長廊將是天京的一道屏障，由於安西駐紮著飛天的精銳之一，朱雀軍團，所以漠西長廊也變得不是十分重要。但是現在，漠西長廊又一次經歷了戰火的洗禮，只是這一次不同的是，進攻的一方，變成了飛天的朱雀軍團，而防守的一方，卻是明月的夜叉兵團！

梁興站在朔方城的城頭上，看著殘破的城牆，東倒西歪疲憊的士卒，忙碌的工事兵、護理兵及徵調來的傭兵、城民，城外城內處處都是己方和朱雀軍團士兵混雜在一起的屍體，遠處朱雀軍團的大營和城內外，到處都是沒燃盡的木頭飄散的輕煙；聽著受傷將士的呻吟，正抓緊時間休息的人們，城頭被煙熏黑並且殘破不堪的火鳳戰旗在風中獵獵作響，軍民忙碌的聲音和朱雀軍團軍營整軍備戰發出的響動；聞著風中飄蕩的血腥味，沒來得及處理的屍體發出的腐臭味，戰場上的刺鼻味道和自己身上由於多日來身不卸甲而發出的酸臭味，梁興心中的憂急無法形容！

三天前，梁興接到了漁陽快報，說他的兄弟許正陽要冒險提前對天京發動進攻，這簡直是一次自殺般的進攻，但是梁興明白，這也是迫不得已的一次進攻！漁陽快報十分詳細：東瀛對明月突然發動攻擊。梁興一看到這裏，就已經明白了統帥的心意：這是在爭取時間，來準備與拜神威的戰役呀！

身後傳來一陣輕微的腳步聲，將梁興從沉思中驚醒了過來，他扭頭一看，卻是他的步兵統領伍隗。沒有說話，他扭頭繼續向遠處的朱雀軍團大營看去。

「元帥，子車剛才告訴我說，閃族大軍已經準備好了，隨時可以出戰，請元帥下令！」伍隗輕聲說道。

梁興依舊是眉頭緊鎖，看著遠處的敵營，過了一會兒，他緩緩說道：「伍隗，看來不僅是我，連許帥也輕敵了！」他沒有回頭，頓了一下，接著說道：「原以為朱雀軍團在經歷一次內訌之後，實力已經不行，但是從這兩天的戰鬥來看，他們的戰力絲毫不見疲弱，這確實令我感到吃驚！此次朱雀軍團起兵二十萬，對我方狂攻，看來是一心要去解救天京之圍了，如此剽悍的朱雀，實在是出乎了我的意料呀！」

一陣沉默，伍隗點點頭，接口道：「元帥，說實話，這朱雀如此精銳，實在讓末將感到吃驚，可是我們還有閃族游騎，真正搏殺起來，恐怕不見得會輸給他們呀！」

「天京之戰能否快速解決，其實已經掌握在我們手中！」梁興搖搖頭，他苦笑著說道：「這朱雀軍團看來是飛天握在手中的一張王牌，天京對他的期望，甚至要高過於對玄武軍團的期待！我一直以來都在懷疑，飛天爲什麼敢如此大膽地放棄北線的防禦，將黑龍和青龍兩個軍團都調往蘭婆江，只留下了玄武軍團，如果玄武軍團一旦失守，那麼天京所依靠的，就只有城衛軍和禁衛軍了，這兩支花瓶一樣的軍隊根本無法抵禦任何攻擊，我還奇怪，飛天真的無人了？不過看了朱雀的表現之後，我就明白了，如果不是許帥分兵多路，著我秘密潛伏，突然發動攻擊將朔方城拿下，漠西長廊爲我軍所控，那麼此刻朱雀必然已經長驅直入，夾擊我軍團於天京城下！當初我們的這一步棋看來走對了，不然我軍勢必損失慘重。安排這一著棋的人不簡單呀！」

梁興長嘆一聲，繼續說道：「朱雀如此悍勇，出乎我們的意料，當初我們是想要將他們全殲於漠西長廊，但是現在看來，即使我們將朱雀消滅，我兵團的損耗恐怕將是無法想像的！許帥已經決定提前對天京發動進攻，那麼我們能否及時的對許帥那裏支援，將是整個飛天之戰的關鍵！黃將軍那裏恐怕不一定能夠在許帥發動天京攻勢之前趕到，十萬士兵想要將天京攻下，實在是飛蛾撲火！」

伍隗沉默了一下，輕聲說道：「元帥，末將一直不清楚爲何許帥要提前發動，而且整整提前了一個月，這……」他沒有說下去，但是梁興已經明白了他的意思。

梁興說道：「伍隗，你自東京攻防戰就跟隨我和許帥，說起來也是一個老人了，我不瞞你，許帥如此，也是不得已而為之！」說著，梁興轉身向城下走去，伍隗緊跟他的身後。

「我接到了許帥的快報，月前東瀛突然發動了攻勢，近十萬大軍突然在松陵渡強行登陸，我軍在松陵渡血戰三天，最後不得已退回了青州！東瀛的攻勢幾乎是和我們同時發動，而且如此迅猛，說明這一切都是有計劃的行動，最大的可能就是在我們行動的時候，拜神威已經察覺，秘密派遣特使和東瀛聯繫，趁我明月內部兵力較為空虛時突然進攻。如果是這樣，陸卓遠將是我們在拿下天京之後必須要面對的敵人！按照許帥的猜想，拜神威的夏季攻勢即將要開始，準備了數年的拜神威突然如此大動作，那一定是已經有了詳盡的安排，甚至將會對我們發動進攻！許帥必須要爭取到足夠的時間來調整部署，如果想要和拜神威取得暫時的平衡狀態，那麼我們必須要狠狠打擊對方，才能成功。但是在天京之戰結束後，我們還能夠有多少的時間來休整？我們也不知道下一場戰爭將會是什麼時候！」梁興一邊走，一邊低聲的說道。

「末將明白了，我們不但要將朱雀吃下，而且還要盡力的來保持我們的實力，這樣才能夠有足夠的力量來面對拜神威的挑戰！」

梁興說道：「是的，不僅如此，如果我們能夠漂亮地吃下朱雀，將會讓天京膽寒，許帥發動天京攻擊的時候，也會少了許多的麻煩，而我們也可以有足夠的力量來協助許帥參與天京之戰！」

兩人邊走邊說，突然間，梁興停住了腳步，臉上露出凝重神色，他加快步伐，來到了城東，向遠處眺望，伍隗連忙走到了他的身後，「元帥，怎麼了？」

「伍隗，你有沒有感覺到什麼？」梁興沉聲說道。

「元帥，伍隗什麼也沒有感到呀。」

「大地在顫抖，是劇烈的顫抖，似乎有千軍萬馬奔騰，但是，我又感覺不到一點的殺氣，是什麼東西？」梁興緩緩地問道。

伍隗突然明白了什麼，他笑著對梁興說道：「元帥，這應該是漠西長廊的野牛群在奔騰，野牛群的奔騰是漠西長廊的一大特色，因爲這裏土地肥沃，水草旺盛，所以成群的野牛經常在這裏活動。你說的大地顫動，可能就是那野牛的奔騰！」

梁興若有所思，過了一會兒，突然臉上露出驚喜神色，有些激動地問道：「伍隗，這漠西長廊的野牛是否很多？」

「是呀，最大的野牛群能夠數千，最小的野牛群也有幾百，而且這些野牛十分兇悍，加上牠們都是成群結隊。」

梁興仰天大笑，笑聲是那樣的愉快。

好半晌的時間，梁興笑著對伍隗說道：「伍統領，朱雀完了，朱雀完了！」說罷，他看著佝在迷惑的伍隗，神秘的一笑，「立刻將子車找來，就說我有事情要他來做！」

伍隗點點頭，雖然沒有完全明白梁興的意思，但是卻也知道，梁興已經有了萬全計策，匆匆走下城頭，伍隗向城中的閃族大軍的駐地走去。

夜幕降臨，朔方城再次經歷了一天的戰火洗禮，士兵們都疲憊地坐在城頭，沉沉睡去。遠處的朱雀軍團大營一片寂靜，他們在經過了一天的猛烈攻擊之後，也疲憊不堪。

朔方城牆已經是殘缺不整，城頭到處都是被投石器發出的巨石衝擊過的痕跡，連續三天，整整三天的攻擊，雙方都感到了疲憊。這三天酷熱，城外的屍體已經隱隱發出了腐臭的味道，在夜空中瀰漫。無力的戰旗在這個時候突然飄動了，一股徐徐的微風吹過，讓人感到從心底裏發出一種爽快。

梁興跨坐於飛紅身上，一身的烏金鎧甲在月光下發出森森的寒光，他點點頭，對身後的納蘭德說道：「納蘭，通知子車準備吧！」

不一會兒，城門緩緩地打開了，黑壓壓一片，野牛從城中趕了出來，這是梁興在三天前命令子車侗率領閃族的騎士在城外捕獲的野牛群，做這些事情對閃族這樣在草原上長大的人來說，簡直就是輕而易舉，於是短短的三天裏，子車幾乎將朔方城周圍的野牛群一掃而光，足足六萬多頭野牛被秘密送入了朔方。

空氣中瀰漫著一股淡淡的硝石和火藥的味道，更有一股強烈的刺鼻味道摻雜於其中，野牛被無聲無息地送出了朔方城，在城外整齊排列著，不時地發出沉重的響鼻聲音。

「元帥，可以開始了嗎？」納蘭德和子車侗在梁興身邊輕聲問道。

梁興閉上眼睛，說道：「還不行，風剛起，再等待一會兒，我可以感到氣流的湧動在加速，大風將來！」

無聲地等待，五萬閃族鐵騎在野牛身後肅靜地站立，他們在等待著梁興的命令。

城頭的戰旗突然獵獵作響，原本低垂的戰旗陡然飄揚，風來了！

梁興猛然睜開眼睛，「燒！」

隨著他的話音落下，身後金鼓大作，野牛群開始騷動不安了。子車一擺手，只見從城頭站起無數的士兵，手中拿著火把，向牛群中投擲過去，瞬間，牛群瘋狂了，野牛身上原本就被澆潑了黑油和火藥，只是一眨眼的功夫，野牛群變成了一片火牛陣，火牛瘋狂了，在身後的金鼓驅趕下，向遠處的朱雀大營衝擊而去。

頓時，本來寂靜的朱雀大營沸騰了，火牛群衝進了大營，將營中所有可以燃燒的的東西一應點燃，沉睡中的士兵慌亂地手執兵器想要阻擋火牛群，但是瘋狂的火牛絲毫沒有理會那些，牠們在大營中肆虐著，奔騰著，朱雀真的燃燒了。

「元帥，我們衝吧！」子車對梁興說道。

梁興搖搖頭，「火勢還不大，整個軍營還沒有燃燒，朱雀雖然驚慌，但是還沒有散亂，我們要再等待一下！」

火勢蔓延，風助火勢，火借風威，整個朱雀的大營瞬間被淹沒在一片火海中，淒厲的慘叫聲和野牛痛苦的嘶鳴聲交織在一起，將黑夜的寂靜打破。

梁興雙眼煞光一現，瞬間將烏金面具戴在了臉上，大喝一聲：「殺！」霎時，朔方城沸騰了，一聲蒼勁的狼嚎聲起，瞬間帶起了攝人心魄的狼嚎，閃族大軍成扇面散開，他們奔騰著，嚎叫著衝向燃燒的朱雀！

梁興對身後的納蘭德說道：「放響鈴箭，通知毛建剛和王朝暉給我殺！」

梁興一拍胯下的飛紅，烈火獅陡然發出一聲奪人心魄的巨吼，向朱雀軍團的大營衝去，身後跟著已經疲憊的夜叉兵團！

火鳳在朔方城頭高高的飄揚著，那戰旗上的火鳳猙獰無比，在沖天的火光照映下，更顯一種奪人的氣勢。

夜叉王梁興在朔方以火牛陣大破朱雀軍團，朱雀軍團二十萬大軍葬身火海，統帥姬鵬被梁興當場斬殺！自此，曾經威震炎黃大陸的飛天四大軍團徹底覆滅，只剩下了在蘭婆江奮力阻擊拜神威的青龍軍團苦苦掙扎，但是他又能夠支撐多久呢？沒有人知道。

五月二十三日，浴火鳳凰軍團麾下的夜叉兵團，率領十萬閃族鐵騎向天京進發，一場大戰即將在天京打響。

大軍浩浩蕩蕩地向天京進發，我坐在烈焰的背上，心中卻充滿了無奈，說實話，我對即將要打響的天京之戰完全沒有半點的信心，開玩笑，十萬人打十萬人，兩軍搏殺也許可行，可是一攻一守，兼之天京城高牆厚，攻下天京實在是……

想到這裏，我不禁搖頭苦笑。在漁陽的時候，我和眾將多次商議如何解決青州危機，其實如果說到防守，向東行和向北行手中的十萬青州兵並不懼東瀛方面的攻擊，但是既然東瀛此次全力出擊，恐怕兵力會源源不絕，向東行和向北行能否堅持住，我心裏並沒有任何的底，但是有一點我知道，向家兄弟雖然鎮守青州多年，卻還是不能讓我放心，畢竟他們還有幾分火氣，在對方不斷的挑釁之下，是否會貿然出戰，這才是讓我最爲擔心的事情！向寧坐鎮東京，無法離開，不然我不會擔心東瀛方面的威脅，但是現在卻實在讓我放心不下。

十天前，我派傅翎星夜趕回開元，在開元的訓練營中點齊五萬人馬，趕赴青州，畢竟傅翎作爲一個年長的人，還是有足夠的經驗來對付東瀛的進攻，不過我始終無法完全放心，陸上的拼殺，青州不懼東瀛，但是如果到了海上，面對熟悉海戰的東瀛海船，青州兵還能夠佔據優勢嗎？所以我的命令就是全力防守，拒不出戰！即使對方敗退，也決不能追擊，畢竟海戰不是我們的優勢！

前方一陣騷動，一匹快馬向我飛馳而來，眨眼間來到了我的面前，錢悅的臉上帶著驚喜，在馬上不停喘氣。

我微皺眉頭，有些不滿的說道：「錢悅，發生什麼事情了？看你慌慌張張的樣子，實在是有失體統！」

「大帥，好消息！」

「哦？」看著錢悅那激動的臉龐，我也不禁來了興趣，「什麼好消息？說來聽聽！」

「漠西長廊梁帥送來快報，朱雀兵團在三天前已經被梁帥全殲，眼下梁帥正在率領大軍向天京挺進，估計在十五天後將會到達天京，以配合元帥的天京合圍！」

「什麼？」我幾乎無法相信自己的耳朵，梁興做到了，他居然做到了！我不禁大笑起來，如果真的如錢悅所說，全殲了朱雀軍團，勢必將會影響到天京的朝堂，呵呵，那對我將是十分有利！扭頭對身後的傳令官說道：

「傳令三軍，全力向天京進發，我要在十五天看到天京城頭！」

「是！」傳令官立刻掉轉馬頭，將我的將令傳下去。身後的將領聽到了這個消息，也不由得喜出望外，大家的臉上都露出了笑臉。

我無法形容此刻心中那美好的感覺，轉身對身後的將領們說道：「眾位將軍，看來我們的梁帥果然厲害，此次飛天之戰，梁帥功不可沒呀！」

眾將點頭稱是。

我手指天京方向，「將軍們，讓我們和梁帥做一場比賽，看看究竟誰能夠先行抵達天京！」話音未落，我一催烈焰，率先衝出！

身後響起了高秋雨嬌憨的聲音，「正陽，你賴皮！」接著，馬蹄聲起，眾將緊隨我身後。原本行進緩慢的大軍瞬間運動了起來，大路上一片狼煙。

天京城再次出現在我的面前，我心中有著無比的激動。自我知道了我的身世到今天，已經足足有十年了，十年來，我無時無刻不在想如何將之拿下。此刻，天京就在我的面前，雖然已經不是第一次面對，但是此次的心情與上次秘密的潛入天京截然不同，因爲此次，我將是以一個征服者的角色來審視它，我的心中不由得一陣得意。

站在城外的高坡上，身邊跟著高秋雨和鍾離華，還有那個小丫頭許憐兒。四人四騎遙望天京，久久無語。

過了好久，我開口問道：「梁帥是否已經到達？」

「還沒有！」鍾離華輕聲地回答。

一邊的高秋雨突然問我什麼時候開始對天京發動攻擊，我知道她心中的仇恨雖然一直壓抑著，但是如今天京就在她的面前，她已經到了忍耐的極限。

我遠遠地看著天京，突然說道：「小雨，還記得當年的那場天京血戰嗎？」

聽到我文不對題的回答，高秋雨愣了一下，點了點頭。

我輕聲的說道：「那一次我衝出天京，就是站在這裏對天京發誓，我總有一天要殺回來！但是，現在當我再次面對它的時候，我心中卻似乎找不到任何的恨意。和我有仇恨的只是姬家的人，但是在我手中死去的人，又有多少和姬家有關係呢？小雨，我已經雙手沾滿了血腥，我不希望妳成爲第二個我，我心目中的高秋雨，是一個渾然不知道世事的天真少女，所以我要妳答應我，不要大開殺戒，妳的仇人只有翁家！」

高秋雨點點頭，沒有出聲。

我突然笑了，「嘿嘿，像我這樣一個殺人魔王突然說這些，是否讓你們感到很不適應？其實我也是一時感觸，天京如此雄偉的一座古城，萬不可在我們手中毀了。你們知道嗎，當那天我抱著傲兒的時候，心中突然響起了一個聲音，那就是不要讓傲兒還有我的孩子們再沾染任何血腥了！」

身邊一陣沉默，高秋雨仔細回味著我的話。

「義父，你是不是在這裏碰到了大林四僧？」憐兒稚嫩的聲音打斷了我的思路。

我扭頭看看她，笑著點點頭。

「那後來，你有沒有聽說過那個臭小子的消息？」

「什麼臭小子？」我一愣，不解地看著憐兒。

「就是你送他鏇月鍘的那個臭小子，還傳給他七旋斬的那個！」

我突然笑了，對迷惑的高秋雨和鍾離華說道：「她說的就是陸非，小雨應該還記得，就是妳拜託將我送走的那個陸老人的孫子！」

高秋雨臉上露出恍然的神色，看著憐兒笑著問道：「爲何憐兒提起他就是臭小子？」

我聳聳肩膀，「不知道，自從她知道我傳給非兒武功之後，就是這個樣子，說總有一天要和非兒比試一下！」說著，我遙望天京，「不過，後來我多次派人打聽非兒的消息，他們卻如石沉大海一般，沒有一點的音訊，也不知道非兒現在如何了！」

高秋雨在我身後不停地打趣憐兒，我不知道她們說了些什麼，只見憐兒的小臉脹得通紅，拉著高秋雨不依不饒。

鍾離華縱馬來到我的身邊，「夫君，我們下一步準備如何？」

「我軍長途跋涉，還是休息一下，這兩日忙於行軍，我的功課也落後了不少，我需要好好休息一晚。今天全軍休息，保持戒備，等待鐵匠的到來，估計他應該要到了！」我緩緩說道。

鍾離華點頭稱是。

我扭頭看看在身後打鬧成一團的秋雨和憐兒，不禁搖搖頭，對鍾離華說道：「小雨還是小孩子脾氣，剛才還殺氣騰騰的，這一會的功夫，就變成了一個小孩子，呵呵，小華，妳要多多照顧她！」說完，我大聲說道：「好了，我們回營，好好的休息一晚，準備迎接大哥的到來！」

話音一落，我口中打了一個呼哨，烈焰立刻飛一般地向大營跑回去！

我坐在大帳之中，雙手輕輕張合，多日來一直沒有能夠靜心修煉，卻沒有想到真氣已經可以自行運轉。同時，我也明白了體內那古怪的氣流竟然是蒼雲那挾天威一擊的潮汐勁，那潮汐勁若有若無，在我體內流動，一邊幫助我恢復破損的經脈，另一邊卻壓制著我的真氣流轉。如果說只是單純的潮汐真氣，我倒也不在乎，可是那真氣中卻帶有大自然中的天雷閃電之力，流轉不息，不可捉摸！我自身的真氣不斷地被這樣的氣流吞噬，而且運轉無常，我竟然無法控制這種神秘的自然之力。我心裏明白，當我能夠完全控制住這股真氣的時候，也就是我功力盡復之時，只要我保持心中的平和，總有一天，我可以再獲突破，悟出無上的天道奧秘！

我心中無想，真氣流動，雙手繼續在胸前變化結印，完全沉浸在一種難言的妙境之中，隨著體內那真氣的流轉，我慢慢地感悟到了那神秘的自然之力的運動軌跡。

日月星辰，都有各自運動的軌跡，風雨雷電，也有不同的規律，樹木向上成長，水流向下流動，世間萬物的一枯一榮，都要跟隨大自然的法則，生死輪迴，生生不息，這本是世上最爲簡單的事情，我的雙手在胸前結成蓮花印，一呼一息間若有若無，不再刻意去理會真氣的流動，我的思想也隨之進入了佛家所講的無生、無死、無相、無形的禪定之境！

真氣湧動，游走於全身，霎時如決堤之河水般洶湧澎湃，自然之力帶動我原有的真氣充斥於全身，我無法說清楚是自然之力在吞噬我的真氣，亦或是我的真氣融合自然之力，這股真氣將我已經破損的經脈瞬間修復，並籠罩在那柔軟的經脈外層，使得我的經脈無比強韌，較之以往，我又有大進。

緩緩睜開眼睛，我感受到了無比暢快，雖然在狹小的軍帳之中，但是我的六識可以清楚地感受到軍帳外的點點滴滴。站起身來，輕輕活動了一下身體，我沒有感受到任何的疲憊，緩步走出了軍帳，守衛在帳外的軍士向我施禮，我向他們點點頭。

天已經亮了，一夜沒有休息，但是我卻沒有感到任何不妥，精神反而是前所未有過的旺盛，我心裏明白，這只是走出了第一步，我成功地控制了體內的自然之力，但是距離我功力恢復，還有很長的路要走，也就在這個時候，我的心中一動，即使我的功力恢復，也要儘量地隱藏起來，突然間，我不想讓任何人知道我的功力有所恢復，因爲將自己隱藏起來，也許可以得到更大的利益！我不知道自己爲什麼會這樣想，但是我的直覺告訴我，我應該這樣做。

閉上眼睛，仰天深深地呼吸了一口微風中的清新空氣，我感到有人向我走來，睜開眼睛，只見鍾離師和張燕兩人匆匆走到了我面前，躬身施禮。

我擺手示意他們不必多禮，一面舒展自己的身體，一面問道：「這麼早就來，是否有什麼事情？」

鍾離師率先答道：「主公，梁王已經到了！」

「哦？」我的動作僵住，「什麼時候到了？」

「昨晚，本來想通報主公，但是梁王說讓你好好休息一下，所以就沒有通知您！」

我笑著點頭，「他們的駐地安排好了嗎？」

「梁王已經在昨夜安排好了，他們的營地就在我們的旁邊！他剛才還派人來問主公是否起來，估計一會就會來了。」鍾離師輕聲回答。

「很好，我也正要和他好好談談，我倒是要看看，他究竟是用了什麼方法硬是將朱雀這口夾生飯給吃下來的！」停止了活動，我感到全身都充滿了活力，轉身向大帳走去。

接過親兵手中的濕毛巾，我擦了一把臉，緩緩坐下，對鍾離師和張燕說道：「和梁王也有半年沒有見面了，連我的婚禮這個傢伙都沒有參加，呵呵，別說，還真有些想念這傢伙了。正好一會兒和他商量一下，這天京如何打，如今的情況已經超出我們原來的計畫，天京必須要提前發動攻擊，但是怎麼攻擊也沒有個譜，鍾、仲兩位老將軍恐怕已經就位了吧！」

「是的，按照計畫，他們應該在十天前佔領了天門關！」張燕恭聲回答。

「黃將軍那裏是否有消息傳來？」

「還沒有，不過他應該也快到達天京了！」

我點點頭，喝了一口茶，長長吐了一口氣，「從去年到今天，整整一年！我們從開元殺到了東京，從東京又殺到天京，原以為可以好好休整一下，但是現在看來，天京戰事結束以後，我們還要面臨更大的挑戰！將士們情緒如何？」

「元帥請放心，我軍如今士氣高昂，雖然有些疲憊，但是如果能夠稍微休整兩天，應該可以立刻作戰！」

我微微搖頭，表示有些擔憂，「這根弦繃得太緊了！」長嘆了一聲，我剛要說下去，就聽帳外的親兵喊道：「夜叉王梁帥到！」

我聞聽連忙起身，這時，梁興已經虎步生風地走進了大帳，我迎上去一把將他抱住，在他耳邊輕聲說道：「多謝大哥解我心中憂慮！」

梁興呵呵笑了笑。我鬆開了他，雙手扶住他的肩膀，仔細的打量，只是半年的時間，梁興看上去變化不少，神情更見穩重，原來帶有的那種懾人煞氣已經不見，取而代之的是一種無比的威嚴。我重重地拍了他一下，我們不由得相視大笑。

「阿陽，你看上去氣色好了許多了！」梁興看著我說道，不過，他的眼中卻流露出一種奇怪的神色。我知道他已經感受到了我功力的恢復，而且恢復如此迅速，恐怕連他都沒有想到。

我笑笑，沒有回答，拉著他坐下，剛要說話，卻聽到帳外一陣騷動。

錢悅匆匆從外面跑了進來，躬身施禮，大聲的說道：「主公，天京城門大開，翁同在城外率領百官向主公請降！」

我聞聽不禁呆愣，「你說什麼？」

「天京城門大開，翁同請降！」

我和梁興對視無語，突然間開懷大笑，真是天助我也！

第五章　平定叛亂

原來自漁陽大捷的消息傳入天京以後，天京朝堂已經開始騷動，接著在不久，又傳來了朱雀軍團全軍覆沒的消息，整個天京都慌亂了起來。三十萬人馬，在短短不到一個月的時間裏全部消失，這樣重大的損失在飛天建國歷史上，是從來沒有過的，也正是由於這個原因，從而在天京朝堂之上引發出了一場是戰或降的爭論。

一派以翁同等爲首的主降派，他們認爲飛天最爲精銳的兩大軍團轉眼間灰飛煙滅，這已經說明了火鳳軍團的強大戰力，如果天京強行防禦，那麼一旦被攻破，全城都將陷入血海之中；另一派是一個飛天的世族所組成的主戰派，這些都是飛天建國的元勳後代，他們對飛天有著強烈的歸屬感，他們認爲天京城高牆厚，而且城中尚有近十萬的禁軍，並非不可以一戰，如果不戰而降，反而會激發起明月的兇殘之氣，一定要戰！就是這樣，兩派爭論不休，把個姬昂煩得不知道如何是好。

正當兩派在爭論的時候，突然傳來了天門關失守的消息，這時，翁同一派的砝碼立刻增加，他們認爲天門關失守，預示著天京的後援已經被切斷，沒有後援的天京，真的能夠抵禦住火鳳軍團那剽悍兇猛的攻勢嗎？同時，他們還拿著一份兵部簡報：自狼胥山一線，明月還有一支大軍向天京飛速的靠近，如果一旦這支部隊到達，火鳳軍團勢必要發動全面的攻擊，那個時候，即使天京想要再降，估計對方也不會同意。更重要的是，翁同每天都在姬昂的耳邊吹噓著火鳳軍團的厲害，並說如果一旦天京失守，勢必姬家滿門將要面臨危險，如果投降，按照炎黃大陸的說法：諸侯請降，依然可以享受諸侯的待遇，但是一旦破城，那麼對方的燒殺搶掠都成了正常的戰爭消耗。

經不住翁同的不住勸說，姬昂本身也是一個沒有什麼主見的人，於是權衡再三，終於下定了決心，開城投降。

「老臣獻降來遲，累得王爺久候，實在是罪該萬死！」翁同口沫橫飛地站在金鑾寶殿上侃侃而談，最後跪伏在地上，身後還有一群飛天的重臣也匍匐在地上。

我沒有坐在寶殿的龍椅之上，那不是讓人說我有謀逆之心嗎？所以我只是搬了一張大椅，放在了大殿的階前。

我坐在大椅上，看著在大殿上跪列的飛天重臣們，心中一陣冷笑。本來是否前來受降，眾將眾口不一，不過所有的意思都是一個，就是害怕這是一個詭計，堅決不同意我前來受降。到最後我只說了一句：難道我堂堂火鳳軍團，在接管了天京城防之後，還會害怕那些禁軍？一句話讓所有人都不再出聲。於是我帶著梁興和巫馬天勇，率領這血殺團的成員，浩蕩地開進了天京。

此刻，梁興坐在我的旁邊，冷冷地看著那些所謂的飛天精英，巫馬天勇站在我的身後，默不作聲。聽翁同說完，好半天，我才冷冷開口道：

「翁太師是一個明白事理的人，本王雖然嗜殺，但是順我者昌，逆我者亡。只要真心向我臣服的人，我都不會虧待他們。翁太師此次能夠力排眾議，避免了一戰浩劫，實在是功不可沒。本王將向我皇請命，翁太師一族將永伴飛天，享受榮華富貴！」

「多謝王爺！」翁同顫聲地說道。

我沉吟了一下，緩緩問道：「不過姬昂現在如何？為何不見他來？翁太師乃是飛天元老，本王還有一件事情想要請教！」

「我皇眼下在後宮，隨時等待王爺的召見！至於請教一事，翁同萬萬不敢當，王爺盡說無妨，翁同知無不言！」

我朗聲大笑，「好，翁太師是一個明白人，那麼我想請問太師，姬無憂的陵寢在何處？」我不帶半點的火氣，和聲問道。但是我卻感到了身邊的梁興身子微微一顫，我想他已經明白了我的意思。

「啓稟王爺，昭帝的陵寢是在天京以南二十里的蒲柳山中，若王爺想要去，翁同願意帶路！」翁同獻媚的說道。

我笑著點點頭，「好，翁太師，你著令禁軍立刻開出天京，天京防務自現在開始，由我浴火鳳凰軍團接手，皇城交由本王和梁王的親兵防衛，請轉告姬昂，請他做好準備，本王要與他一同前往昭帝陵寢，好好瞻仰一番中興昭帝的風采！」我聲音逐漸轉冷，「告訴他，他有一個時辰的時間來準備，而天京防務也必須在一個時辰內完成，若是不然，我大軍一起，恐怕天京血流成河！」

「翁同明白！」翁同和一干大臣在聽到我說出浴火鳳凰軍團六個字的時候，渾身皆是一顫。他們顫聲的應道，躬身退了下去。

我揮手示意巫馬天勇前去監視那班飛天的大臣，大殿中只剩下了我與梁興兩人。我們誰也沒有開口，在一片死一般的沉寂當中，梁興緩緩的開口道：「阿陽，難道真的要這樣嗎？」

我心中此刻殺機湧動，冷聲說道：「自我知道我的身世以來，我就下定了決心，我定要將姬無憂老兒的屍體扒出，當著全天下人的面，狠狠地打他三百鞭！十年了，整整十年了，我等這一天的到來，已經讓我心力憔悴，如果不讓我把心中的這口惡氣發出來，我誓不爲人！」

梁興長嘆了一口氣，有些悲憫地看著我，他站起來走到我身邊，手放在我的肩膀上，沉聲說道：

「阿陽，我明白你心中的恨意，如果你去找那些活著的人算帳，大哥我絕不阻攔。但是人死百了，姬無憂在陵寢中已經有二十年了，可能已化成一堆枯骨，何必呢？再說，怎樣說他都是你的曾外公呀！」

我深深地吸了一口氣，將心頭翻滾的殺意壓下，看著梁興，我冷靜地說道：「我知道他是我的曾外公，但是當他殺我曾祖的時候，恐怕沒有想這麼多吧！大哥，你不必勸我，我心意已決，我誓要讓姬氏一門在我手中消失！」

梁興知道已經無法勸動我，他長嘆一聲，默默無語。

就在我們沉浸在一種可怖的寂靜中時，巫馬天勇來到殿中，「主公，姬昂帶領著姬氏一門，在殿外等候王爺前往蒲柳山陵寢！」

我聞聲站起，「點起血殺團，前往蒲柳山！」說著，我大步向殿外走去，走到了殿門前，我扭頭對呆立在殿中的梁興說道：「大哥，你去不去？不去的話，這天京交接防務，就由你來負責吧！」

「我還是去吧，這裏有鍾離和張燕兩人足矣！」梁興想了一想，開口說道，「另外，還是把小雨和小華帶上吧！」

我沒有考慮太多，點頭答應了一聲，大步走出了大殿。

姬無憂的陵寢建在天京以南二十里的蒲柳山上，這裏沒有什麼好山好水，風景也不優美，只是一座光禿禿的山丘，我有些不太明白爲何他的帝王陵寢要建立在這裏！在一片綠油油的樹林中，一座氣勢宏偉的陵寢矗立其中，那就是姬無憂的陵寢！

我用詢問的眼神看了一眼高秋雨，此刻高秋雨臉色有些蒼白地點點頭，想來她也明白了我的意圖。在得到了確定之後，我來到了姬昂的面前。姬昂的年齡在四十左右，但是臉上卻露出了一種由於酒色過度而造成的病態，這使得他看上去比他的實際年齡要大許多，他此刻畏懼地看著我，神情高度緊張。

我說道：「姬王不需害怕，本王只是想請你和我一起前往陵寢，去祭拜一下昭帝，畢竟昭帝是本王最爲敬佩的一個人！」說著，我一把抓住了他的手，我感到他渾身一顫，手冰涼無力。

我沒有理會許多，拽著踉蹌的姬昂來到了陵寢前面，身後是姬氏一族的成員和朝中的文武，此刻他們的臉色蒼白，隱隱猜測到了什麼。

「飛天皇朝昭烈帝姬無憂！」那墓碑上寫著斗大的幾個字，我看著那姬無憂三個字，心中再也無法壓抑胸中的悶氣，瞬間感到呼吸有些困難，臉色頓時蒼白。

梁興連忙走到我的身邊，一股陽和的真氣流入我的體內，使我洶湧的氣血平息。陵寢前一片死寂，所有的人都默默的看著我。

「昭烈帝，姬無憂！」我大聲說道：「你屠殺許氏一門，卻忘記了你的這個昭字是許氏一門給你帶來的，今天許氏的後人來看你了！」

說話間，我的聲音有些顫抖。扭頭看著臉上還帶著迷茫神色的姬昂，冷冷的說道：「姬王，說起來，本王還要叫你一聲表舅，你可知本王的來歷嗎？」

姬昂搖搖頭，似乎體會到了什麼，他想要將手從我手中抽回，但是他的力量是那樣的微弱，他無助的看了看四周，卻發現他的大臣們都已經無奈地低下了頭顱。「小王不知道，還請王爺指教！」他低聲說道。

「嘿嘿，你真他媽的是一個笨蛋，這裏所有人都已經猜到了我的身分，唯有你這個白癡不知道，飛天在你手中敗落，一點也不奇怪！」說著，我鬆開了他的手，向巫馬天勇一揮手。巫馬大步走上，神色莊重地將手中的戰旗展開，戰旗上的火鳳呼之欲出！

「可知道這是什麼戰旗？」我冷笑著問道。

「好像是一隻著火的大鳥？」姬昂打量了半天。

「著火的大鳥?哈哈哈!」我悲憤地大笑道:「曾經爲你飛天,爲你姬氏家族立下了汗馬功勞的浴火鳳凰,到了你的嘴裏成了一隻著火的大鳥!好好好,飛天當滅!」

姬昂一愣,頓時想到了什麼,臉色變得煞白,身體顫抖得更加厲害。

我沒有理睬他,看著姬無憂的陵寢,緩聲地說道:

「浴火鳳凰,本就是歷劫重生的聖獸。六十多年前,火鳳初生,威震炎黃大陸,我許氏一門爲了飛天征戰沙場,未敢有半點的懈怠,但是換來的是滿門的抄斬!嘿嘿嘿,火鳳歷劫,但是並不代表牠的死亡,而是在等待著牠的重生!」說到這裏,我扭頭看著姬昂,冷厲的說道:「姬王,可知本王今日將你帶來是什麼原因?本王要當著你姬家的面,當著姬無憂老賊的面,告訴整個炎黃大陸,我許氏一門不會覆沒,火鳳不會死亡,浴火鳳凰在經歷千劫之後,已經重生,重生後的火鳳將把牠的聖火燃燒整個炎黃大陸!」我扭頭對巫馬天勇說道:「巫馬,給我把姬無憂老賊的陵寢扒開,把那老賊屍骨拉出,本王要當著這些姬氏子孫,這些飛天大臣的面,將姬無憂老賊挫骨揚灰!」

「不要!」姬昂一聲喊叫,他撲到了陵碑之前,哀求地說道:「王爺,小王求你,萬不可動我祖父的陵寢。姬昂雖然無能,但是卻不能讓王爺壞我祖父陵寢。姬氏一門與王爺的仇恨,姬昂願意一肩擔之,若王爺想要解氣,小王願意代祖父受之,只求王爺放過我祖父的陵寢吧!」說著，他淚水泉湧，對我哀聲懇求。

此刻，我又怎麼會理睬他許多，「姬王，你和我沒有仇恨，你自然有人和你算帳，我和姬無憂的帳任何人都無法代替！」說著，我對巫馬天勇說道：「巫馬，你還在等待什麼？難道要本王親自動手！」

梁興此刻已經閉上眼睛。高秋雨和鍾離華也是臉色蒼白，她們從來沒有感受到我身上如此的殺氣。

巫馬天勇聽了我的話，大步上前，一把將姬昂拉開，手中玄鐵寒冰短戟暴烈的舞動，大喝一聲砸向了墓碑。一聲巨響，墓碑顫動，一道長長的裂紋出現，巫馬正要第二次揮動手中短戟，數道人影已經撲上，死死守護著墓碑，原來都是姬氏一門的子孫。

為首一個蒼然白髮的老者顫聲說道：「許王，我姬氏滿門求您，雖然昭烈聖祖於您有血海深仇，但是人死百了，求您放過他的陵寢吧。我姬氏一門子孫願以命相抵，絕無怨言！」說著，他厲聲對倒在地上的姬昂厲聲說道：「皇上，給我起來，你沒有做好皇帝，但是你要做好一個姬氏的子孫，給我站起來！」

姬昂似乎得到什麼力量，陡然站起身來，和姬家一門站在一起，死死地維護著陵寢，一掃方才的恐懼，無畏地看著我。

我帶著森冷的殺機對身後的飛天大臣們說道：「還有誰要和姬氏一門站在一起，現在都給我出來吧！」

我話音未落，又有幾個大臣毅然走出，站在姬昂的身邊。

「好，好！今天本王總算見到了什麼是忠義之臣，可惜姬昂這個笨蛋，如果他能夠將你們早早啓用，飛天必不會落得如此下場！」說著，我揮手說道：「血殺團成員聽令，凡是阻我行事之人，都給我殺！」

血殺團的成員應聲而出，手中鋼刀閃閃，向站在陵寢前的眾人撲去。

此時，高秋雨和鍾離華已經不忍心再看下去，她們不由得閉上眼睛。

而在這時，一直閉著眼睛的梁興陡然睜開眼睛，厲聲喝道：「小心！」

他話音未落，自陵寢之後如同鬼魅般竄出了一道身影，口中冷聲喝道：「動我姬家陵寢者死！」隨著她死字剛出，一股磅礴真氣已經湧至，首當其衝的血殺團成員被那真氣震得連退數步。

幾乎是在同時，巫馬天勇手中兩把各五十斤重的玄鐵寒冰短戟，猶如車輪般前後滾動，直向那鬼魅般的身影劈去，絲毫沒有留手。兩戟帶著一剛一柔兩種截然不同而又相互矛盾的真氣劈向那人。

一聲輕嘯，雖然聲音輕不可聞，卻如同焦雷在我耳邊炸響，我心頭不由一陣難受，梁興更是雙眼精光暴射，臉上帶著燦爛笑容。那人在空中旋身一轉，兩條長長的絲帶頓時如鋼鐵一般堅硬，向巫馬天勇手中的短戟點去。

「叮」的一聲，絲帶與短戟相交，竟發出了金鐵交鳴的聲音，我看到巫馬天勇的臉色頓時大變。雖然失去武功，但是我的眼力卻依然存在，那人這輕輕一點，恰巧點在了巫馬天勇短戟的三分月牙刃口之處，頓時將巫馬那詭異的戟勁化除，一戟空蕩蕩地無處著力，一輕一重甚是難受，巫馬天勇不得已移身後退。

那人借著巫馬的一戟之力向後一個倒翻，凝神立於姬家一門的身前，此時我才發現，來人居然是一個女人，她一身素白的宮裝，在風中飄然抖動，臉上帶著面紗，看不出年齡，不過從她那花白的髮髻可以看出，她的年齡應該已經不小。此時她立於陵寢之前，護著身後的姬家一門，一種華貴無比的氣勢自她身上發出，讓人不敢輕視。

不知道爲什麼，當我看到她那雙如繁星璀璨的眼睛時，心中竟然湧出一種親切的感覺。只是自我出道以來，從未有人能夠阻止我做我要做的事情，雖然有所感觸，但是心中的惱怒卻無法形容。不過從她剛才的一擊來看，她的功力之超絕，甚至高於摩天，而那化尺柔爲精鋼的古樸一點，讓我不敢小視。那看似簡單的一點，在匆忙中發出，竟然那樣奇準的點在了巫馬手中的短戟，以奇絕真氣透戟而入，將巫馬的後著完全封死，光是這份功力，此人進入天榜前十，輕而易舉！

我擺手示意讓血殺團成員退下，冷聲地說道：「沒有想到姬家還有如此的高手，嘿嘿，真是讓人感到意外呀！」

我話音未落，梁興已經森然踏上一步，手中裂空長劍虛空一斬，冷聲大喝一聲：「逆我者死！」隨著他那沉重的裂空一劈之勢，強大戰意洶湧而出，一股龐大的氣場發出，向那人籠罩而去。

那女人此時絲毫沒有在意梁興的威脅，她的目光先是看了我一會兒，眼光在飄揚的火鳳戰旗上停下。

突然間，她開口和聲問道：「誰是許家子弟？」聲音煞是清雅好聽，卻被一種無形的滄桑籠罩，讓人感到辛酸。此刻，她話語中帶著強烈的興奮，微微有些顫抖，當然如果不仔細聽，是無法感覺到的。

我緩緩走上前，和梁興並排站立，答道：「許氏四代子弟許正陽向前輩問好！」

梁興奇怪地看著我，他似乎也察覺到了什麼，將真氣回收，凝神戒備。

她輕聲地說道：「你是正陽？」

她的語調親切，讓我產生了一種……我不知道，但是我知道這種感覺有別於我對童飛或者夫子的感情，但是卻比他們更加濃郁。我點點頭，緩聲地說道：「不錯，在下正是許正陽，敢問前輩何人？」

她眼中驚喜之色難以形容，語氣依舊平靜，「你有什麼可以證明的？」

如果是別人，我早就一巴掌兜過去了，老子身爲許家的弟子，有沒有證明關妳屁事。可是面對這個女人，我如同被催眠一般，從懷中拿出了那塊玉佩，那刻有我名字和火鳳的玉佩，「玉佩在此！」

「能否讓我看個清楚？」

我沒有半點猶豫，甩手將玉佩扔給了她。她虛空一抓，將玉佩抓在手中，反覆打量撫摸。好半天，她才開口道：「正陽，能否請你不要動這陵寢，放過姬家一門？」她聲音依然十分的清雅，帶著一絲的懇求。

「爲什麼！給我一個理由！還有，前輩何人？」我決不會輕易放棄我的想法，沒有足夠的理由，誰也不要想讓我退縮。

那人長嘆了一聲，帶著一絲的悲淒之聲說道：「我只是一個未亡人，不要問我是誰，我是一個身負罪孽的人！」她輕嘆一聲，「正陽真的要拆毀這陵墓？」

「沒錯！」我語氣堅定地說道：「誰要阻擋我，誰就是我的敵人。即使如前輩妳，也沒有例外！」

「那就讓我來領教你許家的修羅斬到底修煉到了什麼境界！」那女人輕聲說道：「如同你一定要拆毀陵墓一樣，我也不會允許你動這陵墓半分。正陽，出手吧！」

我朗聲大笑，「前輩真是笑話，整個炎黃大陸，誰人不知道許某因爲和蒼雲火拼，功力盡失，不過，如果前輩想要領教修羅斬的話，那麼，我大哥同樣可以讓妳滿意！」

「你功力盡失？」那女人急急問道。

我深深可以感受到她話語中的關切，不由得詫異地看著這個女人，我敢確定她和我一定有著某種別樣的關係。扭頭看看梁興，此刻他也是一臉的詫異神色。我不想再拖延下去，冷聲說道：「前輩最好趕快告訴我妳是何來歷，不然休要怪我無情！」

那女人柔聲的說道：「正陽，如同你有要拆毀陵墓的原因一樣，我也有守護陵墓的原因，但是我無法告訴你。」說著，她轉頭對梁興說道：「你是正陽的大哥？」

梁興點點頭，沒有說話。

女人眼中閃過一抹笑意，「好，那就讓我看看你究竟有什麼樣的本領，能夠做許家子弟的大哥！」說著，虛空向前踏上一步，兩根綢帶瞬間挺直，強絕真氣湧出，將梁興牢牢鎖住。

「阿陽放心，我會留一手的！」梁興手中大劍在邁步之時揚起虛空劈出，如同鬼魅般一閃到了她的面前，大劍帶著無敵的氣勁向那女人砍去，劍勢古樸，卻讓周圍眾人產生出一種無處躲藏的感覺，似乎整個人赤裸裸呈現在梁興的劍下。

「嗯，單憑這一劍，便有資格做許家子弟的大哥了！」那女人和聲說道，手中的綢帶瞬間如柔指般百轉千迴，看似柔軟無力，卻將梁興那一劍的剛猛之力化作烏有。

梁興眉頭輕輕一皺，八十斤重的巨劍如同燈草般舞動，劍勢不變，向那綢帶砍去，但是卻給人飄忽不定的感覺，這一劍一出，頓時妙相紛呈，看似一劍，卻又劍影重重，如同鬼魅般穿梭於綢帶之中。

兩人都是快捷迅猛，絲毫沒有半點的拖泥帶水，交手數招，卻沒有真正接觸過一次。

高秋雨和鍾離華兩人不知道何時來到了我的身邊，低聲地說道：「夫君，這個女人什麼來歷呀？」

我搖搖頭，表示不知道，但是眼睛卻始終盯著場中的兩人，輕聲對二女說道：

「秋雨，小華，仔細看清楚他們的招式，對妳們將受益無窮！這兩人一戰，絲毫不遜色於當日我和摩天的一戰，一個是舉重若輕，深得大巧不工的精髓，那女人雖然不知道什麼來歷，但是功力之卓絕，可以進入天榜前五！綢帶柔軟，卻被她用的如臂轉自如，變化之精妙，也到了武道的頂峰之作！」

就在我說話間，只聽得「噹」的一聲巨響，兩人從交手到現在做出了第一次的接觸，龐大的真氣四溢，在兩人身側形成了一個無底的氣漩，那氣漩不斷擴大，將人不停扯動。我連忙拉著高秋雨和鍾離華向後退去，心中對這女人的功力卻是無比的驚訝，好厲害的功夫，爲何從來沒有聽說過這樣的人物？

勁氣相交之下，梁興和那女人同時向後退去，梁興的臉色有些蒼白，氣機也有些紊亂，而那個女人由於面罩薄紗，無法看出到底是怎樣的情形。

兩人凝神相視，那女人突然開口道：「不錯，能夠有這樣的功力，足以在炎黃大陸排名前三！不過，如果你們想要打開陵墓，這樣的武功還是不行的，我勸你們還是退下！」

梁興此刻鬚髮皆張，他有些惱怒了，扭頭對我說道：「阿陽，怎麼辦？」

我也不禁被這女人惹得有些不快，不論妳是什麼人，今天這陵墓我一定會毀去，我大聲說道：「大哥，不用留手了！」

聽到了我的話，梁興大吼一聲，閃身衝上，手中裂空暴烈地劈出，大巧不工中帶著天下間最爲精妙的妙著，讓人感到了一種無比的錯覺。

兩種完全不能融合的招式卻在這瞬間做出了最爲完美的結合、裂空帶著強勁真氣撕破了空氣，發出了一陣刺耳厲嘯，只是這簡單的一劍，已經看出梁興在武道上又有完美的突破。劍勢雖然強猛，但是卻不帶半點的殺氣，反而讓人有一種如沐春風般的暢快感覺，長劍連劈帶刺，化成了一式，這一劍即使是我也沒有半點的方法，唯一的破法就是以力拼力，絕無半點僥倖。

果然，那女人的面紗瞬間抖動不已，她萬沒有想到梁興剛才是有意的留手，這一劍才是他真實的水準所在，身體原地旋轉，旋轉的同時，那綢帶瞬間纏在手上，以不可思議的角度瞬間連劈數十掌，掌勢連綿不絕，勁氣轟鳴，一股龐然絕大的真氣發出。

就在她出掌的同時，我立刻認出了這數十掌劈出的軌跡恰然是修羅斬的套路，腦中一道亮光閃過，我大聲喊道：「大哥，手下留情！」

梁興早在這女人出掌的時候便認出了修羅斬的套路，聽到我的聲音，身體強力向後一退，真氣回收，但是全力發出的一擊又怎麼會如此容易的收回，這一劍在匆忙中只收回了三成，七成真力依舊帶著無比凌厲的氣勢向那女人劈去！

一聲震耳欲聾的聲響，煙塵激蕩，強勁真氣將我向後推動數步，我幾乎窒息。身體才一停穩，我閃身就向鬥場中撲去。

煙塵飛落。梁興倚劍半跪，一口鮮血噴出，這一劍他強行收回真氣，已經讓他受到了一些傷害，再加上那女人的強橫真氣，他的經脈受到了損傷，不過，好在他真氣渾厚，這口鮮血吐出也就沒有事情了。但是那個女人此刻跌落在塵埃中，面紗已經化作片片的蝴蝶飛舞，她露出了嬌媚玉顏，雖然滿頭的白髮，但是從面孔看上去只有四十左右，此刻她的嘴角滲出血絲，躺在地上，強行將自己的身體撐起，臉上帶著一種解脫的笑容。

我沒有理睬梁興，一把將那女人抱住，在她使出修羅斬的那一刻，我突然想起了她的來歷。許家的修羅斬只有許家人才可能修煉，她死命維護陵寢，又為姬家滿門求命，這樣的巧合，只有一個人符合，那就是姬無憂的幼女，我曾祖的兒媳，也是我的祖母，飛天皇朝的如月公主！

「奶奶！」我不禁失聲叫出口來。

場中的眾人不禁一愣，姬昂更是呆傻傻喊道：「姑母！」

飛天的年邁大臣們此刻也一起跪在地面，口中高呼：「如月公主！」

祖母面孔抽搐，半晌，一口鮮血噴出，灑落在潔白的宮裝之上，她慈愛地看著我，用手輕撫我的頭髮，「正陽，奶奶等了這麼多年，一直在悔恨和內疚中度過，如今許家還有後人，而且是我的乖孫兒，奶奶好高興！」說話間，又是一口鮮血噴出。

當我抱住祖母的時候，我察覺到祖母一身經脈盡數斷裂，更兼之她最後一招拼死擊出，已經到了油盡燈枯的地步，我不由得失聲痛哭道：

「奶奶，為什麼，為什麼不告訴正陽，如果告訴了正陽妳的身分，正陽什麼要求都可以答應妳的呀！」

我的淚水瞬間泉湧，實在不知道應該怎樣說下去才好。這是我的祖母，和我有至親血脈的祖母，可是才剛見到，她就已經要去了，而且是倒在了我的命令之下，我悔恨，爲何我那樣的固執呀！

她半靠在我的懷中，伸出她無瑕的玉手在我的面孔上輕輕撫摸，祖母雖然全身痛苦地顫抖，但是臉上帶著笑容，輕聲說道：「正陽把這些人趕出去，我想和我的小正陽說說話！」

我扭頭對身後的巫馬天勇吼道：「巫馬，聽到了沒有，立刻將這些人給我轟出樹林，血殺團全力戒備，陵寢五十里內不得讓任何人接近，但凡接近者殺！」

沒有半點遲疑，巫馬天勇立刻行動，眨眼功夫，整個陵寢前只剩下了梁興和高秋雨還有鍾離華三人。我抱著祖母的身體，失聲痛哭。

「正陽，從二十年前我就已經想要自盡，但是父皇告訴我，我的小正陽還活著，他總有一天會來看我，這二十多年裏，我一直在等待，總算等到了，我的小正陽也長大了！」說著，她一陣咳嗽，又咳出烏黑的鮮血。她阻止我說話，喘了一口氣，「正陽，不要說話，二十年了，祖母沒有說過什麼話，今天終於可以好好地說出來了。正陽，你不要恨你曾外公，人到了他的位置，對於權力和地位更加的看重。其實事情也怪我，當年我偷偷聽到了有人慫恿公公造反，公公沒有答應，但是我卻不知道爲何將這件事告訴了父皇。其實說到底，還是不相信公公，畢竟公公手中握有飛天軍權，我也不放心呀！後來父皇突然發動了攻擊，我知道所有的一切，都是起源於我的那一句話，奶奶心中的悔恨無法形容。當時奶奶就想要跟著你爺爺一起去，但是父皇的話又給了我希望，不見到我的小正陽長大，奶奶又怎麼能夠放心走呢？雖然奶奶不知道小正陽這些年是怎樣過的，但是奶奶一直惦記著乖孫！正陽，你怪奶奶嗎？」

我哭著搖搖頭，說實話，我早已經對於這種政治的事情瞭解了一個透徹，高占對我的懷疑，不也和姬無憂對曾祖的懷疑一樣嗎？甚至我命令赤牙暗中監視我帳下的將領，不也是爲了這個原因！對於姬無憂，我只是一種出於本能的仇恨，倒是沒有任何其他的感情摻雜其中。

祖母輕聲的說道：「正陽，知道奶奶爲什麼不允許你破壞這陵寢嗎？」

我搖搖頭，她咳嗽了數聲後，低聲的說道：「當年父皇處決了我許家滿門，我則是派人偷偷將你曾祖、你爺爺、你父親還有其他親人的屍骨收藏了起來，就安放在這陵寢之中，這也是父皇的命令，他說他的一生都會和許家糾纏在一起，現在想來，父皇真的是有先見之明，呵呵，他似乎知道他的小外孫會來拆毀他的陵寢，所以將你一家的屍骨都和他埋放在一起。」說著，祖母又從口中吐出了大量的血，但是精神看上去好了許多。

我簡直無法相信自己的耳朵，這個姬無憂，這個我從未見過的曾外公，當真是一代中興之主，居然能夠算到如此的精細，同時，我也沒有想到自己一家的屍骨都葬在了這陵寢之中！

祖母輕笑了兩聲，「正陽，你這個曾外公還是很厲害吧！他很有遠見，如果不是最後的那敗筆，他會是一個完美的帝王。在他臨死前，他曾經說過：飛天興也許家，敗也許家，我錯了！呵呵，到最後，他終於知道自己錯了，他這一輩子沒有認過錯，最後他認錯了！奶奶從你曾外公去世以後，就在這陵寢中待著，為了就是能夠看我乖孫一眼，然後就可以了無遺憾地去向公公和你爺爺認錯，和他們永遠一起了！」

「奶奶，我不要妳走！」我哭喊著：「妳還沒有見過妳的曾孫，妳怎麼能夠走呢？」

無神的眼睛一亮，祖母臉上的笑意更加濃了，「我已經有小曾孫了？呵呵，奶奶真是高興呀，許家有後，見了你爺爺他們，也要好好的氣他們一下！呵呵，小曾孫叫什麼？」

「許傲！」我說著，對身後的高秋雨和鍾離華說道：「妳們兩個傻愣著幹什麼？還不叫奶奶！」

高秋雨和鍾離華聞聲來到了祖母的身前，跪在她的身邊。

祖母笑得是那樣的舒暢，扭頭對我正色說道：「正陽乖孫，奶奶要你答應一件事：將姬家放過吧，他們只是上代恩怨的受害者。奶奶知道你要成為一個君王，一個偉大的君王，更要有一顆仁厚的心！」

我哭著點點頭。

祖母似乎再無半點牽掛，臉上的紅潮慢慢地褪去，聲音輕柔地說道：「公公，如月來了！」說著，她帶著笑意，緩緩閉上了眼睛。

「奶奶！」我失聲哭喊道。身邊的高秋雨和鍾離華都已經是淚流滿面。

梁興緩緩地走到了我的身邊，低沉的說道：「阿陽，對不起，我已經盡力收回勁力了，但是……」

我將祖母的身體抱了起來，默然向陵寢後的暗道走去，梁興三人跟在我的身後。

我突然停下了腳步，對他們木然說道：「你們不要跟來，我要和我一家人聚一聚，好好地思考一些事情！」說著，我轉身走到了暗門前，我再次停下來，扭頭對梁興說道：「大哥，這不能怪你，奶奶從見到我的那一刻起，就已經死意萌生。這是命！這是我許家的命！在我回去之前，天京的事情，就全拜託你了，小心留意拜神威！」說完，我沒有再理會他們，扭身走進了深邃黝黑的陵寢之中。

什麼是命？為什麼就一定要讓我碰上這樣的命？我無法理解。坐在陵寢中，看著並列排放著的幾個水晶棺材，無力地坐在那裏。掛在牆壁上的夜明珠發出柔和的光芒，我的大腦中一片的空白，為什麼我不早些的認出祖母？我不是平時自以為聰明無比，但是為何在這個時候變得愚魯異常？我告訴梁興這是命，這是許家的命，可是又有誰能夠告訴我，什麼是命！

從我將祖母的屍體放入了水晶棺材中的那一刻，我好像再沒有半點力量，一下子都被抽空了，我坐在那裏呆呆發愣。不知道過了多少時間，我只是靜靜的坐在那裏，看著水晶棺材中一具具沒有生命的軀體。

屍體都保存得很好，那水晶棺材是採自於深海中的玄冰水晶，所以雖然這麼多年過去了，棺材中的屍體依舊保存很好，看來姬無憂是動過一番心思的。陵寢中一共有兩個寢室，一個是放著他的屍體，另一個則放著我許家滿門的屍體。這是我二十五年來，第一次如此近距離和我的家人在一起，雖然他們只是一具具沒有生命的屍體，但是我的心中，卻有一種從所未有過的歡喜。

最中間的那具蒼老的屍體，一定就是曾經威震炎黃的戰神許鵬，我的曾祖。我曾經在黃家的密室中見過他的模樣，旁邊的那個老人就是我的爺爺，許世傑，驕傲的鳳凰之子；再下面的一副棺材中，是我祖母的屍體，這座水晶棺材早已經準備好了，當我抱著我的祖母走進來的時候，第一眼就看到了這個空蕩蕩的棺材；後面是我的父親，還有我的母親，他們看上去都是那樣的安詳寧靜，沒有半點不安，好像是睡著了一般，我坐在棺前，口中喃喃自語，其實我自己也不知道自己在說些什麼，因為我的大腦已經麻木了。淚水將我的衣襟打濕，但是我恍若未覺。

我的靈識在一片虛空中陷入了迷茫，我不知道我究竟要如何才好。我迷惑命，而現在我則在迷惑我自己。

我心中一動，人號稱自己是萬物之靈，但是在天地的無上道法中，他卻比任何的動物都要脆弱，一得一失是那麼尋常的事情，人同其他的動物一樣，同樣有著生老病死，上天並沒有因為人是萬物的主宰而給他太多的優待，而是一切平等看待；身為一個君主，同樣應該效仿天地的無上大道，不應該將自己的意願加於其中，也應該平等的對待。

在這瞬間，我似乎了悟了明亮大師所說的佛心是什麼，就是秉承天地的無情，公正對待眾生，生死本是平常的事情，沒有什麼可以值得悲傷和感悟，什麼是命？命就是生，就是死，我就是命！突然間，我的心頭豁然開朗，鬱悶的心裏一片光明，我再也沒有必要去為我的家族而悲哀，這本是他們的宿命，就像我一樣，從一個奴隸營中的奴隸，成為了一國的親王，這也是命，沒有他們的命，又如何來成就我的命。

在這一剎那，我的靈識瞬間回到了我的身體，我站起身來，看著眼前一具具的水晶棺材，心中再也沒有悲哀，重歸於一種難言的平靜，緩緩的說道：「曾祖，爺爺、奶奶、父親、母親，看正陽為你們演一曲修羅之舞！」

隨著我的話語聲落，我緩緩地舒展我的身體，從修羅斬的第一式開始緩緩練起，一股陽和的真氣隨著我招式展開，慢慢地在我的身體內流轉不息，漸漸地，我再次進入了一種空靈之境，修羅斬、七旋斬，我也分不清到底什麼是什麼。雙手舞動，久違的真氣隨著向四處溢去，但是我渾然不知。

我的身體如同一個空谷一般，空谷中本無一物，卻可以滋生萬物，天食人以五氣，從鼻入，藏於心，五氣清微，爲精神，爲聰明，爲音聲；地食人以五味，從口入，藏於胃。五味濁厚，爲形骸，爲骨肉，爲血脈！魂魄相輔，出入於口，與天地通！既然如空谷，我則有用之不竭的真氣，綿綿若存，用之不勤。……

一呼一息間霎時真氣鼓蕩，隱伏於體內的真氣似乎在這一刻完全爆發，充斥著我的身體，兇猛中還有一種奇異的平和，如同天地之間那一片虛無的渾沌之氣，若以前我的真氣是有渾沌之氣的形，那麼此刻，已經是那渾沌之氣的神！在這一刻，我真正體會了什麼叫用之不竭。我絲毫不知道在我的舉手投足間，一股若有若無的真氣也已經隨之發出，鼓蕩於陵寢的斗室之中。

一者，道始所生，太和之精氣！天得一而清，地得一而寧，只要使專守自己的精氣不亂，則形體能應之而柔順！

此刻我如同一個嬰兒一般，無所思，無所想，一舉手一投足早已經脫離修羅斬的範疇，所有的一切動作如同流水般那樣自然而然使出，沒有任何的拘泥之處，一時間，我的胸中湧現出無數的精妙招式，有的甚至是我從來沒有想到過的，如今卻如此自然使出，而我卻絲毫不覺。

不知道過了多長的時間，我緩緩地清醒了過來，渾身酸疼，但是體內的真氣充沛無比，甚至較之我以前更加雄渾，初時絲毫不覺，但是意念剛起，真氣隨之湧動，如玉珠滾盤般的暢快淋漓。一種失而復得的喜悅在我心中蔓延開來，我又重新成爲了一個強人，一個無敵的強人！我原本以爲還需要一年的時間才可以恢復我的功力，但是如今卻從天道的頓悟中得到了飛躍。

站起身來，舉目四望，斗室中一片的凌亂，但是我沒有在意，只在親人的棺前深深地磕了三個響頭，扭身向外走去！從現在開始，我已經和許家的鳳凰戰神沒有一點的關係，從現在開始，我就是鳳凰戰神，鳳凰戰神就是我，我將是這個世界上的主宰！

我又向姬無憂的陵寢鞠了一躬，畢竟他是我的曾外公，從現在開始，我和飛天再也沒有半點的仇恨，我要把握我的命！

大步向陵寢外走去，身後的斗室轟然倒塌，我沒有理會是什麼原因，因爲所有的一切都再也和我沒有半點的關係，我要做的就是讓炎黃大陸顫抖！

刺眼的陽光讓我無法睜開眼睛，我耳邊傳來高秋雨和鍾離華的驚叫聲，她們飛撲入我的懷中，臉上帶著淚水。

我看著梁興，又看看身後笑容滿面的高秋雨和鍾離華，不由得放聲大笑，笑聲中隱含的真氣將樹葉震落，我大聲喊道：

「炎黃大陸，我許正陽回來了！」

滿園的幽綠，百花齊放，將花園點綴得煞是漂亮，遠處的池塘中荷花盛開，淡淡的清香撲鼻而來，高秋雨和鍾離華帶著憐兒在涼亭中戲耍，笑聲不時傳入了我的耳中，卻無法解開我心中的煩悶。

方才大殿中的辯論依舊迴響在我耳邊。對於拜神威出兵一事，按照張燕等人的意見，我們應該按照計畫與拜神威談和，同時著手對付東瀛和陀羅，但是拜神威此次攻勢迅猛，只用了三天便強行突破了蘭婆江，黑龍軍團和青龍軍團在數天內全軍覆沒，如此猛烈的打擊說明拜神威是預謀已久，拜神威的夏季攻勢已經開始，如果沒有得到足夠的好處，拜神威絕對是不可能結束這場戰役的！如今火鳳兵團連續的作戰，已經疲憊不堪，是否還能夠堅持住？我心裏沒有底，但是有一件事我明白，那就是只要我能夠再堅持兩個月，整個形勢也就會有變化，因爲按照我們的協議，墨菲帝國應該會出兵死亡天塹，開始向大宛氏進攻，一旦墨菲帝國發動攻擊，拜神威和安南絕不會坐視大宛氏被墨菲吃掉，畢竟大宛氏是拜神威的一道屏障。

我心裏在盤算下面的計畫，我贊成梁興的意見，那就是打！打得越狠，我們將來和拜神威談判就越有優勢，但是張燕的話我也不能不考慮，自去年到現在，一年多的時間中，火鳳軍團幾乎沒有休息過，連續的征戰已經讓火鳳軍團消耗很大，如今合兵一處，只有不足三十萬人馬，而且傷兵眾多，更有閃族的騎兵因爲無法適應飛天的氣候，開始生病，加上在天門關的鍾、仲兩位老將的兵力，能夠繼續征戰的只有不到二十五萬人馬。開元的新兵營剛提走了五萬人馬，一時間也無法給我太大的支援，飛天新定，也無法徵召人馬，降軍雖然眾多，但是卻不能立刻使用，而且一旦決定與拜神威開戰，那麼天京至少要留有五萬的人馬駐防，七算八算，真正出征的人馬也只有二十萬左右。

以二十萬人馬防守我想是足夠了，只要死守天門關，支撐到墨菲出兵，所有的事情也就迎刃而解。但是既然開戰，我絕不想只是單純防禦，不撈夠好處，我是不甘心的。問題是，此次拜神威方面領兵的將領是有拜神威之鷹之稱的陸卓遠，這是一個不好對付的角色，光從他突然襲擊黑龍軍團和青龍軍團的行動來看，這是一個很有謀略的人物！甚至連黃夢傑都說此人不易對付。如今陸卓遠陳兵江北沒有動靜，只是因爲他在蓄勢，一旦時機成熟的時候，我有預感，他的打擊將會無比猛烈。

坐在林蔭小道的石凳上，輕柔的微風拂過，讓我有一些愜意的感覺。猛然中靈識一動，我抬眼看去，小道的一端，梁興和黃夢傑匆匆走來。

兩人來到我的面前，我示意他們坐下，其實，這個時候我真的需要找人好好談談，畢竟我一個人的力量也是有限的。

梁興沉聲問道：「阿陽，你有什麼打算？」

看著黃夢傑，我靈機一動，開口問道：「夢傑表哥曾經和拜神威鬥了兩年，如何看法？」

黃夢傑謹慎地說道：「從戰術的素養來看，拜神威的戰力不比飛天的低，特別是陸卓遠率領的飛鷹軍，絲毫不比如今的火鳳軍團差多少，而且陸卓遠此人更是一個兵法大家，說起用兵方面，倒是和正陽你的風格有些相似，如天馬行空般不著痕跡，很難猜測他下一步的計畫究竟如何。」

「有沒有可能將他爭取過來？」我皺著眉頭問道。

「很難，陸卓遠此人心高氣傲，對拜神威忠心耿耿，更兼之他是拜神威的親王，也是當今拜神威皇帝的妹夫，所以根本沒有可能將他爭取！」

我站起身來，心中突然一動，陸卓遠用兵與我相像，我喜歡以奇兵出擊，那麼陸卓遠如今陳兵江北，恐怕並不單純的是蓄力，他會不會另有動作？想到這裏，我心中一驚，忙問梁興道：「大哥，陸卓遠近來有什麼動作嗎？」

「沒有，根據探馬的回報，他一直陳兵在蘭婆江一線，拜神威的大軍不斷向江北調動，但是沒有什麼其他的動作！」梁興看著我，疑惑地問道：「怎麼，阿陽發現哪裡有不對嗎？」

我搖搖頭，「不應該，這不應該呀！」我沉思道：「雖然沒有什麼不對，但是夢傑表哥剛才說陸卓遠用兵和我相仿，如果是我的話，我在奪取蘭婆江以後，必會製造陳兵的假象，秘密調動兵馬，向天門關奇襲！不對，這中間一定有詐！」我猛然抬起頭，對黃夢傑說道：「夢傑表哥，你立刻拿我的將令，調動神弓營全部兵馬，火速增援天門關，你和陸卓遠打過交道，相信你應該比我更清楚該怎樣處理！」

黃夢傑此刻也似乎恍然大悟，立刻站起身來，領命而去。

看著黃夢傑離去的背影，梁興說道：「夢傑兄持重，希望可以及時趕到天門關！」話語中帶著憂慮，他也感到了一絲不妙，「那下一步正陽打算如何？」

我在小道上來回走動，沒有回答梁興的話，過了半天，我抬起頭說道：「大哥，我決定打！」

「打？」梁興沒有理會我的意思。

我點點頭，深深的吸了一口氣說道：「當年我曾祖就是在天門關一戰成名，今天我要在天門關續寫這段輝煌！所以我絕不求和！」

「不過，今天張先生他說的話也有道理，我們的將士是否還能夠支持如此大規模的征戰？阿陽，我們一旦開戰，將是和一個國家的作戰呀！」梁興不無憂慮地說道。

「我知道，但是只要我們能夠撐過了兩個月，墨菲一旦出兵，整個形勢必然扭轉。墨菲出兵之日，按照協議就是我們停止攻擊的時候，所以我要在停止攻擊之前，儘量撈取好處，所以，天門關一戰勢在必行，如同大哥所說：我們打得越狠，談判時我們的本錢越足！所以我要在天門關外的欲望平原上，將陸卓遠這支鷹的翅膀打斷！」

「那怎麼打？」

我沉吟了一會兒，抬起頭看著梁興，笑著說道：「呵呵，我現在還不知道！」

一句話讓梁興有些目瞪口呆，他看著我，好像是看一個怪物一般，半天說不出話來。好半天，他看著我說道：「阿陽，你是不是瘋了，口中說要打，可是怎麼打卻還沒有半點的把握？」

「戰場上瞬息萬變，我怎麼能夠預測到有什麼變化？」我笑著說道：「不打，那我就讓出天門關，讓陸卓遠進軍天京，你幹不幹？這場戰役在我沒有決定之前，陸卓遠早就已經決定了！所以不論怎樣，我都要接招！」說著，我回身坐下，「至於怎麼打，我想在戰場上總會找到他的破綻的，呵呵！」

梁興苦笑道：「阿陽，你這是在賭博呀！」

「我就是賭博，賭的是老天到底站在誰的一邊！」我笑了，梁興也笑了，但是我們都知道這笑容裏面含有多少的苦澀。

「王爺，開元急件！」正在我和梁興苦笑的時候，錢悅匆匆走進來，手中還拿著一個火漆封死的信封。

開元急件？我心中一顫，上次的開元急件是東瀛出兵，這次不知道又是什麼消息？打開了信件，我細細的一看，不由得心中狂喜，看著梁興，我笑呵呵的說道：

「大哥，看來老天是站在了我這一邊，真是天助我也！」

第六章　亂國雄師

三年前我所創立的龍騰獸兵，經過木遠三年的調教，已經成功，五萬獸兵已經隨時可以出征。梅惜月鑒於我在飛天消耗過大，派遣木遠率領五萬獸兵前來支援。

沒有想到，我在三年前的一時興起，卻真的成功了。我看著梁興直笑，笑得梁興有些不知所措，他看著我，輕聲說道：「阿陽，計將安出？」

我神秘地笑了一笑，「大哥，天京事務就交給你來處理，我和鍾離帶領十萬兵馬今夜進發天門關，你等著我的好消息吧！」說著，我將錢悅叫到身邊，輕聲低語，讓他立刻前往迎接木遠，將獸兵直接帶往天門關。

錢悅匆匆離去，梁興看著他的背影，疑惑地問道：「阿陽，你究竟葫蘆裏賣的什麼藥？」

我笑笑，沒有理會，心中卻已經盤算如何來對付天門關外的陸卓遠。

我率領十萬大軍先行趕到了天門關，跟隨我的是閃族五萬鐵騎和向西行帶領的五萬步卒。高秋雨和鍾離華也不依不饒的非要帶著她們的鐵女騎兵參戰，我和梁興多次勸說無效後，也只能點頭答應，她們既然跟來了，我的那個小尾巴憐兒自然也閒不住，不過，此次她的身分則成了我的護衛，畢竟這丫頭多年苦練，功力之高絕，絲毫不遜色於營中的眾將，有她來護衛，倒也可以幫助我隱瞞功力盡復的消息。

天門關自十天前遭受到了陸卓遠飛鷹軍的突然襲擊，好在黃夢傑及時趕到，沒有造成太大的威脅。如今拜神威大軍陳兵於天門關外的欲望平原，日夜對天門關發動攻擊！當我趕到的時候，天門關已經籠罩在一片硝煙之中。

天門關位於天京南七百里，北連天京，南近蘭婆江。自天京以南，地勢舒緩平整，延綿數百里至蘭瑙山，在這裏，地勢陡然險峻異常，三山相持，谷大溝深，道路崎嶇，蘭瑙山好像一條巨龍橫臥於此，將飛天劃成兩半，山麓以南就是肥沃的欲望平原，飛天的糧倉。而天門關就座落在這條巨龍的背脊之上，死死地卡在三山交界之處。之所以叫做天門關，就是因為這裏是飛天的南大門，如同門戶一般，天門一開，飛天洞穿！而且由於天門關建造在蘭瑙山山脊之上，更有「飛天之脊」的美譽！

六十多年前，我的曾祖就是在這裏，以弱勢兵力，阻七王兵馬一百餘萬於天門關外，更在欲望平原一舉擊潰之，成就了戰神的美名。而今天，我將在這裏延續鳳凰的神話，當我的腳步踏上了天門關的城頭時，我心裏這樣地想著。

城外的山下是密密麻麻的拜神威大軍，山坡上密密麻麻倒著無數的屍體，空中瀰漫著淡淡的血腥味和濃郁的火藥味道。站在這裏，可以看到遠處一隊隊的人馬走入了拜神威那綿延百里的大營，氣勢好生的壯觀！鍾炎渾身是血，潔白的鬚髮上也沾滿了血跡，他來到了我的身後，默不作聲。

「拜神威是從什麼時候停止進攻的？」我沒有回頭，沉聲問道。

「從今早凌晨開始，拜神威突然停止了進攻。不過看樣子只是暫時休整！」

「戰況如何？」

「拜神威攻擊十分猛烈，三天來沒有半點的遲緩，他們也知道天門關險峻，所以以梯隊攻擊，不分晝夜，輪番衝擊。我們自佔領天門關以來，一個月所建造的防禦工事，被他們一個時辰內全部抹平！」鍾炎說到這裏，停了一下，接著說道：「主公，這陸卓遠的攻擊太過突然，我們的許多工事尚未修整，他們就已經攻到了關外，如果不是黃將軍及時趕到，我們真的會被他打一個措手不及！另外，仲玄老將軍在首日的交戰中，更是被陸卓遠手下一個少年打傷，傷勢嚴重！」

我一愣，要知道仲玄的功力也是深厚無比，當年更是東京禁軍的一員猛將，能夠將他擊傷，確實不是一個簡單的事情！我扭頭問道：「仲老將軍傷勢如何？」

「已經穩定了！」

我沉吟了一下，對身邊的錢悅說道：「馬上送他回天京，請飛天的太醫爲他醫治。仲老將軍隨我兄弟征戰，勞苦功高，決不能有半點的閃失！」

錢悅領命而去，我接著問道：「鍾副帥，何方少年，竟然如此的厲害？能夠將仲老將軍打傷，應該不是一個無名之輩吧！」

鍾炎說：「不知道，首日的攻擊，是拜神威的囚兵衝鋒，那少年身穿囚衣，倒好像是拜神威的重犯。而且年紀不大，也就在十五六歲左右，鍾副帥也是輕敵，被那少年一刀劈傷！」他遲疑了一下，接著說道：「主公，那少年的招式倒是有些與你相同！」

我心中一驚，一個念頭閃電般劃過，莫非是他？我扭身急急問道：「這兩日那少年是否曾參與進攻？」

「沒有，已經多日沒有看到他了，莫非主公認識他？」

我沒有回答，心裏卻在念叨著：非兒，莫非真的是你？你怎麼會成爲一個囚犯？雖然我還沒有見過那個少年，但是我的心中卻已經肯定，那少年一定就是陸非！此刻，我的腦海中浮現出了一個天真少年的模樣，他拉著我的手，口中帶著哭腔說道：「叔叔，非兒不讓你走！」

鍾炎沒有打攪我，只是靜靜地站在我的身後。隆隆的戰鼓聲將我從沉思中驚醒過來，我瞇起眼睛向山下望去，只見山下旌旗飄動，拜神威的攻擊要開始了！在我的獸兵沒有到達之前，天門關還要經受嚴峻的考驗，我不禁冷笑了起來：陸卓遠，來吧，就讓我見識一下你的手段！扭頭問道：「鍾副帥，天門關的防務如何？」

「天門關自六十年前經受了一次大戰之後，一直沒有經歷過戰火，不過看樣子，飛天並沒有有任何的疏忽，整個城牆都是以堅硬的大理青石建成，城牆高闊，而且防禦的武器十分齊全，呵呵，看來飛天對於南面的防禦十分重視，但是他們萬萬沒有想到，我們會從他們的背後襲擊，所以幾乎沒有什麼麻煩！」鍾炎笑著說道。

我點點頭，也不由得笑了，「不過，我們現在同樣是要面對南面的敵人，就讓我們來看看飛天的城牆是否夠堅固！」

說話間，城中的將領都聽到了城外的戰鼓聲，紛紛走上了城樓。我扭頭對身後的子車侗說道：「子車族長，從現在開始，閃族大軍加緊休整，不參與防禦！」

「為什麼？」子車侗一聽，有些著急了，脫口問道。

我緩緩的說道：「子車族長，從現在開始，你的閃族大軍隨時要準備發動衝鋒，閃族大軍是我們致勝的法寶，不可以輕易出擊，因爲到了最後，將是你的鐵騎縱橫欲望平原！」

不再多說，我知道子車侗已經領會了我的意思。我扭頭向城下的大營看了看，緩聲說道：「看拜神威的旗令，估計現在只是在整備兵馬，估算他們最早將在傍晚發動進攻，向西行何在？」

「末將在！」向西行閃身站出。

「天門關的將士們已經多日沒有休息，從現在開始，天門關防務交由你來處理，原來的將士立刻下城休息！」說著，我轉身對向西行說道：「二哥，我知道你最擅防禦，只是從跟隨我以來，更多的都是攻堅，二哥沒有太多的機會展示你的才華，現在就看你的了，十天後，你再和鍾副帥交接！」我邊說，邊拍了拍向西行的肩膀，「二哥，給我唱齣好戲來！」

「末將定然不負主公厚望！」

我接著對鍾炎說道：「副帥馬上帶領本部人馬休整，他陸卓遠想要將我拖垮，我倒要看看究竟是誰能夠把誰拖垮！」我冷笑著說道。

話說完，我轉過身來，向山下旌旗翻滾的拜神威大營看去，心中燃起了無盡的戰意。呵呵，如果不是我不能暴露我功力恢復的消息，那麼我一定要在這裏好好殺上一場！

山下一陣號角聲響起，從拜神威的大營中衝出了十幾騎人馬，他們如閃電般衝到城下，爲首一人，一身淡青色的長袍，沒有穿戴盔甲。我伸手制止了城頭的弓箭手。看樣子這是一群說客，兩國交兵，不斷來使，我倒是很想聽聽他們能說些什麼。

那身穿淡青長袍之人來到了城下，向城頭一拱手：「拜神威飛鷹軍統帥陸卓遠，請見天門關守將！」

陸卓遠？這就是陸卓遠？我突然感到自己十分佩服這個人，竟然在兩軍交戰之時，帶著十幾騎來到這裏，光是這分膽量，已經讓我感到敬佩。我不由得仔細打量城下的他。

那是張沒有半點瑕疵的英俊臉龐，濃中見清的雙眉下，有一對像寶石般閃亮生輝的眼睛，寬廣的額頭顯示出超越常人的智慧，他兩鬢添霜，卻沒有絲毫衰老之態，反給他增添貴族的華貴氣派，儒者學人的風度。又令人望而生畏，高不可攀。配以他那均勻優美的體型，確有一種醉人的風範。好一個陸卓遠，好一個飛翔在拜神威上空的鷹！

既然他已經出招了，那麼我又怎麼會有半點懼怕？我拱手說道：「明月帝國浴火鳳凰軍團統帥，修羅許正陽在這裏見過陸帥！」

那陸卓遠的臉上明顯露出了一絲驚訝，也許他知道天門關來了援軍，因爲這個可以從城頭旌旗的變動看出來，但是他可能根本沒有想到會是由我來領兵。

「敢問可是明月帝國的修羅王許正陽？」

我不禁笑了，朗聲說道：「陸帥客氣了，天下間又有幾個許正陽？不才正是！」

「久聞許帥的大名，陸某對於許帥可以說是神交已久，只是沒有想到許帥真如傳聞中的那樣年輕，陸卓遠失禮了！」

「呵呵，陸帥當真是客氣了。許正陽不過有些許虛名，又如何能夠與陸帥並論？不知道陸帥今日親臨城下，有何教我？」

陸卓遠沉默了一會兒，他抬起頭看著我，「既然許帥親來，那陸某想來也是徒然費力，那麼陸某也不再多說，我知許帥乃是當代兵法大家，必然不會輕易服輸，今次陸某揮五十萬大軍來此，對飛天勢在必得；你我將要好好較量！雖然你我敵對，但是陸某還是佩服許帥！我知許帥乃是戰神之後，今日你我在這雄關下再現當年戰事，也是一大快事！等陸某發動進攻，必然不留半分餘地，許帥勿怪！」

我點點頭，笑著說道：「兩軍交戰，何須留手，許某在這裏靜觀陸帥妙才！」

陸卓遠突然大笑，「許帥真是一個可人，若是他人，必將陸某留下，許帥卻想看陸某妙才，單此一點，陸某相差甚遠，許帥請做好準備，陸某回到大營，立刻就要發動攻擊！」

「許某拭目以待！」

陸卓遠沒有再說什麼，撥轉馬頭，揚塵而去。看著他的背影，我不禁暗自點頭，相較而言，此人將比南宮飛雲難對付多了！

山下戰鼓聲大作，看來陸卓遠已經開始有動作了。我扭頭對向西行說道：「向二將軍，這裏就交給你了！」

「請主公放心，向二必不辜負主公期望！」

我大步走下城頭，我知道一場慘烈的攻防戰就要開始了，不過，這只是一個開始，我需要認真對付這個拜神威之鷹，我相信我和他決鬥的真正戰場不是在天門關，而是在蘭婆江那一邊，那是一場沒有硝煙的決鬥！

身後的戰鼓聲大作，但是對於我而言，卻又似乎離得很遠，很遠。

拜神威大軍的攻擊果然兇猛，天門關外的平原之上人喊馬嘶，鼓聲喊殺聲震天動地，強悍的拜神威武卒在強弓箭雨的掩護下，瘋狂地向天門關六丈多高的城牆發動進攻。投石車向前推動，沉重的巨石在空中飛舞，一塊塊砸在城牆之上，發出沉悶的聲音。雲車緩緩一動，長長的雲橋搭建在城牆上，拜神威的士卒踩在雲橋上，猛烈地衝擊著天門關。

天門關的城頭上擺放著一個個陶罐，罐中裝滿了豬牛油脂，待雲梯搭上城牆，守衛在城頭的士卒將陶罐狠狠的砸在雲橋之上，油脂炸開，烈焰飛騰，拜神威的士卒便連連慘叫著翻滾摔落。

隨後便是密集的滾木檑石從城頭滾砸壓下，將雲橋攔腰砸斷，剛摔下雲橋的士卒還沒有站起來，瞬間就被滾木檑石淹沒，由於天門關是建立在山坡上，那些滾木檑石砸下後並沒有停止，順著山坡飛砸滾動而去，後面的武卒來不及躲閃，也在慘叫後滾落山下。

我坐在大帳中，每天雪片般的戰報送到了我的面前，我看著每天都在增加的傷亡，心中的憂慮不斷地加深。如此的損耗下去，我們能否支撐到拜神威退兵呢？對於拜神威的勇悍，我倒是不在意，沒有陸卓遠的拜神威大軍，不過是一個空殼子罷了，但是如何將陸卓遠調走，關鍵在於墨菲的配合，只要墨菲能夠快速打擊大宛氏，那麼，受到威脅的拜神威勢必要將陸卓遠調走，那個時候，這些所謂兇悍的拜神威武卒，將不再能對我構成威脅。時間，我需要時間！

看著眼前神情疲憊的向西行和鍾炎，我幾乎無法認出他們兩人。他們都是一臉的憔悴，臉色蒼白，神情倦怠，一身的戰袍血跡斑斑，連續近三十日的攻防戰，當真是讓他們辛苦了。剛開始的二十天裏，兩人換防還可以支撐，但是從數日前，拜神威方面的攻擊突然猛烈了許多，並且是不分晝夜地輪番攻擊，陸卓遠將他的士卒分成了五隊，每隊十萬人，向天門關輪流進攻，到了最後，向西行和鍾炎也就不分什麼你我了，兩人共同鎮守天門關，指揮麾下將士作戰，組成了天門關上一道血肉防線。

我看著他們緩緩地嘆了一口氣，「兩位將軍辛苦了，這些日子當真是讓你們費心了！」

「主公這是什麼話，我等爲主公你作戰，那裏有什麼辛苦不辛苦！」鍾炎爽朗地笑了，他看著我說道：「不過主公，已經三十天了，我們的士卒消耗實在是太大了，這樣防守下去，恐怕撐不了多久呀！」

我無法說什麼，其實我也知道，如果再這樣打下去，最後吃虧的只有我們，畢竟拜神威不斷的從江南向天門關調集部隊，人數越來越多，兵力上的損耗很快就可以補充上來，但是我們卻不行，天京雖然向天門關集結兵力，但是那對目前的消耗而言，不過是杯水車薪，無法發揮決定性的作用。看著他們臉上的憂慮神色，我沉吟一下道：

「我也知道，但是目前我們的情況你們也知道，從去年開始，我們在開元的兵力已經傾巢而出，如今新兵的訓練尚未結束，無法給我們很大的支援。而天京方面，梁王已經給我們了最大的支援，畢竟飛天平定不久，我們不能向飛天索取太多，如果現在強行徵兵，第一，新兵是否能夠起到作用尚未可知，第二，強行徵兵勢必要激發飛天對我們的仇視，說的不好聽，我們那樣無異於殺雞取卵。」我手指輕輕地敲擊著扶手說道：「還有一個月墨菲就可以出兵，而我更在月前就派出了使者向墨菲求援，青衣樓的謠言已經在拜神威散播，估計一旦墨菲兵出死亡天塹，陸卓遠就要停止攻勢，回援西南防線，沒有了陸卓遠的拜神威大軍，將無法對我再造成什麼麻煩，我想再有一個月的時間，戰事就會有結果了！」

鍾炎和向西行也知道我所說的都是實情，我們現在所能夠做的，就是防守住天門關一線，不能讓陸卓遠突破。如果天門關失守，那麼天京就落入了拜神威口中，那個時候即使墨菲出兵，恐怕也很難再讓拜神威下決心調動陸卓遠。

我看看鍾炎和向西行，疑惑的問道：「陸卓遠停止攻擊了？」

「是的，自今天中午時分，拜神威大軍突然停止了對我關隘的攻擊，似乎是要進行休整，不過恐怕是另有詭計，所以我們命令步卒嚴密戒備，以防陸卓遠突然襲擊！」向西行恭敬地說道。

我不禁沉思了起來，不可能，陸卓遠突然停止攻擊，一定還有其他的目的。如果是爲了發動突襲而停止下來，實在沒有必要。我沒有說話，腦中考慮著陸卓遠可能會使用的伎倆，一時間大帳中陷入了寂靜。

過了一會兒，我抬起頭看著鍾、向兩人和聲說道：

「命令將士們分成兩隊，輪流休息。本帥估計陸卓遠不會是要爲了突襲，讓大家也趁此機會好好休息。」

兩人點點頭，領命出去。

我坐在帥椅上，仰面閉目沉思。陸卓遠，你究竟在玩什麼花招？不知不覺中，天色已經昏暗了下來。我枯坐在軍帳之中，即使高秋雨和鍾離華多次來叫我吃飯，我都沒有理睬。我心中有一種預感，陸卓遠今晚一定會有行動，我期盼著，我想看看這個和我一樣用兵奇詭的將軍，會使出什麼樣的招數！

天色越來越暗，天門關外出奇地寧靜，靜得讓人感到一種壓抑，一種窒息。我端坐在帥案之後，靜靜地看著從天京傳來的各種消息。

自傅翎到達了青州，將局面穩定，我知道他會做到這一點，畢竟作為向東行和向北行的老帥，他可以鎮住兩人的浮躁，這一點，是其他任何人都無法做到的。只要傅翎不出兵，東瀛絕不會有任何的機會。但是我心中還是有些不安，一旦在大好形勢之下，傅翎是否還能夠保持穩定？另外是武威方面的消息，自今年年初鍾離宏佔領了房陵，以武威為依託，結成了一個縱向的防禦體系，雖然陀羅多次想要將房陵奪回，但是始終都沒有能夠成功！不過，鍾離宏的年齡畢竟已經大了，我必須要考慮誰能夠接任他的位置，這個人首先要能夠鎮住武威的驕兵悍將，其次要有足夠的軍事能力，更要對陀羅和武威的風土人情熟悉，這些條件加起來，我軍團中竟然還沒有人能夠做到。鍾離師是最合適的人選，但是，他雖然是鍾離世家的未來家主，卻還沒有足夠的能力穩定武威的局勢，沒有強大的能力和足夠的軍功，怎麼能夠震懾那些個驕兵悍將？而軍團的其他人相對而言就更加的不行，思來想去，也只有鍾離師能夠符合兩個條件，看來我要對他好好培養了！

正在思索間，我突然感到了一陣莫名的驚悸，六識瞬間起了感應，我可以感到在軍帳周圍充斥著一種殺氣，那殺氣來自於十幾個不熟悉的氣機，他們在大營中穿梭，從他們的氣機感應中，我發現這十幾個人都是身手高超的高手，其中一個若有若無的氣機讓我更是感到熟悉。

原來陸卓遠在玩這小把戲！嘿嘿，看來他是要刺殺我，先是突然放鬆了進攻，然後趁我們鬆弛之時，進行刺殺！這樣的把戲未免有些幼稚，早在多年前，我已經見識過了南宮飛雲的這種手段，陸卓遠未免太小看我了！我心中不由得有些發怒。

我心中沒有絲毫擔心，就算是這些個刺客來到了我的軍帳之中，我也可以在三個呼吸之間將他們一網打盡！陸卓遠，你真的以爲我的功力已經失去？就算我不出手，還有鍾離華和高秋雨那樣的高手，對付你的刺客也不難！

帳外不遠處突然響起一聲嬌叱，接著，從外面傳來一陣金鐵交鳴的聲音，沉靜的大營瞬間燈火通明，我坐在大帳中，沒有理會外面的雜亂，我知道這些刺客絕對無法突破高秋雨等人的圍殺。不過，我突然感到失去了一個氣機，就是那個讓我感到熟悉，卻又若有若無的氣機。

我突然笑了，外面的那些個刺客之所以暴露出行跡，也許就是爲了掩護這個人，呵呵，我突然感到有些好奇，究竟是什麼人能夠讓我有這樣的感覺？看來此人的功力不簡單，能夠脫出了我的六識感應，想來他將是今天的主角！

帳外傳來了一聲聲慘叫，瞬間便沒有了聲息。大營在眨眼間又恢復寧靜。我站起身來，扭身來到掛在大帳中的地圖前面，手指輕放於地圖上，仔細的看著從天門關到蘭婆江一線的山川地形。欲望平原，曾祖在他的練兵紀要中曾詳細地描述過這裏的山水，我的腦海隨著手指的移動不停的轉動，欲望平原上的山山水水似乎不停地在我腦海中閃現！

我感到了那消失的氣機突然出現在我的帳外，人雖然沒有到，但是逼人的殺氣卻已經讓我手中的燭火搖擺不停。

「許賊，拿你的命來！」隨著一聲稚嫩的呼喝聲起，一道逼人刀氣向我襲來，那勁氣強勁，隱隱中更含有死寂味道。我心中冷笑，依舊沒有轉身，因為在那刺客向我逼近之時，我已經感到了另有一個強大的氣場突然從我的後帳閃出，向那刺客飛撲而去！

「毛賊，大膽！」一聲嬌叱傳來，我聽出是憐兒的聲音。接著，一陣雨打琵琶般急促的金鐵交鳴之聲傳來，大帳中暗勁四溢，我感到氣勁襲體，但是手中的燭火沒有絲毫晃動。

我緩緩轉過身來，隨手將燭火扔在了帥案之上，而我則站立在陰翳之處，向那刺客看去。那刺客身高大約僅八尺，一身黑色的夜行衣更有剽悍之氣，黑紗蒙面，他手中拿著一把碩大的奇形大刀，刀如彎月，可以看出這是一種可以脫手的迴旋兵器，此刻他站在燭火的光影中，全身散發出一股強大而又濃郁的殺氣，我不禁心中也為這殺氣一震！

憐兒一身白衣，手中卻是我的誅神，她背我而立，衣帶輕飄，誅神閃著森寒光芒，遙指那人。

兩人一動不動，都在尋找對方的破綻，此時帳外一陣騷動，我突然朗聲說道：「秋雨，小華，不要讓任何人進來！」

帳外腳步聲頓時停止。

就在我出聲的一刻，那人身體微微一顫，完滿氣機中露出了一絲的破綻。雖然只是小小的破綻，但是怎麼能夠躲過憐兒的觀察？就在那刺客身體一顫之時，憐兒口中嬌叱一聲，手中誅神如奔雷之勢一刀劈出，刀帶強大真氣，隱發風雷之聲。我心中暗暗讚嘆，這個丫頭果然資質不凡，這一刀若以剛勁而言，再無人能出其後！

那刺客身體只是一顫，卻沒有絲毫猶豫，手中的奇形大刀迎上，似乎不帶絲毫的勁道，奇準無比的砍在誅神的刃口三分之處，憐兒身體微微一震，奔雷刀勢頓時化為了烏有，但是她沒有停頓，而是將身體虛空騰起，如同鬼魅般地急速轉動，瞬間大帳中人影幢幢，似乎整個大帳中都充斥著憐兒那嬌小的身影，手中的誅神連環劈出，如山刀影自四面八方向那刺客壓制而去，前刀未至，後刀如影隨行而上，刀刀相連，化成一個巨大的扇面，將那刺客包圍起來。

刺客似乎毫不在意憐兒那虛幻的身影，如亙古石佛般凝立原地，手中奇形大刀隨意揮舞著，前後左右，沒有半點刻意，似乎是在隨手劈出，但是卻奇準地劈在了凝實的刀氣之上，又是一陣金鐵的交鳴之聲，聲音卻又有一種古怪的意味，似乎敲動人的心弦。

大帳中的真氣瞬間膨脹到了極點，爲了不使軍帳破裂，我不得不用真氣將兩人四溢的真氣所蓋，以避免他們交手時氣勁的湧動對我大帳中器物損害，以我的強大真氣，依然可以感受到兩人真氣交擊時的強勁。

兩人只在瞬間就已經驚險無比地交手幾十招，我臉上的笑意越來越濃，憐兒的功力超出了我的想像，從她那奔雷的一刀就可以看出。而那刺客更是不簡單，以至柔招式將憐兒那剛猛一擊化爲了烏有，而憐兒隨後的閃動，盡得極動的奧義，不過她的功力尚淺，否則那如扇面重疊的刀山必然威力無比，以我的功力，我可以做到刀刀凝實，而憐兒卻只能達到六虛一實，不過以她的年齡而言，已經是非常不容易的事情了！

而那刺客更讓我吃驚，我已經從他的招式中看出了他的身分，但是他對靜的理解出乎了我的意料，每一刀的隨手劈出，都能準確地從重重的虛影之中找到憐兒的凝實一擊，說明他已經深得古井空靈的玄奧，更讓我吃驚的是他刀氣中的那死寂氣勁，竟然能撼動我凝實的氣場，可見他功力之高絕，而且他每出一刀，都保持著無比的平靜，絲毫沒有慌亂，這讓我更加吃驚，他究竟出了什麼樣的事情，竟然能夠達到這樣的境界，要知道這種始終如一的平靜，如果沒有多次出生入死的搏鬥，是根本無法達到的！

搏鬥中的兩人瞬間分開，兩人的氣機都有些散亂，相較而言，憐兒似乎還是弱於那刺客半分，此刻她面對我，我可以清楚地看到她胸口的激烈起伏和她額頭上的汗水，而那刺客雖然背對我，但是從他聳動的雙肩和如牛的喘息中可以看出，剛才的交手已經耗費了他不少的功力。

那刺客右腳向後輕退了一步，手中的奇形大刀面對憐兒直豎，角度極爲刁鑽，看似是針對了憐兒，但是我知道他這一刀的對象其實是針對我！我心中十分地好奇，很想看看他究竟能夠使出怎樣的一刀，但是我明白他這一刀必然威力無比，因爲那氣勁中的殺機是如此的濃烈。

刺客大吼一聲，手中大刀猛劈憐兒，刀光一閃，卻在空中一個詭異的迴旋，脫手向我劈來，倒好像是我鏇月鍘的脫手招式，但是威勢更猛，他前撲的身影在空中一個側回，空中連續出拳，奇巧無比地擊打在刀身，那大刀的威勢更加猛烈，帶著詭異銳嘯聲向我撲襲。

我口中輕聲發笑，對身體已經飛撲而起的憐兒說道：「憐兒，退下，讓義父來！」說著，身體虛空漂浮起來，飄飄然不帶半點力道，迎著那威勢剛猛的大刀，輕柔一掌劈出，手如玄玉般晶瑩，卻引發迫人真氣，準確地砍在那剛猛一刀的鋒刃之上，頓時將如山勁氣消弭，奇詭一轉，大刀落入我的手中，左手順勢點出剛猛一指，古樸大拙，卻將那刺客胸前膻中三處要穴籠罩，指勢如同迅雷，眨眼已經到了那刺客身前，勁氣突然消失，手臂一抬，手指輕挑，將那刺客臉上的面紗挑落，一張剛毅英俊中帶有些許稚氣的面孔映入我的眼簾。

那面孔是那麼的熟悉，我輕聲地笑道：「非兒，當真要取你黃叔的性命嗎？」

刺客此時已經看到了我，他身體倒飛而出，呆立當場，看著我半晌無話，突然悲聲哭喊道：「黃叔，我總算找到你了！」哭喊間，撲通跪倒在我的面前，放聲大哭。

憐兒吃驚地看著這突如其來的一幕，她似乎也明白了眼前刺客的來歷。我笑著讓憐兒去將帳外的警備撤去，一手將陸非拉起，將他那奇形大刀放在了帥案之上。這時，高秋雨和鍾離華帶著憐兒走進了大帳，疑惑地看著我。

我沒有向她們解釋，輕聲的安撫陸非兩聲，然後抬頭對帳中的其他人說道：「這是我的小徒弟，我和妳們提起多次的陸非！小雨應該見過了。」

高秋雨仔細地看了看陸非，臉上露出笑容，而其他人的臉上也露出了釋然之色。

憐兒端來一杯茶，輕輕地放在了陸非的身邊，然後悄然退到我的身後。此刻，陸非已經恢復了他的平靜，有些疑惑地看著我，顯然他還無法把我這個黃叔和那個兇殘毒辣的修羅聯繫在一起。

我笑著看著陸非，突然對他說道：「你怎麼會來到這戰場之上，還成了刺客？」

「黃叔，你到底是誰？難道你真的就是那個……修羅許正陽？」陸非沒有回答我的問題，反問道。

我笑著點點頭，和聲說道：「非兒莫要怪我，當初我身受重傷，要秘密潛回涼州，我不能將我的身分告訴任何人。其實，那時我倒是想要將我的身分告訴你們，但是幾次話到了嘴邊，又被你爺爺用話攔住。我想，你爺爺一定猜到我的身分，但是他不希望你知道，一直隱瞞了下來！」

陸非點頭說道：「哦，我說爺爺怎麼在最後告訴我，一定要找到你，說只有你才能幫助我報仇！」說到這裏，他臉上又再次露出神傷的表情。

「非兒，你還沒有告訴我，你怎麼會來到了戰場之上？你的爺爺究竟是什麼人？究竟發生了什麼事情？」

陸非猶豫了一下，帶著驕傲的口氣說道：「我爺爺就是拜神威一等光祿大夫，兵部總提調兼侍郎陸清遠！」

我一愣，陸清遠？我沒有聽說過，陸卓遠倒是知道。鍾離華似乎察覺了我的迷惑，在我耳邊輕聲說道：

「夫君，陸清遠乃是拜神威的名臣，胸懷治國經綸，相人之術無人出其左右。說起來，陸清遠還是陸卓遠的堂哥，不過兩人的關係並不好，甚至有水火不容之勢。三年前，陸清遠在大殿上的廷議中攻擊拜神威的國策，言詞間對拜神威帝君哲爾頓和陸卓遠頗有微詞，觸怒了哲爾頓等人，將陸清遠一門盡數收監，拜神威的貴族更是趁機挑動，十三親王彈劾陸清遠，三審死定，陸清遠被杖殺於大牢之中，陸家十六人被斬殺於菜市口！」

我點點頭，突然問道：「非兒，你是如何逃出的？」

陸非輕聲說道：「是老管家用盡辦法，用他的兒子將我替換出大牢！」

他雖然沒有說的十分詳細，但是我已經瞭解了其中的狀況。一時間，我也不知道該如何說才好。高秋雨問道：「非兒，後來呢？你怎麼會跑到了戰場上？」

「我以老管家兒子的身分跟著老管家去了拜神威的囚營，在那裏，老管家一年就撒手歸天，後來我被選中到角鬥團中，在角鬥團中待了兩年。去年的時候，陸老賊前去觀看角鬥，看中了我們二十幾個人，就將我們帶到了戰場上，說是如果我們能夠立下戰功，不但能夠赦免罪行，還可以奪取功名。我知道這是我的機會，我如果想要逃跑，就必須要尋找機會離開，而最好的地方莫過於戰場上。於是我跟隨陸卓遠前來天門關，不過，在天門關外我只出戰了一場，擊傷了叔叔手下的一個老將軍。陸卓遠突然將我們幾個身手好的人集中起來，不要我們再出戰。一個月前，他突然加強了對我們的訓練，直到今天傍晚，他才告訴我們說，讓我們來刺殺叔叔！」

說到這裏，陸非的臉上露出慚愧之色，他輕聲說道：「叔叔，我不知道是你，不然我剛才絕不會動手。因爲陸卓遠告訴我們說，要刺殺的是一個沒有半點功夫的人。叔叔你那時功力已經到了神人之境，我怎麼也不會想到許正陽就是叔叔，雖然陸卓遠給我們描述了叔叔的樣子，我只是覺得有些耳熟，但是想不起來究竟在那裏見過。而且，叔叔你一直背對於我，我……」說著，陸非站起身來，跪在我的面前，輕聲說道，「叔叔，剛才非兒得罪之處，請叔叔你責怪！」

我聽到這裏，已經明白了陸非的招式和氣機中爲何有那樣強烈的殺氣，這是必然的！每一日在角鬥團中的殊死搏殺，又怎麼會不沾染上那濃郁的殺氣，他的招數中，又怎麼會不帶著死亡的氣息？

我站起來，將陸非一把拉了起來，和聲說道：「非兒，不要和我見外，我相信如果你知道是我，絕不會出手。其實，這麼多年我也在尋找你的消息，但是一直沒有你的蹤跡。當初你們也沒有將你們的身分告訴我，我無疑是在大海中撈針！那日我聽說，有一個少年人在天門關外擊傷鍾老將軍，招式與我有些相同，我就猜想到了可能是你！我知道我們遲早會見面的，但是卻沒有想到是在這樣的情況下見面，非兒，你的武功精進了許多，人也成熟了許多！」

陸非不禁失聲痛哭，壓抑在心中數年的悲苦一瞬間湧了出來，他抱著我的腿，大聲地哭著。

我伸手將憐兒拉了過來，「憐兒是我的義女，她也是我的徒弟，算起來你們還是師兄妹，從今天開始，你們就跟著我，非兒，我會將我一身所學盡數傳授給你。憐兒，過來見過妳的師兄！」

憐兒有些不情願的低聲叫道：「師兄！」

陸非看著憐兒，臉上一紅，他輕聲的問道：「叔叔，那我應該怎麼稱呼你？」

我笑了，看看高秋雨和鍾離華，她們的臉上也露出了笑意。我笑道：「非兒，如果願意，你也跟著憐兒一起，就叫我義父！」

陸非連忙跪下，向我磕了三個響頭，恭敬的喊道：「義父！」

我不由得心中大喜，一把將他拉起，暢快大笑。

這時，陸非又低聲對憐兒叫道：「師妹好！」

憐兒恨恨地瞪了陸非一眼，躲在我的身後，嬌聲說道：「義父，他入門比我晚，功夫也沒有我強，爲什麼要我做師妹？」

我笑著將兩人摟在懷中。「憐兒，妳雖然跟隨我修習時日長，功夫所學較非兒多，但是從剛才的打鬥中妳也可以看出，妳的招式雖然比非兒強，但是不論是經驗和對招式的理解，妳都無法和非兒相比，義父的招式中更多的是以殺戮爲主，非兒在角鬥團兩年，出手老辣，雖然僅學會了七旋斬，但是已經卓然有大家的風範。而妳所學博而雜，其中花巧太多，雖然較之同齡人高絕，但是憐兒，義父可以和妳打賭，以剛才的交手來看，若非兒最後一招不是針對於我，那麼妳將在二十招之內必敗！」

憐兒聞聽，臉上一紅，沒有再出聲。

我扭頭對陸非說道：「而非兒你，招式老辣，但是隨我修習的時日尚短，七旋斬雖然已有雛形，但是和憐兒不同的是，憐兒得到我的形，而沒有得到我的神，你得到了我的神，卻沒有學到形，非兒，憐兒，你們記住，任何的招式只有形神兼備方可有大成，非兒就跟隨憐兒好好地練習招式，而憐兒，妳則要好好向妳師兄討教這實戰中的精髓！」

兩人同時點點頭，這時，高秋雨笑呵呵地說道，「好了，好了，不要再說了，已經過了三更了，還是早些休息吧！」說著，她們拉著憐兒就向帳外走去。

我突然想起來什麼，問道：「非兒，陸卓遠有沒有告訴你們，如果刺殺我得手後，如何通知他？」

陸非從懷中取出了一支煙火響鈴箭，說道：「有，如果我們得手，他讓我們就將這支響鈴箭放出，他看到以後，就會帶領飛鷹軍趁亂偷襲！如果到了五更天，響鈴箭還沒有放出，那麼就說明我們的刺殺失敗，他將另想辦法。」

我心中一動，但是又不禁長嘆，如果我手中有足夠的兵力，那麼我就可以將計就計，趁飛鷹軍全軍出動，給陸卓遠致命打擊。但是現在，唉，我手中只有五萬閃族大軍保留了實力，其他的部隊都已經是疲憊不堪，一個多月的防禦，不論是向西行的步卒和鍾炎的部下都已經是消耗嚴重，防守或許還可以，但是發動突襲，卻有些不足！

我撓撓頭，讓陸非坐下，又一次陷入了沉思。

「啓稟元帥，錢將軍到了！」就在我思考的時候，親兵走進了大帳，躬身說道。

我從沉思中驚醒，陸非也從昏沉中清醒了過來。我連忙說道：「快讓錢將軍來見我！」

親兵領命出去，不一會兒，錢悅大步走進了大帳，身後還跟著一人，我認出了那人，卻是那個木遠。錢悅看到陸非，先是一愣，接著來到我的面前，與木遠躬身向我施禮，「主公，末將回來了！」

「好，兩位快快坐下！」我伸手示意兩人坐下，看著他們，我說道：「兩位將軍辛苦了！」

錢悅看了看陸非，似乎不知道是否可以說話。我笑著將陸非介紹給了兩人，開口說道：「兩位不用擔心，非兒是我的義子，你們但說無妨！」

錢悅示意木遠開口，木遠想了一下，恭聲說道：「主公，自數年前您命令末將組建龍騰，如今龍騰已經訓練完畢，屬下受命帶領五萬龍騰前來助陣，在上谷附近遇到了錢將軍，於是就星夜向天門關趕來。現在龍騰已經在十里外恭候主公調遣！」

我心中大喜，真是天助我也！我立刻對木遠說道，「木將軍，你和錢將軍立刻返回龍騰，秘密潛出天門關，五更時待關內響鈴箭起，拜神威大軍將會偷襲天門關，我要你們在拜神威大軍到達山腰之時，率領龍騰順勢衝擊，一舉將來犯之敵擊潰！」

兩人拱手抱拳而去。

陸非看著我問道：「義父，如此是否可以將陸卓遠擊退？」

我搖搖頭，笑了。「非兒，那裏有那麼容易！我今日突襲，不過是為了緩解天門關的壓力，現在還沒有到達決勝的時候！」我站起身來，示意陸非跟隨著我，我們走出大帳，向城頭走去。

今夜當值的是黃夢傑和楊勇兩人，他們率領著神弓營的將士守衛在城頭。看到我走上來，兩人連忙向我施禮。我擺手示意不需多禮，手扶城頭，遙望遠處燈火通明的拜神威大營。黑夜中，那連綿的大營恰似長龍橫臥於欲望平原，密密麻麻一片，遠望沒有邊際。

我向身後問道：「現在什麼時候了？」

「四更了！」

站在旌旗之下，閉上眼睛，我深深呼吸口氣，炎熱的空氣中帶著一絲涼爽，我猛然睜開眼睛，難道要起風了？抬頭向天際望去，只見漆黑夜空中看不到星星，黑雲壓著蘭瑙山飄過，身後的旌旗開始飄揚，我突然打了一個激靈。

「黃將軍，欲望平原有什麼特殊天氣？」

黃夢傑說道：「也沒有什麼，就是在夏季有時會出現怪異的北風，北風一起，蔓延整個欲望平原，也算是這裏的一景！」

向遠處看去，我突然靈機一動，扭身厲聲：「馬上讓子車點起兵馬，準備出擊！楊勇在五更前收集天門關內的一切火種，五更出戰，我要在今夜將陸卓遠趕回蘭婆江！」

龍騰獸兵，劃分五組，分別是虎、狼、熊、獅、象，每組一萬，排列關內，黑壓壓一片，絲毫不見半點紊亂！各種野獸互不侵擾，不時發出攝人心魄的嘶鳴之聲。

木遠站在我的身邊，遙指方陣正中，對我說道：「主公，五萬野獸，歷經三年終成。獅虎前鋒狼騷擾，黑熊撲擊象掃敵！每頭野獸身上都有一件軟甲，用於保護全身，象兵壓後，尚有箭樓，可以遠襲，更是整個獸陣的核心。鼓聲獅虎衝鋒，牛角野狼奇襲，銅鑼戰象集結。這是基本的口令，請主公檢閱。」

我瞇起眼睛，看著城樓下的野獸兵團，心中不由得有些得意。呵呵，放眼炎黃大陸，又有誰能夠有這樣一支雄壯的野獸兵團？就算是墨菲也沒有！我突然想起一件事，扭頭問道：「木遠，爲何只有衝鋒口令，而沒有其他的口令？」

木遠有些遲疑，思考了一下，「主公，非是木遠不願教給牠們別的口令，而是這些野獸在臨戰初期，尚可指揮，但是一旦見到了血腥，根本無法收攏，特別是獅虎熊狼，更是見血瘋狂，所以屬下也只教給了戰象回轉口令，其他的獸兵，則到了最後就是任其衝擊！」

我感到有些不滿，如此大量的金錢投入，卻只能一戰，實在是有些可惜。不過，我也知道木遠所說的都是真的。野獸見到血腥基本就要瘋狂，特別是那些野狼更是如此。好在還可以收回一些戰象，否則真的就是血本無歸了！如今風速正在加快，差不多了！

「現在什麼時間了？」我向身後的親兵問道。親兵告訴我馬上就要到五更時分了。既然我的獸兵只能使用一次，那麼索性就玩一次狠的！我想起了梁興數月前在朔方的做法，我決定要效仿一次。

抬頭看看漆黑的夜空，我突然笑著對身邊的陸非說道：「非兒，看到了沒有，月黑殺人夜，風高放火天。我們兩樣都已經擁有，看義父如何為你一家討回公道！」

說罷，我沒有等陸非明白過來，便吩咐木遠將黃夢傑等人搜集來的火種硝石撒在那些獅虎熊狼身上，然後命令戰象身上的士兵帶好火箭，等候命令。一切準備完畢，我對陸非說道：「非兒，可以放響鈴箭了！」

陸非點點頭，抖手將響鈴箭向夜空發出。我向鍾離師使了一個眼色，鍾離師立刻命令手下的數千人一起開始喊殺吶喊，整個天門關立刻燈火通明，似乎騷亂不已。

我和眾將官登上了城頭，向遠處瞭望，只見遠處的拜神威大營中看似安靜異常，突然一隊隊的士兵宛如長龍出水一般。我微微冷笑，看來魚兒上鉤了！

靜立在城樓之上，我看著緩緩向天門關前進的拜神威大軍，心中有一種狂喜。如果今夜我能夠成功，那麼我將要創造出一個奇蹟，以十萬人擊潰六十萬人，這樣驕人的戰績，絲毫不會遜色於曾祖當年的天門關戰役！

拜神威大軍慢慢地走上山坡，向天門關緩緩靠近。我對身後的木遠說道：「嗚號，野狼突襲！」

一陣悠長的牛角號響，伴隨著的是淒厲的狼嚎之聲劃破了天際。只在瞬間，拜神威大軍傳來一陣戰馬的嘶鳴聲，那嘶鳴之聲帶著無比的慌亂和震驚。緊接著，一萬頭野狼瘋狂地向山腰之上的拜神威大軍衝去。

「狼！狼群！」面對突然出現的野狼群，拜神威大軍的騎兵隊伍首先慌亂了起來，馬兒們掙扎著要擺脫騎手的控制，騎手們更是用盡了方法，試圖讓已經慌亂的戰馬平靜。但是天性對野狼的恐懼使得戰馬四蹄飛揚，在陣形中亂衝，只是一會功夫，拜神威大軍的陣腳已經亂了起來。

野狼本已經餓極，再加上數年的調教，這些畜生知道那悠長的牛角號是在催促牠們攻擊，只在眨眼間，野狼已經衝進了拜神威大軍的陣營中，肆意嘶咬。

只是這眨眼的功夫，拜神威大軍的訓練有素就可以看出，他們一面組織抵抗，一面緩緩向後退卻，陣形不見絲毫的混亂。

我冷眼觀看山上的戰況，野狼的突襲已經基本被抑止，牠們在完成了第一輪的攻擊之後，已經完成了牠們的任務，將拜神威大軍逼退至山腳，這樣的距離已經足夠了！

「獅虎熊三軍齊發！」我對木遠說道。

木遠再次擺動手中的大旗，頓時牛角號和戰鼓聲同時大作，此時城頭上已經是一片的燈火，將整個天門關外照得通亮。

聽到戰鼓之聲，早已經被血腥之氣刺激得有些受不了的獅虎熊三軍，立刻衝了出去，獅虎狂吼，黑熊狂嚎！

「獅子！」「是老虎！」「還有黑熊！」……

頓時已經漸漸穩定的拜神威大軍再次慌亂了起來，騎兵胯下的戰馬再也無法保持沉靜，瞬間將身上的騎手掀下了戰馬。在拜神威大軍中奔跑，拜神威大軍再也無法保持他們的穩定，面對漫山遍野的野獸，他們已經再無半點的戰意！迅速向後退卻，但是卻已經將原有的退卻速度打亂，頓時整個拜神威大軍的陣形在不斷潰散。

而那些已經被抑止住的野狼聽到了獅虎吼叫聲，頓時來了精神，牠們穿梭在馬群中，爪抓口咬，絲毫不給拜神威大軍任何的機會，身後則是已經撲擊而來的獅虎黑熊！

自相踐踏，不勝其數！無數的拜神威士兵在慌亂中被絆倒，還沒有站起來，他們的身體就被驚慌的戰馬踏踩而過，後面則是野狼的大肆啃咬，還有獅虎的狂野衝擊，淒厲慘叫聲迴盪夜空。

拜神威的大軍已經退到了他們的營區，此時北風已經刮起，吹拂在我的臉上，而我的心中卻是一片興奮！

「木遠，給我放戰象！待獅虎入營，給我發射火箭！」我大聲地吼道。我的一隻手輕輕地抓住身邊陸非的肩頭，努力壓抑住自己的激動。

戰旗再揮，一陣銅鑼響起，在悠長的象鳴聲中，戰象緩緩向拜神威大軍衝擊，沉重的戰象在大地上衝鋒，我站在城頭，依然可以感受到大地的顫抖！戰象在這樣的距離衝鋒，一旦衝擊起來，根本無法阻擋，龐大的身軀和狂猛的衝擊力，是任何人也無法阻擋的！

首先感受到恐懼的是那些野狼、獅虎和黑熊，戰象衝擊下來，牠們將首當其衝被戰象踐踏，於是牠們發瘋般地向拜神威大軍衝擊而去，將本已潰散的拜神威陣形徹底打散，只在眨眼間就衝進了拜神威大營之中！

就在這時，戰象背上的箭樓突然向獅虎群發射一支支的火箭，那火花剛碰到野獸的身體，立刻燃燒了起來，接著野獸和野獸的接觸，瞬間變成了一片火海，那些獅虎和野狼瘋狂了，牠們見人就咬，遇人就抓，帶著身上燃燒的烈焰，在拜神威大營中掙扎逃竄。

北風狂吹，瞬間將整個拜神威大營吞噬在一片火海之中。看著燃燒的烈焰，我站在城頭不由得放聲大笑：陸卓遠，饒你足智多謀，又怎麼知道我手中還有這樣的一支神秘龍騰獸兵？任你再厲害，又怎麼能夠知道，這欲望平原今夜會突然起風，這一場大火，勢必將整個拜神威大軍化爲一片灰燼。

從山下傳來一陣陣痛苦的嘶喊聲，我對木遠說道：「將戰象收回，牠們已經完成了牠們的任務，下面就讓拜神威和我的龍騰一起燃燒吧，我們就在這裏靜觀戰局！」

大火一直燒到中午時分，整個拜神威大軍十亭去了八亭，觸目一片荒涼。到處是燒焦的屍體，散發著陣陣的惡臭，大營中殘斷的原木已經成了黑炭，冒著嫋嫋輕煙。

「主公，我們爲何不乘勝追擊？」城頭的眾將領站在我的身邊，看著遠處緩緩退去的拜神威大軍，焦急地說道。

我看了看局勢，點點頭，緩聲的說道：「鍾炎聽令！」

「末將在！」鍾炎高興的應道。

「著你率領你的本部人馬尾隨追擊！不過，你這波人馬必然會遭到拜神威後軍的強力抵抗，所以你只需虛應一戰，不要糾纏，立刻退出戰局，整備休息，等候我的將令！」我淡淡說道。

「遵令！」

「黃夢傑，楊勇！」

「末將在！」

「著你二人率領神弓營在鍾老將軍退下後尾隨追擊！不過，你們恐怕也會遭到頑強抵抗，如果是這樣的話，你們也不要戀戰，騷擾一下，馬上退下整備，等待我的命令！」

「末將遵命！」

「子車侗聽令！」

「在！」

「著你帶領你的閃族五萬鐵騎，發動第三撥攻擊，務必要將對手擊潰！」已經憋了一個多月的子車侗臉上露出了興奮之色，大聲應道：「遵命！」

「出發！」我手一揮，眾將紛紛領命而去。

「那我們呢？」高秋雨和鍾離華突然出現在我的面前。

我笑了笑，「好，既然妳們也要出戰，那麼准妳們率領鐵女騎兵在子車族長第三輪攻擊結束之後，發動第四輪攻擊！」

兩女興高采烈地蹦跳著離去。

我轉身對向西行說道：「二將軍，你收整士卒，在天門關重整防禦，不可有半點的疏忽！」

「遵令！」

「非兒，憐兒，木遠！」我將兩個孩子摟在我的懷中，對木遠說道：「我們就品嘗一下乘坐戰象是什麼滋味，然後將陸卓遠趕回蘭婆江！」

連續十五天的輪番追擊，我絲毫沒有給陸卓遠半點喘息的機會，大軍狂襲八百里，欲望平原上更是血流成河，到處都散落著殘屍，更有不少傷兵在哀嚎，這時候，我的命令是連續追擊，不留俘虜，所以，只要看到還活著的傷兵，立刻就地斬殺！十萬大軍分爲四組，輪番的對陸卓遠進行攻擊。我不知道陸卓遠還剩下多少士兵，但是我知道，經此一戰，拜神威再無半點的力量北進，因爲九月即將到來，墨菲帝國的秋季攻勢即將展開。

我率領已經疲憊不堪的八萬大軍將陸卓遠趕回江南，陳兵蘭婆江北岸。十天後，梁興派遣十萬大軍增援蘭婆江。天門關戰役結束，拜神威六十萬大軍盡數喪命欲望平原。平安撤回蘭婆江南岸的士兵不足三萬，拜神威朝廷震怒，哲爾頓手書陸卓遠，對陸卓遠大加責罵，措詞極爲嚴厲。

墨菲帝國依約出兵，帝國統帥阿魯臺親率二十萬大軍東出死亡天塹，以迅雷不及掩耳之勢攻擊大宛氏王都，大宛氏國君柘林拓死命抵抗，同時向安南和拜神威請援。十月三日，大宛氏王都被阿魯臺攻佔，柘林拓率領禁軍血戰皇城，最後戰死金殿之上。

大宛氏王子柘林傑在父親死命掩護之下，逃出王都。前往定天府，向哲爾頓哭訴。哲爾頓三思之下，致書安南，糾集三十萬大軍於定天府西南一線，借險要地勢阻阿魯臺前進，兩軍陷入鏖戰之態。雙方不斷集結兵力，雙方共集結百萬大軍於定天府西南，陸卓遠奉召回京，受命統領聯軍抵禦墨菲帝國。

後拜神威派遣使者前往東京，向明月稱臣。蘭婆江南岸由哲爾頓的弟弟，消遙王哲博殳防守，不過，此時拜神威再無太多的兵力。

第七章　大獲全勝

鐘祥，蘭婆江北岸最大的一座城市，這裏南靠蘭婆江浩瀚江水，北邊這是沃土千里的欲望平原。以鐘祥爲中心，向東西兩側散開的是復興、廬越兩鎮，三鎮相互拱衛，成爲蘭婆江邊最爲璀璨的一顆明珠。長年的兵馬駐紮，需要有大量的物資供應，商人們蜂擁而至。

我坐在鐘祥帥府的大廳中，愜意地端著一杯香茗，輕輕地品著。陸非站在我的身後，輕輕地替我捏肩。高秋雨和鍾離華則是坐在大廳之上，有一搭沒一搭地聊著天，而憐兒則是站在她們的身後，橫眉豎目地看著陸非。因爲在今早的練習中，憐兒用盡全力，卻沒有在陸非手下走出六十招！

天氣已經十分地寒冷，自我在兩個多月前將拜神威大軍擊潰，迫使陸卓遠等人退回了蘭婆江南岸以後，無數的將領都在要求打過蘭婆江去。但是我知道，現在還沒到時候，因爲我們的力量根本無法發動如此大規模的戰役，即使打過了蘭婆江又能怎樣？難道真的可以和拜神威決一死戰？不可能的！我心裏十分明白！

而且，如果我們過早渡江而戰，反應最大的可能就是墨菲帝國，他們也許會撤回死亡天塹，坐觀我和拜神威鬥個你死我活，然後盡收漁人之利。那時，我將面臨拜神威和安南瘋狂的反擊，嘿嘿，那樣不是平白便宜了清林秀風！

我在等待，我知道拜神威的使者已經向東京求和，估計在這些日子就會和我談判。我在等待著。我已經爲他們安排了兩個人，鍾離師和張燕對付他們已經綽綽有餘了。我現在要做的，就是全力整備，加緊休養，否則我怎麼來進行下一步的擴張？

自開春以來用兵，整整歷時一年，從新年的準備到整個戰役的結束，一共用了十個多月的時間。我麾下的將士們已經是疲憊不堪了。而且由於在新春發兵，飛天今年顆粒無收，如今這裏的民心尚不穩定。雖然從開元源源不斷地送出了糧草食物，在飛天的各地開倉賑災，但是這顯然還遠遠不夠，我始終感覺到有一股暗流在私下湧動，那暗流來自於大林寺！

大林寺是飛天的一個精神象徵，畢竟成立千年來，創造了無數的神話，更培養出了無數名震天下的高手，甚至連飛天軍中的很多將領都是出自於大林寺。由於大林寺曾經和我有些恩怨，在我初定飛天的時候，大林寺冷眼旁觀，他們在看局勢如何發展。而後在我和拜神威鏖戰天門關的一個月中，也是大林寺活動最爲頻繁的時間，他們不斷聯合一些小地方的諸侯，企圖趁機對我進行夾攻。但是他們沒有想到，我會如此乾淨俐落地將拜神威數十萬大軍打得潰不成軍，和他們結盟的小諸侯一看情況不妙，立刻退出盟約，老老實實地待在他們的領地中，做一個乖乖臣子。

梁興曾經多次想要動手將大林寺剷除，但是開始時是因為天門關戰事吃緊，天京也沒有完全被控制，無力對付大林寺。待我發動了欲望平原追擊戰以後，梁興更是將剛剛整編出來的飛天降卒混合在軍團內，在我身後發出援兵，也無暇理會。後來陸卓遠退回蘭婆江，我陳兵蘭婆江一線，梁興一面加快對部隊的整編，一邊接收從開元而來的新兵，這樣一拖，又是將近一個月的時間。

正當梁興騰出手準備對付大林寺的時候，向寧一封書信發到，再次向梁興請求饒恕大林寺一脈。無奈下，梁興也無法再對大林寺動手，而大林寺也在陸卓遠兵敗之後，變得十分老實。

其實我對向寧的這種做法雖可以理解，但是卻不能夠同意。他出身大林寺，對大林寺有深厚的感情，這一點我明白。但是現在我們與大林寺之間，並不是什麼個人間的私怨，而是牽扯到了國家的命脈。向寧這樣做，實在有些兒戲了！不過，誰讓他是我的叔父，我怎麼也不能駁了他的面子，所以還是再看看吧，如果大林寺還是不能夠老實，那麼我就有理由將大林寺夷為一片平地。

「非兒，修羅斬的招式是否已經記住了？」我放下手中的茶杯問道。

「義父，我已經牢記在心了！」

「很好。自明日起，你就前往你黃世伯那裏，跟隨他著手組建我們的水師。你要好好向他學習，聽從他的安排。他日強渡蘭婆江，你將是衝於陣前的先鋒！」

「是，義父！」

高秋雨和鍾離華奇怪地看著我。剛要開口說話，從廳外走進了一個親兵，他大步來到了我的面前，躬身說道：「啓稟王爺，拜神威派來使者，求見王爺！」

這麼快！看來拜神威還真是有些迫不及待了。我沉思了一下說道：「去通知張軍師和鍾離軍師，著他們來接待拜神威的使者，就由他們來處理，待談判結束，將結果呈報上來就可以了！」親兵領命就要下去，當他走到門口時，我突然又將他叫住，「告訴兩位軍師，談判時不要太刁難他們，分寸上要把握好，不要操之過急！」

「是！」親兵再次躬身答應，大步離開。

看著親兵離開，高秋雨突然開口道：「大哥，爲什麼要那樣做？」

我笑了笑，「秋雨，我們做事情要把眼光放遠。我們現在要做的，是休養，是整備。飛天初定，我們必須要穩定住浮動的人心；擊退拜神威，我們的兵力也消耗過大，從去年到現在，我們已經消耗了近四十萬人馬，開元新兵營的供應已經無法跟上，而飛天的降卒，也需要有一段時間的整備，小雨，我們根本無力去強渡蘭婆江！」我頓了一頓，接著說道：「按照我原先的計畫，在奪取天京之後就要開始整備了，但是如今將陸卓遠趕回蘭婆江南岸，已經是超出我們的計畫。首先對我們不滿的，恐怕就是墨菲帝國的清林秀風，她現在是我們的主要盟友，我們不能得罪她！現在我們之所以沒有戰事，一方面是由於我們在欲望平原的勝利，使得拜神威國力大損，更大的原因，是由於墨菲在西南一線將拜神威和安南的兵力纏住，如此一來，使得拜神威首尾難顧。所以，墨菲是一個不能夠得罪的盟友！二來，如果我們對拜神威的條件過於苛刻，那麼勢必會讓拜神威面上無光，我們要讓他們將所有的兵力全部都調往西南一線，我們則趁機休整，積蓄力量，讓他們打得越狠，我們就越好收取這漁人之利！秋雨，我們需要時間，需要很長的時間來積蓄我們的力量，而我們未來的對手不是拜神威，而是墨菲，就讓拜神威和安南兩國來為我們爭取時間吧，我們目前只有等待！」

高秋雨輕輕的點點頭，似乎已經明白了我話中的含意。

正說話間，錢悅匆匆的從帥府外衝了進來，他單膝跪地，在我面前恭敬地說道：「主公，開元發來了急件，國師鍾離勝在二十天前病故！」

自我秘密潛出東京以後，鍾離勝的身體一直都不很樂觀，幾乎根本就不再臨朝。高正的課業也是親自前往國師府中修習。從三月我開始對飛天攻擊以來，鍾離勝更是每天都抱著病體觀望戰事發展，天京攻陷後。鍾離勝的精神似乎好了許多，他親自前往皇城，和高正兩人把酒慶賀，當晚回到府中以後，就臥床不起。天門關戰役開始以後，鍾離勝似乎又有了一些精神，但是在欲望平原追擊戰結束以後，他就再也提不起一點的精神。整個人昏昏沉沉地拖了兩個月，終於撒手塵寰。

我細細地聽著錢悅的講述，心中升起無限的感慨。鍾離勝是操勞過度了！他年齡本就已經很大，而後心力衰竭，又如何不去呢？這個老人一生抱著一個崇高的夢想，但是卻始終無法功成。在夢想和龐大的家族體系中，他始終想要保持著一種平衡。但是鍾離世家已經衰落了，如今的鍾離世家三代弟子中，除了他親手培養出來的鍾離師和鍾離宏的孫女鍾離華以外，就再也沒有一個人能夠上得了檯面，不是胸無大志，就是志大才疏之輩。而龐大的家族長老會更是束縛著他的手腳，他心中的憂慮我很清楚。

在東京的時候，我曾經數次前去拜訪他，但是他都沒有見我。我知道他還在為長老會在東京城外的那次試練而感到羞愧，他無顏面對我。如今鍾離世家已經不復當年的雄風，他們在相互爭鬥，爭取一個虛無的頭銜。但是他們沒有想過，他們以為長城的武威大軍已經在鍾離華和我結親的那一天，歸於了我的麾下！任何一個帝王，無論是成功或者是失敗的帝王，都不會願意在這個世界上還有一個超越他們自己的人存在。特別是一個有著悠久歷史的家族，他們可以左右一個王朝的命運，這本身就是一個帝王無法忍受的事情。我將要爭霸天下，我不希望有這樣的勢力在這個世界上，我想當年的聖祖曹玄，也無法容忍這樣一個勢力存在。鍾離世家之所以能夠存在於世上，其中到底有些什麼原由，我不知道，我想，這個只有當時的曹玄和鍾離世家的祖先知道。

鍾離勝一直都在憂慮，他知道也許在他死後，鍾離世家將不會再在這個世上存在，有的只有跟隨我的鍾離師和鍾離宏一脈。他很清醒，但是他無法將這些話告訴長老會，因爲這樣可能會造成更大的麻煩。就在這樣的心情中，他聽到了我接連的勝利消息，這些消息讓他振奮，也讓他感到憂慮。

他走了，嘿嘿，走得倒是乾淨！我心中有些難過，但是卻在難過中又有一些高興。鍾離勝走了，那麼，只要鍾離世家敢給我出現一個紕漏，我就有了藉口將之消滅！但是我無法說出口，只能在心中暗暗地想著。

我緩緩說道：「這件事情先不要告訴鍾離，他現在正在忙於和拜神威的使者談判，不可因此讓他分心。派出使者前往東京，爲鍾離國師弔唁，也算是我們的一番心意！」

「夫君，這件事讓妾身去做吧！」我話音剛落，鍾離華站了起來，對我說道。

我點點頭，在這許多人中，也只有鍾離華做使者最爲合適。第一，她是鍾離世家的人，前去弔唁本就是名正言順；第二，她作爲我的妻子，前去也是給鍾離世家一個安慰。這樣很好！我現在還不想和鍾離世家鬧出什麼糾紛。

「小華，那麼就只好委屈妳一次前往東京。妳此次有兩個任務，一是要盡力穩定妳的家族，萬不可讓他們在這個時候出現什麼波動。東京亂不得！另外，妳向王爺請示，下一步我們將如何的行動，看看朝廷有沒有什麼計畫！」我緩聲說道。其實我知道朝廷現在在等待著我的意見，這只是我的一個試探。

鍾離華點頭答應。她沉吟了一下，「夫君，若是向王爺說以你的意見為主，向我詢問你的意見，我又要怎麼樣回答？」

我看著小華，讚賞地笑了，「告訴向王，我的意見就是明月從今日開始，全國休養生息，不可妄論戰。」

「夫君，這句話其實你不說，我想向王也會明白。但是如果東瀛和陀羅不斷對我進行攻擊，我們又該如何？即使我們想要休養，恐怕也無法安靜下來呀！」

「很好，小華這個問題很好！我們想休養生息，對手定然不會輕易讓我們得到休息。所以我們要戰，但是這一戰要打得巧妙！最主要的，是不能讓墨菲有半點的察覺。妳告訴向王，我的意見是，一打一防！」我沉聲說道。

「何為一打？何為一防？」

「一打，是針對陀羅。告訴向王，請他以朝廷的名義，向妳祖父發出一道公文。陀羅只是一個小國，其實力並不能對我明月造成威脅。但是有這樣的一頭狼在我的身後整日虎視眈眈，總不是一件美事，所以我們要做的，就是讓陀羅變成一隻沒有牙齒、沒有爪子的狼！從明年開春農耕開始後，著令妳曾祖不斷自房陵出兵，向陀羅發兵。不可讓陀羅安心進行農事，同時讓陀羅始終保持高度警戒，不斷的消耗他們的國力。以陀羅的國力，我想大概兩年沒有收成，其國庫就會空虛，無力侵犯我明月版圖！這件事情，我會以私人的信函向妳祖父告知，但是最好還是讓朝廷出一道旨，這樣才不會讓朝廷感到我們之間在相互串連。」

鍾離華點頭表示明白，接著問道：「那麼何為一防？」

「所謂一防，就是針對東瀛。東瀛孤懸於海外，不論是物產還是資源本來就不豐富。他們之所以不斷向我明月進犯，原因是想要尋求更大的生存空間。如果是別的民族，我當然可以給他們這樣一個空間，但是東瀛不行，他們是一群永遠不知道滿足的狼！東瀛如果對我明月用兵，最大的問題就是所需的資源需要從本土向青州調運，那樣的耗費將是巨大無比，他們另外的一條物資補給，就是在青州沿岸就地掠奪。所以命令青州兵馬，自青州以東地區，所有村落和城鎮全部撤到青州以東，堅壁清野。青州千里海防要做到千里無人，如果東瀛發兵，就任由他們登陸。東瀛沒有太大的力量進行如此一場持久的消耗戰，所以用不了多長時間，他們就無法支撐如此巨大的開支，自然就會退回本土。我們現在不需要和他們做過多的糾纏，所需的是全力的休養生息，待南方戰事平息，我們回手將東瀛收拾，將易如反掌！」

「小華明白！」鍾離華露出釋然神情，「小華今夜就準備，明日一早，動身前往東京！」

「夫君，我也要去東京！」一旁一直安靜的高秋雨突然插口道，「我還沒有去過東京，正好可以隨鍾離姐姐一同回去，也好見識一番東京的風情。而且如今戰事已經停歇，我們也沒有什麼事情，待在這裏也沒有什麼意思！」

我想了一下，點點頭答應了她。「如果秋雨也要去東京，那麼小華倒是不用這樣著急動身。鐵女騎兵妳們最好也一同帶往東京，她們一幫女人，我確實不知道應該如何的安排，留在這裏，反而事端眾多，正好讓她們也跟隨妳們前往。這些女子說是明月的臣民，但是卻還沒有見過我明月王都，說起來也是個遺憾，讓她們也去見識一下也好！」

「好！」高秋雨第一個高聲歡叫。

我突然覺得自己的這個決定是否正確？估計她們帶領鐵女騎兵，不知道要把東京鬧成一個什麼樣子。

「還有，讓憐兒也和我們一起前往吧！」高秋雨興沖沖地說道。

我點點頭，表示沒有意見。倒是看憐兒的神情，雖然有些興奮，但更多的是有些不捨，她一直偷偷看著我。我知道她在想什麼，但是陸非我要給他更重要的事情，無法前往東京，我也只好裝作沒有看到，不發表任何的意見。

在鍾離師和張燕與拜神威的多次唇槍舌戰後，我們兩邊都得到了一個滿意的結果。兩國罷兵休戰，明月開始了一個漫長的冬眠時期。炎黃大陸的北方經過連年的戰爭，終於平靜了下來，只有在南方大陸上，墨菲帝國依舊和拜神威與安南的聯軍在如火如荼地鏖戰不休。

沒有人知道這次的平靜會持續多久。東京不知道，開元不知道，天京不知道，就連我，也不知道。

一年的時間很快就過去了。在過去的一年中，我一直待在蘭婆江邊。每一天，我都會站在蘭婆江邊，向大江南岸眺望。我告訴我自己，再等等，用不了多久，那所謂的江南就會掌握在我的手中！

梁興在半年前離開了天京，在天門關駐紮了三十萬大軍後，帶領著自己的親兵也來到了蘭婆江邊。由於我們和拜神威的和議條件，就是雙方在江防一線駐守的兵力不能超過十萬，所以雖然軍團整備完畢，但是大部分都分散地駐紮在欲望平原之上。我不會將我的渡江意圖表現的那樣明顯，即使拜神威隱約知道我的想法，但是在表面上，我依然不會將我的實力全部表現出來，我要讓他們放下心來，全力和墨菲帝國作戰。

如今，墨菲帝國和拜神威作戰已經有一年的時間了，在這一年中，雙方都無法將對方如何。陸卓遠自從駐守西南一線以後，堅決防守，根本不理會墨菲帝國的多次挑戰，這使得阿魯臺也有些無奈。百萬大軍駐紮在大宛氏的國境之內，相互鏖戰，沒有分出勝負！

陀羅今年遇到了百年難遇的大旱，再加上鍾離宏不斷對之進行騷擾式的攻擊，使得陀羅始終保持在一種高度的軍事戒備之中，這也使得陀羅不斷的增加軍備，一年的時間就已經使得陀羅有些疲憊不堪。

新開元城已經大致完工，當年冷鏈制定的農耕政策已經卓有成效。如今開元已經成爲了明月最大的一個糧倉，不僅供應著我前線的糧草，更不斷地向飛天提供著救援的糧草，使得飛天民心終於平穩，冷鏈和孔方兩個人，絕對是一個天作之合的搭檔，而自通州調來的司馬子元，更是一個絕佳的管理人才，在三人的治理之下，開元涼州連接在一起，形成了一個龐大的聯防體系。

梅惜月在過去的一年中，多次帶著許傲來到蘭婆江邊，她向我抱怨，如今她真的是沒有一點事情可做了！我在三思之後，讓高秋雨和小華兩人和她配合，在天京建立起一個龐大的情報中心。天京，如今已經被一群女人所佔領，高秋雨麾下的鐵女騎兵在她和小華去了一趟東京之後，人數激增，如今已經有了兩萬多人。

我後來知道，高秋雨和她的鐵女騎兵在到達了東京之後，在高正的扶持下，三戰東京禁衛軍，五千鐵女幾乎所向無敵。看到那些騎在戰馬上英姿颯爽的鐵女，竟然將東京的那些女人們羨慕得不得了，紛紛向高秋雨要求加入。當然，有些只是爲了興趣，但是那些窮苦人家的女子爲了尋找一條生路，卻是實實在在地加入了鐵女。在高秋雨和小華兩人的訓練下，鐵女騎兵的戰力如今絲毫不比我火鳳軍團普通騎兵差，甚至還要更加地強悍。這些女人在訓練方面的韌勁讓我也感到佩服，她們成了火鳳軍團中一道非常亮麗的風景。

梁興在過去的一年中，也終於和納蘭蓮結爲夫婦，不過，梁興好像也是先斬後奏的情況，因爲在他們結婚不到六個月，梁興的兒子，梁戰便出世了！呵呵，如今我們兩兄弟都有了自己的後代，我相信如果梁大嬸還活著的話，一定會非常高興。

在小梁戰滿月那天，我帶著一歲多的許傲前去慶賀，當然還有更重要的一個事情，就是我成了梁戰的乾爹，而梁興則成了我兒子的乾爹，其實說白了，就是我要趁此機會向我的那些手下們好好地敲詐一番！那天，我好像真的敲詐了不少的好東西。

當然也有讓我感到不痛快的事情，那就是東瀛！這個由海島組成的小國，在過去的一年中，一共向明月進攻了六次，雖然每次都被迫撤離，但是如果有一隻蒼蠅一直圍在你的身邊，嗡嗡地響個不停，你會感到煩不勝煩！現在，我已經對青州的戰報麻木了！幾乎就是在東瀛登陸的戰報沒過幾天，就會有另外的一封戰報傳來，他們已經退兵了。這樣反覆幾次，我已經不再重視東瀛這隻蒼蠅了。不過，梁興倒是給我提過幾次，要我小心東瀛的詭計，但是總是這個樣子，我的精神也倦怠了，於是我手書一封信給傅翎和向家兄弟，如果東瀛再次向我攻擊，不用向我告知，一切事宜就由他們自己酌情處理！

還有一件事讓我無法開心，那就是水師建立很緩慢。由於我軍中的士兵大都是從北地過來的旱鴨子，他們首先需要的是熟悉水性，這可不是一天兩天就可以做到的。雖然黃夢傑也在飛天當地將從前的屬下糾集了三四萬，但是這對我來說還遠遠不夠。不過，我知道黃夢傑已經盡了最大的努力，甚至陸非也整日待在水師之中，如果不是我再三的叮嚀，我不知道他是否還有時間修煉他的功夫。

梁興讓子車侗率領他的閃族鐵騎回到了閃族草原。跟隨著我們征戰了一年多，勇士們都有些懷念家鄉了。我也沒有反對，因爲這是人之常情。最主要的是，不少的閃族騎士無法適應蘭婆江邊的氣候，紛紛病倒了。這種水土不服的現象十分嚴重，我也只好讓他們先回草原休養。

在和拜神威的戰鬥中，將主要是步兵之間的鬥爭，由於江南地區山脈連綿，根本不適合大規模的騎兵作戰，所以只需要保留軍團本部的騎兵就已經可以了。而閃族鐵騎也著實需要休息，在我的心中，我要讓他們在數年後和墨菲帝國作戰時，成爲對付西羌騎兵的一支利劍！

八百年前，大魏帝國聖祖曹玄，率領著西羌騎兵，曾經和閃族鐵騎有過一次碰撞，那次由於西羌騎兵在曹玄的指揮下大獲全勝。不過如果單從戰力來說，兩個游牧民族很難分出伯仲，下一次，我要率領閃族鐵騎來對付西羌騎兵，我很想看看，那聞名天下的西羌騎兵是否真的那樣厲害！

所以，現在閃族鐵騎最需要的是休息！

總之，在過去的一年中，有好事也有壞事，說不清楚，也道不明白。好在一切還都在我的掌控之中。

對了，還有一件事情，就是小華也懷孕了！

我跨坐在烈焰的背上，在蘭婆江邊馳騁。

這兩年裏，烈焰當真受了不少的委屈。由於我不能在眾人的面前展示武功，更不能上陣搏殺於兩軍之前，所以烈焰也一直沒有用武之地。牠每天都是無精打采的，只有在我和牠馳騁江邊之時，牠才有了一些精神。其實在我內心何嘗不是這樣，我也想要上陣搏殺，我也想要施展我強大的武力，但是不行，我自己知道，我現在每一分鐘的隱忍，都會爲我以後的戰鬥增加勝利的砝碼！

我來到江邊的一處山坡之上，從烈焰的背上跳下，我坐在地面上，看著滔滔的江水，神思已經遊於天外。烈焰匍匐在我的身邊，懶洋洋的瞇著眼睛，享受這冬日裏難得的陽光。體內的真氣隨著江水的流動而奔騰於全身的經脈，做著一次又一次完美的循環。這是我每天都要做的一項功課，由江水的滔滔，來感悟大自然中無盡的天道！真氣遊轉九個大周天，我緩緩地自神遊中醒轉，長長地出了一口氣，精神也感到一振！

遠處傳來一陣急促的馬蹄聲，我眉頭微微一皺。在這個時候，我十分討厭有人來打攪。其實整個大營的人都知道，我每天都要在這個山坡上靜修，通常沒有人前來打攪我，除非發生了重要的事情。看來是出了什麼事情了，我心中嘆了一口氣，也許這眼前的寧靜真的不是我能夠享受的！

一騎快馬飛馳電掣般衝上了山頭，馬背上的，是一個粗放的大漢。他飛跳下馬來，快步走到了我的面前，單膝跪於地面，「主公！」

「張武，發生什麼事情了？」我沉聲問道。

張武，就是那個在涼州奴隸市場被我收服的傢伙，如今他已經成了我的親兵隊長，官拜千騎長。他雖然不似錢悅精明，但是卻又有一種出奇的冷靜，從來沒有慌慌張張，這一點，是錢悅無法和他相比的。此刻，他臉上卻帶著一絲著急，自懷中取出一封信件，雙手遞交給我，「主公，青州急件！」

又是青州！我微微一皺眉頭。不是說過讓他們酌情處理，不需向我稟報嗎？怎麼又發來了急件？我實在是有些厭煩。但是既然急件已經發來，我也不能不理睬，接過了急件，示意張武退下。

信件用金色火漆密封，最讓我吃驚的是上面那三個斗大的急字！這是一封告急信，難道青州出了什麼事情？我心中一驚，那一絲厭煩的心理瞬間拋於九霄，連忙將信件拆開，仔細地閱讀。

傅翎歸天！東瀛突然發兵青州，圍攻青州兩個月，沒有半點的進展。冬日將臨，物資無法按時的供應，東瀛又如同以往一般向本土回撤。但是這一次，青州卻做出了一個錯誤的決定。這個錯誤是由傅翎決定的，他自己也被東瀛這蒼蠅一般的騷擾戰術弄得煩不勝煩，在受到一年多的騷擾之後，他也對東瀛產生了輕敵之心。在這次東瀛後撤時，他決定發兵追擊，以打擊東瀛的氣焰！

傅翎趁東瀛回撤時，突然出兵青州，率領三萬騎兵，企圖對東瀛進行致命一擊。但是他上當了！東瀛的撤退本來就是一個陷阱，他們在海岸線設下埋伏，待傅翎率兵趕到時，突然出擊。三萬騎兵全軍覆沒於東海海岸。傅翎血戰一個時辰，身中三十餘箭，拼死應戰，直到向北行率兵趕到。

我雙手微微顫抖！好厲害的東瀛，好縝密的計謀！連續的騷擾，使得我們失去了戒備之心，出這個計謀的人不簡單！同時我也在不斷自責，都是我的錯！由於我對東瀛的輕視，造成了屬下將領對東瀛的輕視！此次歸天的，更是我的啓蒙恩師。

我心中一陣痛，臉色鐵青。口中打了一個呼哨，烈焰呼地站了起來，我跨上獅背，衝下山坡，對等待在山下的張武大聲說道：「回城，召集眾位將軍帥府議事！」說著，我頭也不回地向鐘祥衝去。

鐘祥帥府中，眾將爭得面紅耳赤，眾說紛紛。我端坐在帥府正中，梁興坐在我的身邊，靜靜地聆聽著眾將的爭論。被各種意見吵得頭腦有些眩暈，我擺手制止眾將的爭論，向身邊的梁興和鍾離師、張燕問道：「梁王和兩位軍師有什麼意見？」

三人相互看了一眼，梁興開口道：「不知道正陽你有什麼想法？」

我恨恨地說道：「東瀛實在是可惡至極，自我出兵之後，就不斷在我們身後騷擾，所以我的意見，將東瀛連根拔起，使得他們再無半點的力量對我們造成影響！我的意見就是打！打得東瀛徹底臣服！」

我話一出口，頓時帥府中的氣氛熱鬧了起來，主戰眾將立刻興致勃勃的討論著如何攻打東瀛。但是梁興的臉上依舊沒有半點表情，他緩緩地說道：「正陽要打，我沒有意見，但是有一個問題，我們如何東渡？」

我一愣，說實話，我只是想到打，但是如何打，我心裏沒有半點的底，看著梁興，我沉默了！

「正陽，我理解你的心情。傅叔叔的死，我心裏也十分難受。我也是他的門生，說起來，你我都是在他門下受到啓蒙，對於他的感情，我絲毫不比你差。我也想打東瀛，但是打東瀛必須要有強大的水師，而我們的水師在蘭婆江尚不能夠稱雄，那又如何在大海上和東瀛決戰？打東瀛，只要登陸，我們的勝算在握，但是如何登陸，你是否想過這個問題？」梁興沉聲地說道。

「主公，除了海戰的因素以外，還有一個問題，那就是如何處理拜神威和東瀛之間的矛盾？我們打了東瀛，就算是勝利，也會有極大的消耗，是否還有力量向南擴張？而墨菲帝國雖然和拜神威出於鏖戰狀態，但是就實力上來說，拜神威兵敗只是遲早的事情，一旦墨菲統領江南，我們將會面對一個更加強大的對手呀！」一直沉默的鍾離師突然開口說道。

我知道他們說的都有道理，但是在內心中始終無法解開那個心結，我有些無力地說道：「那難道就這樣放任東瀛在我們身後騷擾？」

沉默了一會兒，張燕突然開口道：「主公，自東京發出第一封求援信以後，一直都沒有動靜！像傅將軍戰死青州這樣的事情，朝廷肯定也收到了戰報，但是卻沒有半點慌張。屬下以爲是否朝廷已經有了對策？我看主公最好還是寫一封書信，看看朝廷的意思如何！」

我點點頭，張燕說的很有道理，如果我自蘭婆江出兵，這樣大的事情無論如何都要通知高正，說起來我還是高正的臣子，對一國用兵這樣的大事，還是要探問一下他的意見。

於是我伏案急書一封信件，向高正表達了我內心的求戰欲望，我很想看看高正究竟會怎樣處理。畢竟對於這個少年天子，我的心裏始終都有著一絲敬重！

將寫好的書信放在信封之中，我蓋上了我的大印，著令親兵以千里加急向東京送交。剩下的，就只有等待。

眼前擺著一封信，一封來自於東京的信件。高正在收到了我的信件之後，以千里加急向鐘祥送交了回函。

這是我第一次看到高正以如此嚴厲的口氣對我說話，他的措詞十分強硬，言詞間表達了對我的不滿。當我讀到這封信的時候，我的第一個感覺就是，這個少年天子正在用一種不可思議的速度成長著。

信函的內容大概是說，青州一事，不需要我來處理，他已經和向寧著手處理此事。目前明月的危機不是在東邊，因為一海之隔，即使東瀛再厲害，只要穩守青州，拒不出戰，那麼東瀛也只能在海邊做一個跳樑小丑，無法對我明月造成很大的影響。所以，高正已經派出了使節前往東瀛，商議和談之事，按照高正的思路，東瀛不過是為了金錢和財富，那麼我們就給他們金錢和財富，無論東瀛提出任何非分的要求，他都會儘量的滿足。畢竟我們目前的最大敵人不是東瀛，而是在江南地區拜神威西南的墨菲帝國！東瀛雖然有些強大，但不過是偏於一隅的海島國家，即使再強大，受到先天的限制，仍不可能有太大的做爲。所以，除外需安內，墨菲不解決，萬不可輕易對東瀛用兵！兩面作戰，就如同現在的拜神威一樣。只有先集中力量打擊一個敵人，才能取得勝利！

對於傅翎，高正的意思是要我先將悲傷壓在心頭，東瀛遲早要去收拾，但是不用急於一時。這是我們的根本戰略，不能有半點的動搖！

在信件中，高正第一次用了正式的稱呼，表達了他的不滿和失望。

我放下手中的信件，心中不由得對這個少年天子更有了一番新的認識。抬頭看了看坐在我面前的那個特使。我認識此人，他是高正身邊的貼身太監，奉了高正的派遣，親自前來送這封信，以表示高正對我的擔憂。

此刻，那特使的臉上帶著微微的笑容，靜靜地看著我。

「請公公轉告皇上，就說本王知道錯了，本王定會按照皇上的指示去做，絕不會有半點的懈怠！」

那太監尖著嗓子，緩緩地說道：「咱家在來鐘祥之前，皇上曾經告訴我，王爺只要看了這封信，一定會明白的！關於傅將軍，皇上也知道他與王爺之間的交情，所以請王爺放心，傅將軍的一切後事都將由皇上來包辦，絕不會虧待了傅將軍的。同時，皇上還有口諭要咱家告訴王爺！」

說到這裏，他突然停下來，看了看大廳中的親兵侍衛們。

我會意地點點頭，揮手示意眾人下去，待到大廳中只有我們兩人的時候，我起身就要跪接口諭。那太監連忙將我攔住，「王爺不用多禮，皇上說，這個口諭不用王爺大禮接！」說著，他又一次打量了一下大廳，輕聲地說道：「皇上讓咱家問王爺，如何計畫和墨菲帝國的下一步行動？」

我心中驟然一驚，看著那太監，久久沒有回答。在我的注視下，他臉色如常，沒有半點破綻。我沉吟了一下，緩聲問道：「本王想先知道皇上的意思。」

「皇上說，拜神威和墨菲帝國雖然鏖戰許久，之所以沒有失敗就是由於有陸卓遠。其實要將陸卓遠除去並非是難事，墨菲帝國已經開始行動了！如果陸卓遠一旦除去，那麼墨菲帝國數十萬大軍長驅直入，瞬間可以將江南地區佔領，這樣對於我們明月十分不利，所以想聽聽您的意見！」那太監不慌不忙地說道。

我點點頭，謹慎的問道：「那麼皇上的意見是？」

「皇上的意思是，經過了一年多的休整，我明月又逢豐收，國庫也充裕了不少，將士們的訓練也大致結束，那麼，是不是要開始著手準備了？」

我走動了兩圈，心中還是有些矛盾，雖然水師已經基本成型，但是並不熟練，還不足以進行大規模的水戰。從內心而言，我更希望能夠再給我一些時間，讓我的準備更充足一些，最好是再有一年多的時間，對我來說就足夠了。但是我想了想，還是點點頭，向那太監問道：「那麼，不知道皇上是想在什麼時候發動呢？」

「最好能夠在今年中旬打過蘭婆江！皇上說，他也知道時間對王爺有些緊迫，但是，我們現在是在和墨菲帝國搶時間，時間拖的越長，對於我們就越不利，如果陸卓遠一死，定天府一旦被墨菲佔領，那麼我們再想統一江南，一定會十分麻煩，所以皇上認爲必須要加快速度！」

還有半年，甚至已經不足半年！真是有些難爲我了。我緩緩走回了帥椅坐下來，將雙眼閉上，靜靜思考著。那太監倒是沒有催促，他只是站在那裏，靜靜地看著我，一句話也沒有說。

若是在半年後強行攻擊蘭婆江，那無異於自尋死路。雖然蘭婆江南岸的守將哲博殳沒有什麼本事，但是拜神威的水師卻在整個大陸享有威名，如果冒然攻擊，那麼只有一個字，那就是死。所以強攻是不行的，還是要另想辦法。

哲博殳此人志大才疏，沒有什麼真才實學，但是卻喜歡故作風雅，這兩年裏，我也和他有了不少的接觸，可以說還有了一些交情。怎樣運用這些交情呢？勸降肯定是不可能的，畢竟他哲博殳是一個王族，又怎麼會背叛自己的親族？不行，這樣也不太好！我搖頭否定了我的想法。

我睜開眼睛，雖然一時間還沒有想到什麼好主意，但是我總不能讓高正的特使一直等著我，我咬咬牙，緩緩說道：「請公公告知皇上，本王一定按時渡過蘭婆江，請皇上在東京靜候佳音！」

「好，那麼咱家就告辭了！」太監躬身一禮。

我站起來將他送到了門口，他在臨上馬時，突然對我說道：「王爺，今日你我什麼也沒有說，王爺自己心裏有數就好！」

我點點頭，沒有出聲。太監帶著兩個隨從打馬飛馳而去。

我依舊坐在蘭婆江邊的山坡上，看著流淌的江水發呆。收到高正的口諭已經有多日了，我還是沒有想到合適的方法。在這段時間裏，我所能夠做的只有兩件事情，一個就是讓黃夢傑加緊組建水師，另外，就是秘密從欲望平原上向蘭婆江集結兵力。由於我不能夠大規模地做兵團調動，所以只能將各個部隊拆分成小分隊向這裏集結，每次人數不能超過五千，每一次調動，中間要停歇十日，這樣才能夠不使得對面的哲博殳產生懷疑。反正距離年中還有幾個月，我估計在那個時候，整個蘭婆江邊可以集結出二十萬大軍，只要我的首輪攻擊發動，那麼身後欲望平原上的軍隊就可以發動第二輪的攻擊。

但是，這只能夠解決一些小問題。如何強渡蘭婆江，這才是一直以來我關心的問題，我始終想不到一個好的辦法。畢竟隔江相望，只要我這裏有一點的動靜，哲博殳立刻會命令發動還擊。在這浩瀚的蘭婆江上是否能夠取勝，我心裏沒有半點把握，我只感到眼前的困難重重，不由得長長地嘆了一口氣。

而此時，地面一陣輕微震動，輕微的幾乎無法感覺。但是自我功力恢復以來，我的六識更加的靈敏，我可以感到來人在移動時帶起的微小氣流，雖然那樣的輕微，但是卻讓我感到震驚！我已經知道了來人是誰。能夠有如此的功力，而且我身邊烈焰也沒有半點的反應，這樣的人就只有一個，那就是梁興！

我坐了起來。

梁興足不沾塵地來到了我的面前，他的臉上帶著平和笑容，讓人無法看透他的內心。他沒有多說，坐在了我的身邊，遙望遠方天際，久久沒有出聲。但是我知道他一定有話要說。

「阿陽，這些日子我一直看你悶悶不樂，但是你卻不告訴我。我不知道是什麼原因。只是，如果爭奪天下爭的卻連兄弟都沒的做了，我寧願不要這天下！其實我也幫你不了什麼忙，說起來，阿陽你比我更加的懂得用兵，對於大局比我更有控制力，這一點我一直都很佩服你！但是有些事情還是要從小處考慮，也許答案就在其中。」說著，梁興扭頭看看我，在我肩膀上拍了一下，「阿陽，我能說的也只有這些，能不能幫到你，我不知道，但是大哥想讓你知道的是，不論你做什麼樣的決定，大哥都會毫不猶豫的站在你的身邊！」

「大哥！」聽了梁興的話，我的心裏十分不好受，其實，他已經把話說的再明白不過。唉，爲了一個天下，真的連兄弟都沒有的做，那麼還真的不如不做！我沉思了一下，將紊亂的思路整理了一番，「大哥，你可知道高正要我們對拜神威發動攻擊？」

梁興嘆了一口氣，他緩緩地說道：「阿陽，果然和我想的一樣！」

「大哥已經猜到了？」我聽了他的話不由得一愣。

梁興笑了笑，說道：「阿陽，其實那天在特使離開以後，你突然命令黃夢傑加快水師的組建，然後又秘密的小規模調遣欲望平原的人馬向這裏集結，我又怎麼會想不到？不止是我，鍾離和張燕也都猜到了你的意圖，只是你不說，大家都不好開這個口！」

「大哥請你見諒！因爲高正告訴我，說在沒有站在蘭婆江南岸之前，一切事情都不能告訴別人，所以我就一直……」我吶吶說道。沒有想到我自以爲很隱秘的行動，還是被人察覺了意圖，我心中不由得有些震驚。

梁興笑道：「阿陽，你我兄弟就不要這樣說。不過，雖然你調動得十分隱秘，但還是很有可能被對方發覺。哲博殳雖然是一個笨蛋，但是他的手下還是有幾個能人的，你要千萬小心，在今後的兵馬調動時，最好能夠做得小心一些！」他停頓了一下，接著問道：「我們還有多少的時間準備？」

「按照高正的意思，現在是一月末，我們大約還有一百八十天左右的準備時間。在今年的中旬，我們必須要強渡蘭婆江，才能奪得和墨菲對抗的先機！」

「這麼緊！時間可是不多呀！」想了想，梁興突然說道：「阿陽，好像你和哲博殳的私人關係並不是很差，爲什麼不和他多多的聯絡一下感情呢？」

我一愣，瞬間一個念頭閃過了我的腦海，雖然有些危險，但是一旦成功，我將兵不刃血地強渡蘭婆江！

我笑罵著說道：「你個死鐵匠，原來心眼比我還多！」

梁興一把將我翻倒，勒著我的脖子也笑著說道：「你這個小狐狸道行還不行，還要我這個老狐狸給你出謀劃策呢！」

我們兩個打鬧了一會兒，面對面坐著，突然大笑了起來，就是在這一笑之間，我心中的那點芥蒂一瞬間消失得無影無蹤！

這就是兄弟，沒有什麼說不開的話！

第八章　詭詐用兵

在和梁興江邊的一席話後，我的心境豁然開朗。我一邊依舊暗中調動著兵馬，另外一方面，我開始尋找哲博殳的弱點，並伺機和他結交。哲博殳本來是一個十分厭惡戰爭的人，他喜歡吟詩，他喜歡故作風雅，他有很高強的武功，但是他卻不喜歡殺生！對於這樣一個完全與我的性格不同的人，我所能夠做到迎合他的，就只有夫子教授給我的文采！

我寫下了一首詩，一首詠頌蘭婆江浩蕩的詩篇。對於這個，我倒是得心應手。沒有多少時間，他回應了我的詩，這是一個非常良好的開始。從那天起，我們成爲了朋友，雖然我們是敵人，但是我卻可以感受到他內心的那片赤誠。爲了讓他能夠相信我，我費盡了心思，讓哲博殳每每看到我的詩章之時，總是大加讚賞。

其實我心裏很慚愧，因爲我感到了我在侮辱千年前文聖梁秋留下來的那些燦爛文化。我自己也沒有想到會利用這些來作爲一種戰爭的手段，但是爲了勝利，我卻又不得不這樣做！

哲博殳是一個思想很單純的人，這一點，我可以從他給我回的詩篇中看出來。我可以讀到他內心中的無奈，他是一個應該生活在治世中的名士，可惜他生活在一個戰亂的年代，更重要的是，他生活在一個帝王的家庭。爲了家族，他不得不放棄他遊山玩水的興趣，爲了責任，他也不得不放棄了他所喜愛的悠閒生活。他的詩詞中，更多的是抒發他當年暢遊山水時的暢快，當然也有對現在這樣森嚴的軍旅生活的厭煩。

哲博殳是一個很有才氣的人，我不由得改變了對他一無是處的看法，雖然在這個以力量爲生存手段的時代，他顯得十分的格格不入，但是不能否認，在他的詩篇中依舊洋溢著他卓絕的才華！他生活在了錯誤的年代，錯誤的家庭，然後又背負了一個錯誤的使命！他不應該是一個軍人，他應該是一個詩人，或者是一個才子。

我沒有他那樣赤子般的胸懷。我是一個軍人，我是一個從奴隸走到了今天位置的軍人。在將來我會成爲一個帝王，一個滿手血腥、威震天下的帝王。如果讓我去迎合他的口味，去效仿他的樣子，那就真的是爲賦新詞強說愁！那樣的詩詞，打死我也做不出來。我的生命中充滿了殺戮，我的經歷也不可能使得我有他那樣悠閒的心境來寫出華美的詩詞。所以除了在剛開始的時候，爲了迎合他，爲了吸引他的口味，我不得不將我心中的悲傷灌注在辭章之中，把我對家族的懷念，對童飛和夫子的尊敬和愛戴，對父母的緬懷之情表達在我的詩詞之中。

爲此，哲博殳的評語是我的詩詞中未免過於悲傷，未免有些下乘。就這個問題，我和他進行了多封書信的辯論之後，我放棄了對往事的回憶，開始轉變爲我自己性格的展露。所以在我的辭章之中，更多是在頌揚著男兒的豪放和對功業的嚮往。如此一來，更加引起了哲博殳的評論，而我則是站在我的立場上和他竭力的爭論。

如此往來，事情如同我的預料一樣，我們之間的關係有了很大的改善。由於雙方主帥的交好，也使得蘭婆江兩岸的局勢頓時緩和了許多，再也沒有以往那種劍拔弩張的氣氛！

同時，爲了加深我和哲博殳之間的友情，我也多次邀請他和我一同江上泛舟，隔船而歌。雖然每次的江上交談均讓雙方緊張不已，兩邊都派出了大量的兵力來保護己方的主帥，但是我和哲博殳卻絲毫沒有受到半點影響，反而很喜歡這種兩方大兵相持時的氣氛。同時，每次的江面交談，我都竭力將我最爲薄弱的一面展現在他的面前，使得拜神威的將領大多以爲我方的水師根本無法和他們抗衡。

不過，讓我感到有些感動的是，當哲博殳知道我功力全失之後，竟然感嘆不已，還多次派出了當地的名醫前來爲我治療。雖然其中也有試探的成分，但是我可以感覺到他的真誠。不過說實話，我當真是有些作繭自縛的味道，每次在哲博殳派來的名醫面前，我都要盡力將我的功力隱藏。好在這些大夫雖然有些本事，但是如今，我已可以將全身的氣機完全不動聲色地隱藏起來，在反覆幾次後，哲博殳竟然也沒有發現我功力恢復的事實。

炎黃曆一四六六年五月三十日，我藉口慶祝我的二十六歲生日，向哲博殳發出了邀請，邀請他六月初十與我與蘭婆江上合舟賞月。爲了表達我的誠意，我告訴哲博殳，此次只有我一人帶兩名侍衛，但是哲博殳則可以不限人數，我們在蘭婆江把酒言歡，也好爲這蘭婆江再創出一個千古的佳話！

按照我的設想，哲博殳必然無法放棄如此的機會來表現他的風雅，但是爲了他的安全，他也一定會如同以往般帶領著他的將軍們一同前來。只要和他們一起，我可以在瞬間將他們控制在我的手中，然後對蘭婆江發動突然的襲擊。沒有哲博殳等人指揮的拜神威大軍，就像一條沒有頭的蛇，即使再強大，也無法來抵禦我蓄謀已久的突然襲擊！但是關鍵就在於，哲博殳是否會答應我的要求？

書信發出，如同石沉大海，哲博殳方面久久不見回信。這個原因，我當然也十分的明白。如此在蘭婆江會面，是我們從未有過的事情，他當然需要多多的考慮，我在賭，賭他哲博殳擺脫不了那種所謂的名士風雅，與自己的對手在大江之上，把酒賞月，這也是一種少有的風雅，我在等待著。

梁興在與我說過那一番話以後，我們之間已經沒有了任何的芥蒂。又如同從前一般，我們兩個人開始了親密無間的合作。我依舊是一副功力未復的模樣，對外的一切事務我都交給梁興去處理。從年初到現在，自欲望平原上已經秘密開拔過來了近十萬大軍，十萬大軍秘密集結在狹小的蘭婆江防線，著實費了我一番心思。在梁興和張燕、鍾離兩人的通力合作之下，始終沒有露出半點的馬腳，甚至是我營中的將領們，都不是十分清楚。

黃夢傑的水師已經大致成型。畢竟他曾經在蘭婆江駐守了三年，當地的百姓對他仍有一些感情，再加上自我軍團在蘭婆江駐紮以來，始終保持著嚴明的軍紀，所以在當地百姓的口碑也十分不錯。有了這樣的一個人和條件，我們辦起事情來也確實省了不少的心，如今的水師有三成人員來自蘭婆江邊鐘祥等地的百姓，他們的水性奇好，在黃夢傑的訓練之下，這些來自於鐘祥的水軍，組成了一支水師中最爲精幹的部隊，黃夢傑爲他們起名爲虎鯊！

我曾經問黃夢傑這虎鯊是什麼意思，黃夢傑告訴我，虎鯊是生活在大海中的一種極爲兇猛的動物，在大海中有霸王之稱！我當時聽了會心一笑，看黃夢傑已經把他的眼光放在了更爲長遠的地方，這讓我十分欣慰。

日子一天天過去，哲博殳那邊還沒有回答。所以我每天都待在鐘祥的帥府之中，站在蘭婆江江防圖前，和梁興等人商量如何用兵，跨越蘭婆江天險。

其實自半年前，我們就已經開始考慮這個問題，幾乎每天都在思索，經過了半年的時間，我們已經有了一個非常完善的計畫，但還是有許多的地方需要我們再反覆磋商，因爲這次的行動將直接關係到我們後面一連串的行動，只有經過了妥善的安排，才能夠達到我們理想的效果。所以，我只有小心，小心，再小心！

哲博殳終於給我一封回函，他將如約與我在蘭婆江上賞月，到時將與我把酒暢談！看完他的回函，我已經懸了好久的心終於放在了肚子裏，不由得長長的出了一口氣，這條小魚終於上鉤了！

我立刻命令親兵將梁興等人找來，我們在帥府中商議了整整一晚，將所有行動的細節考慮好後，我秘密書寫十道密令，命令張武等親軍送至各個大營的將軍手中。密令送出，我和梁興等人都感到了一種難以形容的輕鬆，我們四人坐在書房中互相看了看，不由得大笑了起來！

明天，就是初十，哲博殳，就讓我在這蘭婆江上，最後一次領略你那動人的詩篇和你的名士風采吧！我走到了門邊，心中暗暗地想道。

蘭婆江平靜異常，沒有半點的波瀾。

我抬頭看了看漆黑的夜空，繁星璀璨，明月高懸，我突然嘆了一口氣。

身後扮作侍衛的梁興輕聲的問道：「阿陽，爲何突然嘆氣？」

我負手站立在船頭，任由江面上的微風吹拂我的髮髻，緩緩說道：「大哥，今夜良辰，確是談風弄月的絕好風光，可惜！可惜！可惜！」我連連說了三個可惜，只是到底可惜什麼，我沒有說出來，因爲我知道梁興一定明白我的意思。

可惜了如此良辰美景，我們卻要打打殺殺，實在是辜負了上天的恩賜；江面如今平靜，別有一番味道，可惜過一會兒這裏將會是血染蘭婆江；哲博殳一代風流名士，可惜卻要喪命在這蘭婆江上，如此的文采，可惜了！實在是可惜了！我心中暗自嘆道。

我扭頭笑著對身後裝作侍衛的陸非說道：「非兒，緊張嗎？」

「不緊張！」陸非回答道。不過，他的聲音有些微微顫抖，我知道他嘴裏雖然說不緊張，但是內心中如果不緊張才怪。畢竟這是完全不同於角鬥場的那種搏殺，這是一場遠遠比角鬥場更爲慘烈的搏鬥，任何的一個微小失誤都會造成一方的失敗！

我輕輕拍了拍陸非的肩膀：「非兒，不要緊張，就當作今晚是一場遊戲，只有抱著輕鬆的態度，你才能充分享受這場遊戲的樂趣！看看你師伯，他正在享受！」

梁興此刻站在我的身後，一身黑色的侍衛服將他那偉岸的身材襯托得更加的雄偉！頭上帶著黑色的頭巾，將他赤紅的頭髮遮擋起來，身上背負著他那把碩大的巨劍，任由江風吹動，臉上呈現出平和的笑容。聽到我的話，梁興笑了，他把陸非摟在懷中，使勁地抱了一下，「非兒，沒有什麼可擔心的，不用想的太多，這場大戰我們勝定了！」

陸非羨慕地看了看梁興，又看了看站在船頭的我，臉上的神色也不禁鬆弛了下來。「義父，你們難道就不擔心？」

我輕聲地說道：「非兒，你要記住，爲大將者，萬不可將你的內心想法表露在你的臉上。義父又何嘗不擔心，身上背負著數十萬將士的性命，何等沉重。但是擔心有什麼用？倒不如用一種平和的心態去面對。我們已經做了最爲完美的計畫，剩下的就去看上天的安排！」

「非兒，你還小。雖然你在角鬥場那個環境中生活了數年，但是那畢竟是一對一的較量。現在當要面對千軍萬馬的廝殺，緊張是難免的。你能夠有這樣的表現已經很不錯，當年我和你義父在你這個年齡的時候，也許還無法做到你現在的冷靜。」梁興拍了拍陸非，然後笑著對我說：「阿陽，說實話，我是真的羨慕你。先是有了憐兒那樣一個出色的義女，如今又有了非兒這樣出色的義子，再加上我的那個乾兒子，這世間的人傑似乎都跑到了你的身邊，真是羨慕死我了！」

我笑了笑，冷冷地說道：「他們來了！」

隨著我的話音一落，在江面上出現了一列密密麻麻的船隻，最前面的是一艘巨大的海船，比其他的船要大上一倍，在那船隊之中顯得格外顯眼。這種體積巨大的海船，並不適合在江上作戰，因爲巨大的船身在江面上行動並不靈活，不過由於哲博殳那種張揚的性格，在他認爲，只有這樣才能夠顯示出他的與眾不同。

看著拜神威的船隻慢慢向我的船靠近，我回頭向身後看了看，不遠處，黃夢傑率領的水師跟在我的身後，我看到黃夢傑在帥船上向我打出了只有我才能夠理解的旗語，他在告訴我，一切都在按照計畫進行。

在今晚，黃夢傑將要充當一名普通的水師將領，率領著水師中最爲精銳的虎鯊在後面相隨。而與此同時，水師中的大小船隻已經做好了準備，在接到信號之時，將要發動全線的進攻，這將是我第一次指揮水戰，也考驗黃夢傑水師的戰力！

看著緩緩接近的拜神威船隊，我可以清楚地看到哲博殳的身影，此時，他正站在他那艘碩大的海船之上，白色的戰袍隨風抖動，倒是有了兩分飄然的仙氣。他也看到了我，於是高聲的喊道：「許王，今日許王壽辰，哲博殳在這裏向許王恭賀！」聲音隔著江面傳來，清楚異常，顯示出他那非凡的功力。

我微微一笑，開口說道：「親王客氣了，有勞親王親自前來，正陽實在是有些慚愧。今日如此的美景，你我相聚蘭婆江，定然會書寫出一篇宏偉詩章，將來必定流傳於後世，呵呵呵！」

我沒有提氣發聲，所以聲音並沒有傳出很遠，因爲今日海船上將只有我和梁興、陸非三人，如果想要在海船上將哲博殳控制，讓他多一分輕敵，我就多了一分勝算！

海船來到了我的坐船邊，從上面伸出一架懸梯，我沒有猶豫，踏著懸梯而上，登上了海船，身後緊緊跟著梁興和陸非。

哲博殳在三十左右。月光之下，他身穿拜神威傳統的白色戰袍，戰袍上繡著飛龍。如玄玉般的面孔，五官端正，此刻，他臉上帶著淡淡的笑容看著我走上了船，連忙迎上來拉著我的手，極爲熱情地說道：

「許王，你我相交半年之久，今日能同船唱詠，實在是難得的機緣。本王今日在這帥船上爲許王慶賀生辰，傳出去定然是一段千古的佳話，哈哈哈！」

我微微一笑，「親王實在是客氣了，正陽生辰，區區小事卻累得親王如此的大動干戈，實在是汗顏。正陽仰慕親王的才華已經多時了，但是兩國交兵，一直未能與您把酒言歡，時至今日方才得嘗所願，正陽實在是高興呀，哈哈哈！」

我們兩個攜手立於船上，相視大笑。我不知道他的笑容裏面有多少的真誠，但是我卻知道我的笑有多麼的虛僞。

哲博殳的身後站立著一群人，都是拜神威駐守江南的將領，從服飾上看去，幾乎都是萬騎長以上的人物，看來今天拜神威的將領幾乎都出動了。我心中暗暗的歡喜，你海船上的人越多，你的應變之力就越差，看到這些威武的將領，我心中已經放心了大半。

和哲博殳閒聊兩句，船上的衛兵在船頭甲板上擺上了一排的桌椅，哲博殳拱手請我入席。我連連推辭，謙讓半晌，才和他攜手坐在主位之上，陸非和梁興如影隨形地站在了我的身後。

看看梁興，哲博殳臉上露出一絲驚訝，他仔細打量了一下梁興，轉頭問我：「許王，這位是？」他指著梁興問道。

我微笑著隨意說道：「哦，這是我的親兵隊長，張武！呵呵，說是不放心我獨自前來，死活要跟著，還帶著他的兄弟前來護衛！我都說過今日前來與親王是把酒言歡，何用他來護衛，呵呵！」我說著，就感到身後一股若有若無的真氣如針一般刺向我的尾椎大穴，我知道這是梁興在向我表達他的不滿。如果陸非是他的兄弟，那麼他不就比我小了一輩！我笑著左手大袖一揮，那真氣頓時被我化為無形。看到我看他，梁興狠狠地瞪了我一眼。

哲博殳沒有察覺到我們的這場小小的爭鬥，他大聲讚嘆梁興的威武，言詞之間好像對我十分羨慕。

我客氣了兩句，這時酒菜端上，哲博殳端起一杯酒說道：「許王，今日美景，又是許王生辰，哲博殳就用這杯酒敬許王松柏長青吧！」

我含笑端起酒杯，一飲而盡，將酒杯一晃，我們兩個不由得同時放聲大笑。

酒過三旬，我們又一起吟風弄月了一番，哲博殳突然說道：「許王，今日本王為慶賀許王生辰，特命人從定天府送來奇寶一件，想送與許王，不知許王是否有興趣一觀？」

我裝作酒已喝多，笑著問道：「哦？那真是有勞親王了，不知道是何等寶物，正陽頗想一觀呀，呵呵！」

「奇寶沉重，就在本王的座艙之中，許王若有興趣，可以隨本王一起觀瞧！」

我聞聽心中一動，立刻裝作急不可待的模樣，「那親王快快帶許某前去，許某當真是有些著急了！」說著就站了起來。

哲博殳也微笑著起身，拉著我就向座艙走去。梁興和陸非兩人緊跟在身後。哲博殳微微一皺眉頭，他看了看梁興兩人，剛要開口，我連忙說道：「親王不必介意，他們兩人這是習慣，你也知道正陽自與蒼雲一戰之後，功力全失。所以這兩年來，無論正陽走到那裏，他們都緊緊跟隨，完全是習慣！這樣吧，就讓張武跟隨我一同入艙，小非就在外面等著吧。」說著，我回身對他們說道。

陸非聞聽，下意識地握緊了拳頭，似乎有些不情願地點點頭。哲博殳聽我如此一說，倒是沒有再說什麼，微微一笑，拉著我向他的座艙走去。

我看到梁興向陸非使了一個眼色，陸非會意地輕輕點頭，將背上的奇形大刀握在手中，卓立於艙門外。走進了座艙，只見艙中空蕩蕩的，沒有一物，但是我卻感受到這座艙中艙頂之上有人在竭力隱藏他們的氣機。

我心中頓時瞭然，會意地看了看身邊的梁興，他也微微點點頭，於是我故作疑惑的問道：「親王，不知親王的奇寶放在何處？」

哲博殳鬆開我的手，向前走了兩步，突然扭身對我說道：「許王，不用再演戲了！梁王也無須再裝成什麼侍衛，今日從你踏上我的帥船，我就已經看出了你的身分。什麼生辰，你我心知肚明，你想讓梁王裝作你的侍衛，趁機將本王捕捉，然後挾持本王渡過蘭婆江。嘿嘿，許王，難道你真的以為本王是一個傻子嗎？」

我臉色大變，看著哲博殳，緩緩說道：「親王果然厲害，居然能夠猜出梁王的身分，實在是令我佩服！」說著，我扭身對梁興說道：「大哥，看來你不需要再隱藏了！」

梁興微微一笑，將頭上的頭巾摘下，露出火紅的髮髻，他冷靜地問道：「不知道親王如何看出本王的身分？」

「一個侍衛，決不會有梁王這樣的氣度。梁王雖然跟在許王身後，但是行進之間官態十足，步履中更有朝廷官員的沉穩。雖然走在許王之後，卻絲毫無法掩飾梁王的風采，在你火鳳軍團之中，氣度能夠和許王媲美的，除了你梁王又還有什麼人呢？」哲博殳淡淡說道。

我突然笑了，「親王既然知道我的目的，為何又單獨與我們處在一起？難道親王想要臣服於我，呵呵？」

哲博殳虛空向身後一抓，懸掛在艙壁之上的長劍脫鞘而出，他執劍卓立於艙中，看著我突然笑了，「許王，本王什麼時候獨自與你一起了？」

說話間，自艙頂上唰唰飛落四人，看似是漫不經心的模樣，卻和立於艙中的哲博殳組成了一座五行劍陣，五人同時暴發劍氣，氣機延綿，合為一體，將我和梁興籠罩在其中。

梁興跨步攔在我的身前，背上的裂空抄在手中，長劍遙指，龐大真氣頓時發出，那真氣詭異非凡，似是靜止，但和哲博殳五人真氣接觸，頓時暴脹。紅色髮髻無風飄動，在昏暗的光線下顯得格外猙獰。就在梁興真氣發出之時，我也緩緩運動破立心訣，體內真氣在內將我和梁興籠罩，由於我小心運轉，梁興那磅礡真氣將我的氣機完全遮掩住！

哲博殳突然開口道：「夜叉果然名不虛傳，光從這份氣勢上就可以看出梁王功力之深厚。可惜了！若只是梁王一人，我們五人決難將梁王困住，修羅斷翼，形同廢人，梁王還要照顧許王，今日恐怕不易！」

隨著哲博殳話音一落，梁興似乎受到了震撼，完美的氣場頓時露出了一絲破綻，就在他那破綻剛露之時，哲博殳一聲長嘯，五行劍陣頓時運轉，那四人劍氣縱橫瀰漫，將梁興身上大穴籠罩住。這五人都是劍氣發出，我就知道他們功力之深厚，足以列入天榜前十五，梁興的臉色變了，無奈間他旋身飛起，手中裂空狂野的猛劈，長劍不是向人劈去，卻恰巧落在五人氣機相連的中斷點之上。

就在梁興身形飛起之時，哲博殳突然笑道：「梁王，你中計了！」他身體突然橫移，脫出了五行劍陣，向身形暴露的我猛撲而來，手中長劍幻閃詭異光芒，劍氣在空中凝結成幢幢的劍影，將我的身體籠罩在他的劍勢之內。

艙外在哲博殳一聲長嘯聲起的時候，殺聲四起。我心中明白哲博殳的埋伏已經開始了。我突然笑得很開心，一直收斂的真氣突然勃發而出，充滿生機的真氣中還有一股死寂之氣，這是我獨創的破立心訣！我看著臉上帶著驚懼之色的哲博殳朗聲笑道：「親王，現在下結論爲時尚早吧！」

原本狂攻向那四人的梁興在我話音響起之時，裂空突然脫手而出，帶著龐大勁氣將一人連身帶起，頂死在艙壁之上，身體如同游魚一般連閃，向哲博殳撲去，他大喝一聲，一拳擊出，拳影連綿，妙相紛呈，頓時將哲博殳如山的劍影破去，絲毫不理會身後向他刺來的三劍。拳頭準實的砸在劍鋒之上，哲博殳臉上的驚訝還沒有消失，口中一口鮮血噴出，身體向後砸去。

就在梁興將攻擊對象轉移的同時，我身體如同蒼鷹一般飛起，左手赤紅，右手玄白，頓時整個船艙中瀰漫著兩種寒熱截然不同的真氣，我閃身擋在梁興身後，虛空畫圓，陰陽相合成太極兩儀，向那三人迎上。

梁興在將哲博殳一拳擊飛的同時，身體空中迴旋，眨眼間又出現在我的身後，大喝一聲，一拳擊向我的後背。我只覺一股龐大奇詭真氣自背後傳來，那真氣和我的真氣化爲一體，在我體內做了一個完美周天的運轉，我大喝一聲，真氣自我雙手發出，劍氣與真氣空中相交，發出了一聲轟然巨響，整個船艙的頂蓋頓時被龐大狂猛的真氣掀了起來，四壁也隨之化成碎片向外激射而去。

我根本沒有理會那三人的樣子。我知道他們會是什麼結果，沒有人能夠在我和梁興兩人的合力一擊之下尚能活著，即使是亢龍山七子合力，估計也只能占到一點便宜。我退到了梁興的身後，似乎這悍猛的一擊是出自於梁興之手。

此刻，海船之上已經是血肉橫飛，我麾下的火鳳軍團戰士已經衝上了海船，和海船上的拜神威士兵鏖戰在一起。陸非揮舞那柄奇形大刀在外猛力衝殺，全身已經是血跡斑斑，船甲板上到處是殘缺不全的屍體，陸非如同一個來自九天的殺神一般，手中的大刀淒厲狂嘯，兵器交鳴聲震耳欲聾。

我示意梁興上前幫忙，自己則緩緩走到了躺在甲板上的哲博殳身邊。此刻，他口鼻中不斷地湧出鮮血，口中更是吐出黑紅色的物體。梁興那一拳已經將他全身的經脈盡數轟斷，再無半點的生機。我帶著憐憫的眼光看著他，長嘆一聲，「親王殿下，你本是一個名士，卻非要做統帥，何苦呢？」

哲博爻張了張口，似乎要說什麼，但是最終沒有發出聲音。

我冷笑了一聲：「親王，看你如此的難過，還是讓我送你一程吧！」說著，抬腳踩在他的心口。又是一口鮮血噴出，哲博爻瞪著眼睛看著我，卻已經沒有了半點氣息。

此刻，由於梁興的加入，海船上的局勢已經被我麾下的士卒控制。我向江面上看去，只見江面上火光沖天，拜神威的船在倉促間應戰，和黃夢傑率領的水師鏖戰在一起。最爲奇特的，莫過於縱橫於江面上的數百艘玄龜戰艦，那是一種被鐵皮包裹的船隻，不懼碰撞，周身插滿了錐刀，使得拜神威的士兵無法攀登上去；艙內還配有火炮，可以隨時向外射擊。那玄龜戰艦樣式輕巧，行動十分敏捷，它們穿梭於江面之上的拜神威戰船之中，對拜神威的戰艦造成了極大的打擊。

這是楊琦和鄧鴻兩人一起設計出來的新型戰艦，這種戰艦的造價很低，就是在已經陳舊的戰船的基礎上修改，但是威力卻非常之大。三個月前，開元秘密將圖紙送來，我連夜打造，在今天，終於有兩百多艘戰艦可以出戰！

拜神威的艦隊已經開始潰散，我站在海船之上遙指對岸，大笑道：「將士們，給我殺！」

海船緩緩地向蘭婆江南岸駛去，身後數以千計的戰船緊跟！

站在蘭婆江邊，我看著浩瀚的江水流動，心中升起了一種強烈的自豪。蘭婆江！即使我的曾祖也沒有征服，但是它現在臣服在我的腳下，如今我踏足於拜神威的土地，這個強大的江南佛國，已經掌握在我的手中，當我的大軍跨過了蘭婆江的時候，整個炎黃大陸都在我的腳下顫抖，也許這將會是一個新的時代的開始！

在我心中湧現出無比自豪的同時，卻又有一種隱憂升起。此次突破了蘭婆江，就等於和墨菲帝國正式撕破了臉面。在我陳兵蘭婆江北岸的時候，清林秀風已經感到有些不滿，她對我的肆意擴張十分不高興，同時多次警告我，讓我不要再南進，只要在蘭婆江以南對拜神威造成威脅就可以了。那時我藉口是事態所逼迫，也不是出於我的本意，同時更將高正母子抬出來，以封清林秀風的口。但是現在看來，高正母子已經決定要和墨菲帝國反目，那麼清林秀風下面的招數又會是什麼？我不敢猜測，但是有一點我很明白，那就是我和清林秀風的蜜月期已經過去了，從高正的那封密旨到達的那一刻，我將要和清林秀風還有扎木合站在了對立面上，我們之間將會有一場你死我活的鬥爭，但是這場鬥爭究竟要在什麼時候開始？我不知道，因爲這將由清林秀風來決定，我心中既有些擔憂，又有些期盼，站在蘭婆江邊，我懷著兩種矛盾的心情，長嘆出聲！

身後的隨從並不瞭解我現在的心情，他們還都沉醉在強渡蘭婆江成功的喜悅之中，七嘴八舌地說個不停，高秋雨更是一直喊著要殺向定天府！傻丫頭，哪裡有這麼容易的事情？這次能夠強渡蘭婆江，一是我們做了兩年的準備，挑動安南和拜神威之間的矛盾，二是蘭婆江的守將是個笨蛋，所以才能夠如此順利的取得了勝利。如今拜神威的名將陸卓遠還在西南和墨菲帝國鏖戰，如果這次的蘭婆江守將換成是陸卓遠，恐怕絕不會這麼容易就取得勝利。接下來我們面對的將會是拜神威瘋狂的反擊，陸卓遠極有可能會回防定天府，那時才是對我們真正的考驗呀！我看著在我身邊跳躍歡呼的小雨，心中不由得升起了一種無奈。

還有一個就是墨菲的清林秀風，她絕不會坐視我取得如此的戰績，她將會使出一切的手段來阻止我的進攻，我也要小心的提防，不能夠有半點的疏忽，我知道，自己此刻任何的不清醒，都會導致這數十萬人馬的覆滅。

遠處傳來馬蹄聲陣陣，我扭臉看去，只見梁興跨坐在飛紅背上，向這邊趕來，他的臉上同樣帶著興奮，但是更多的則是一種深沉的憂慮。我相信此刻他的想法和我一樣，同樣也懷著極其矛盾的心理。

梁興眨眼間來到了我的面前，跳下飛紅，衝我微微一笑，「恭喜許帥，強渡蘭婆江成功！」

我也笑了，「恭喜梁帥，這將是你我共同的榮譽！」

我們兩個不由得同時放聲大笑。我和梁興並排在江邊走著，身後遠遠的跟著高秋雨、鍾離華等人，她們的笑聲不時地傳入了我們的耳中，卻使得我的心更加的沉重。

我們都沒有說話，只是看著浩蕩的江水奔流，我想，梁興此刻和我一樣也有千般的感觸。

沉默了一陣，梁興首先打破了沉寂，「阿陽，我們又一次創造了一個奇蹟，我們跨過了蘭婆江，這將給我們帶來說不盡的榮譽，同時，也將我們陷入了一種難言的困境。我們的實力還遠遠無法征服拜神威，而如今的進攻使得我們和清林秀風的合作也將結束，我們今後的困難還有很多呀！」

我沒有說話，梁興的話其實和我心中所想的一樣，但是目前我也不知道應該怎樣面對。過了好久，我才緩緩地開口道：

「大哥，我明白，不過，我們已經走到了這一步，無法再回頭了。相信清林秀風的動作將會馬上開始，我懷疑她首先要對付的不是你我，而是高正母子，雖然我們一直都在窺視高正的皇位，但是不能不說高正較之他的祖父和父親，更有一種親和的力量，而且也更有魄力！其實他的密使到達以後，我們曾經談論了很久，高正也明白現在和墨菲帝國翻臉確實有些早，但是如果等到了墨菲將江南一統，那時候力量將遠遠的超過明月，墨菲如今被陸卓遠阻擋在西南一線幾乎兩年之久，就像一個受困的猛虎，一旦陸卓遠不在，墨菲的攻擊將是迅猛而快捷的，依照他們的力量，一年以內，將可以將江南一統，那個時候，我們想要和之抗衡，困難更多，所以高正的密旨中已經說明，務必要提前佔領定天府，將墨菲阻於西南一線，然後我們才可以有更多的時間來休整，不然，將會給我們的未來造成很大的麻煩！」我遲疑了一下，「大哥，高正如今還不到十六歲，竟然已經有了如此的見識，如果再過兩年，我們更難再將他控制，這個孩子絕不是一個簡單的人物！」

梁興點點頭，他輕聲說道：「是呀，高正，這個小皇帝當真是厲害無比。當初他不同意對東瀛用兵，而是一力求和，看來他是要將力量放在江南呀！兩年前，你我全力要與東瀛決戰，爲傅翎報仇，現在看來，如果當時我們和東瀛征戰，今天絕對沒有力量爭雄江南，那時墨菲一旦佔領了江南，你我再無回天之力了！這個孩子睿智得可怕！」

「是呀，你我有這樣的感覺，相信清林秀風更有這樣的感覺，她不會坐視高正長大，我覺得她的第一步棋，一定是在東京展開！」我看著流動的江水，沉聲說道。

梁興沒有回答，我知道他和我一定是一樣的想法。

我遲疑了一下，接著說道：

「大哥，我現在很矛盾，是否要去提醒高正呢？從我的心裏而言，我對這個少年皇帝也感到了一種驚悸，如果讓他成長起來，他會是我們今後最大的敵人；但是這些年的相處，又讓我對他產生了一種感情，這個孩子將他最大的寄託放在了你我身上，這兩年裏，除了在東瀛的事情上否定了我們的意見，其他的事幾乎完全讓我們放手去做，這樣的信任，讓我感到心理負擔很大呀！」

梁興沉默了一陣，他突然說道：「阿陽，我不知道，這個只有你自己來拿主意，別人無法幫助你的。不過，我想既然高正能夠有這樣的心智，那麼，他一定已經做好了一切的準備，還記得當年我們在東京時，顏少卿交給我們的密旨嗎？我想那裏面一定已經有了足夠的打算。高正少年老成，顏少卿精明過人，況且東京還有向寧在，我想清林秀風想要有什麼動作，也不是那麼容易！」

「希望這樣吧！」我仰天長嘆。人就是這樣的矛盾動物，當他喜歡某種東西的時候，明知道那東西對自己有害，還是忍不住去維護，我想我現在就是這樣的一種心情。扭頭笑道：「大哥，我們還是好好做我們下一步的計畫，畢竟高正有他自己的命，我們無法掌握，我倒是想要看看，這清林秀風到底有什麼樣的花招！」

聞聽我的話，梁興也笑了，「是呀，我也有些期盼呀！」他的目光凝滯在滔滔的江水之上，我知道他和我一樣，對清林秀風，或者說是對扎木合，都有著強烈的意願。

江水滔滔，看看這炎黃大陸到底誰主沉浮！我心裏想著。

接下來的日子裏，是一種讓人窒息的平靜。清林秀風似乎沒有太多的責難，反而一封賀函發到了我的手中，恭喜我成功渡過了蘭婆江，取得了輝煌的戰果，從字裏行間中，絲毫沒有感到她有什麼不快，一切的詞句都是那樣的真誠，但是她越是這樣，更讓我感到了一種恐懼。一個能夠成功將自己的情緒隱藏的女人，絕不是一個簡單的女人，這樣的女人不出手則已，一旦出手，必然是惡毒無比，我憂慮，但是我更加期盼！

自江北開過來的大軍源源不斷，我的下一個目標是拜神威的首府定天府，安南如今已經被墨菲折騰得沒有半點的力氣，被吞併那是遲早的事情，現在，我的任務就是要在墨菲之前對定天府發動攻擊，而且要一舉攻陷之！所以，我沒有急於行動，而是每天和梁興等人縱馬江邊，吟詩道盡天下的風流，給別人的感覺就是我已經滿足了，已經沒有欲望再去攻擊了！但是，每天當我們來到了江邊的時候，我和梁興、張燕、鍾離師幾人談論的，都是如何準備下一步的行動，靜若處子，動如脫兔，用兵之法在於謹慎地謀劃，果斷的行動！而這些看在別人的眼裏，卻成了一種不務正業，是悠閒。我知道這樣的行為無法欺騙清林秀風，或者還有陸卓遠，但是只要有一個人相信，那麼就是一份的成功。只要能夠隱瞞住拜神威的朝廷，那麼我的目的就已經達到！

坐在連江府的帥府中，我手捧一本古版的大般涅槃經認真閱讀著。沒有想到這拜神威竟然有這樣的好東西。拜神威是一個以佛教爲國教的國家，從上到下，每一個人都信奉佛教，與江北的飛天、明月或者是陀羅信奉輕靈玄逸的道家不同，整個江南地方都瀰漫著一種厚重的氣氛。佛法無邊，我倒是有些不信，不過，由於要面對扎木合的密宗法印，使得我對佛教產生了濃重的興趣，知己知彼，百戰不殆，這是兵家常用的一句話，但是即使放在其他的地方，也絲毫沒有半分的誇張。自從我看到了明亮大師的恆河手印之後，對密宗的法門有了一些的瞭解，不過，還是有很多的東西不能夠理解。這大般涅槃經確實不錯，深入淺出，對佛教有了一個介紹，雖然這涅槃經與密宗並非一個體系，但是百川納於海，路徑不同，道理還是共通，至少讓我對密宗有了一個輪廓上的瞭解。

見、定、行，一切行持皆攝於心！這是恆河手印的法門，也是一切佛法的總則，我想扎木合的密宗也沒有脫出這其中的理念，所以，我對於和扎木合的一戰，心中充滿了信心！

放下了佛經，我伸了一個懶腰，今天梁興他們都去軍營中處理事務，整個帥府中只有我一個人在。覺得有些無聊，我大聲的喊道：「陸非、憐兒，你們兩個給我出來！」

隨著我的話音落下，陸非匆匆的從內堂中走了出來，然後笑瞇瞇的看著我，躬身說道：「師父，你叫我？」

我瞪了他一眼，「怎麼只有你一個人，你的那個小尾巴呢？去哪裡了？」

聞聽我的話，陸非的臉騰地一下紅了，吶吶的說道：「憐兒跟著兩位師母去上香了！」

我看著陸非，心中湧起無比的自豪，這個孩子的資質可以說是百年的奇才，當年匆匆傳給他七旋斬，兩年後見到他的時候，已經練到了純熟，更有了自己的體會，從他跟隨我以後，我將修羅斬盡數傳授，他竟然可以瞬間理解，並融合到自己的七旋斬中，形成了一套從未有過的招法。看著這樣的天才，我心中又如何不高興？我笑著示意他坐下，剛想開口，從帥府外匆匆走進了一個親兵，來到了我的面前恭聲說道：「啓稟大人，定天府送來密報！」

「哦？呈上來！」說著，我從親兵手中接過密報，示意他下去後，我打開了用火漆密封的呈報，臉色不由得一變，轉身對陸非說道：「非兒，立刻前去見你師伯，讓他們馬上前來帥府！」

陸非轉身匆匆的離去。我不由得陷入了沉思。

密報中說，墨菲帝國由於長時間無法突破陸卓遠的防線，於是派出密使前往定天府散佈謠言，說陸卓遠意圖謀反，更派出了使者密訪拜神威右丞相田清源，透過田清源在朝堂上的彈劾，拜神威帝王黎翎濟一日發出十三道金牌將令，要將陸卓遠召回定天府，但是由於前線戰事吃緊，陸卓遠拒不奉召，被黎翎濟派出特使削去兵權。陸卓遠見到勢頭不妙，立刻想要逃跑，卻被特使率領的禁軍捕獲，毒殺於前往定天府的路上。

我長嘆一聲，陸卓遠，這個曾經飛翔在拜神威的神鷹終於落了下來，雖然他和我只是在天門關有一面之緣，但是我對此人印象卻非常好，沒想到他沒有死在戰場上，卻落得一個如此淒慘下場，實在是令人感到可惜。不過，我心中又有了一絲遺憾，畢竟這樣的一個英雄不是死在我的手中，我不禁感到有些感嘆。

不過陸卓遠一死，拜神威再也沒有人能夠將墨菲阻擋，而我和墨菲帝國的爭鬥也已經是迫在眉睫，不能再等待了，是要開始行動的時候了！

正當我在思索的時候，梁興和鍾離師匆匆地走進了帥府，梁興一頭的汗水，一進大廳就大聲的說道：「阿陽，什麼事情，這麼緊急將我找來？」

我看著他，沉默了一下，緩緩地說道：「大哥，陸卓遠死了！」

梁興頓時沉默了，他緩緩坐下，半天沒有說話。鍾離師沉聲說道：「主公，是否我們要開始行動了？」

我點點頭，「時間已經不允許我們再拖下去了，從現在開始，誰能夠第一個佔領定天府，誰就將取得整個江南地區的控制權，我想墨菲已經為這一天準備很久了！」

「發兵定天府，將士們都已經準備好了！」梁興突然開口道：「三天後就可以出發！」

我點點頭，沉聲地說道：「從現在開始，我們就要準備和墨菲搶奪時間了，三天後不論是否準備好，都要起兵南進，這將是我們的一次大仗呀！」

梁興和鍾離師不約而同地點頭，一股沉悶的氣氛籠罩在帥府之中。

正在我們都在暗自盤算如何進兵的時候，錢悅從帥府外走進，他來到我的面前，低聲說道：「主公，東京有特使前來！」

東京特使？在這個時候來？我的心裏突然有一種不祥預感，「快快有請！」我連忙起身說道。

從門外走進了一個太監，風塵僕僕的走進了大廳，帶著一絲的疲憊神色，來到我的面前。我連忙迎上去問道：「公公此來，莫非東京出什麼事情了？」

喘息了幾口，他緩緩的說道：「王爺，皇上有令，請王爺立刻回京！」

「出什麼事情了？」我連忙問道。

「鍾離宏王爺病故，陀羅趁機出兵攻打房陵，向王爺不得已出兵武威，東京空虛，皇上請王爺速回東京！」

鍾離宏病故？向寧離京？我渾身激靈，一個冷戰，難道清林秀風已經開始行動了？

當晚，我和梁興在帥府中安坐。我們都沒有說話，心裏十分清楚將要發生的事情。梁興的臉色更是陰沉，低頭不語。

「阿陽，我陪你一起入京！」梁興抬頭說道。

我看著梁興，心中暖流湧動，長嘆一聲，說道：

「大哥，我知道你在擔心我，但是如果你我都離開這裏，也就正中了清林秀風的詭計！我們只能離開一個，我去對付清林秀風，而你要在三天後準時發兵，搶佔定天府。大哥，定天府的重要性你不是不明白，它關係到了我們在江南地區的戰役，不可以不小心從事。」我看到梁興緩緩點頭，接著說道：「如今清林秀風的主要目標是在我，但是她絕不會減輕對你的防備，大哥，從現在開始，你就要和阿魯臺爭奪時間，誰能夠拿到定天府，炎黃大陸的戰事就可以掌握在誰的手中！這是有關我們的百年，甚至千年大計，不可以輕視呀！」

梁興心中又何嘗不明白我說的這番道理，他沉思了一會兒，「那你帶巫馬，還有血殺團的人前往，這樣可以保證安全呀。」

我說道：「大哥，血殺團五千好手，我一個都不帶，我只帶著非兒和憐兒兩人就足矣。你要清楚，我們如今在蘭婆江大捷，如果我帶著一隊人馬返京，嘿嘿，那些個老東西們就更有話可講。」

「那未免有些太過危險了！」梁興的眉頭緊皺，看著我緩緩說道。

我笑了，「放心大哥，向大叔早已經密令開元守軍秘密和建康守軍調防，如今建康駐紮了十五萬人馬，在三日內可以發兵東京，隨時聽候我的調遣，難道我還會害怕？東京城中如今只有禁衛軍駐防，城衛軍已經跟隨向大叔前往，所以兵力並不是十分雄厚。有非兒和憐兒兩人，我絲毫不擔心他們能將我如何，更何況，這兩年中我的功力有精進，而這一點只有你我數人知道，長久以來，我們一直將這個消息隱藏，大哥，我想除了扎木合能夠將我困住，其他的人恐怕不易將我如何，呵呵！」

梁興站起來對我說道：「阿陽，我知道你已經決定的事情很難再有改變，如今你的功力深厚，恐怕只有扎木合那老東西可以和你抗衡，但是你萬不可因此輕敵，一旦情況不妙，你要立刻離開東京，不要好勝逞強，反而被他們害了性命！」

我也站起來，走到了他的身邊，輕拍梁興肩膀，「放心大哥，我不會莽撞的！」

當晚，我和梁興又連夜商議了有關進攻定天府的整個戰術方案，一直到了破曉時分，我們才分開。

第九章　風雨東京

薄霧溺溺，我帶著陸非和憐兒，在梁興和高秋雨等人憂慮的目光中，踏著一葉孤舟，再次橫渡蘭婆江，向東京前進。

一路上，我向前來送信的太監詳細地打聽了東京目前的情況。自高正密令我著手強渡蘭婆江，向南方推進以後，京中的事情倒也平靜。但在兩個月前，鍾離宏突然病逝，安靜已久的陀羅突然向房陵蠢蠢欲動，明月將領大多集中在青州和蘭婆江一線，相對而言，無人可以前往武威鎮住局面。向寧爲明月老臣，又是攝政大臣，本身更是功勳卓著，善於用兵，高正左思右想後，決定派向寧前往武威，並下令要將陀羅一舉滅掉。

朝中的大臣倒也沒有太多的反對聲出現，由於向寧的離去，東京防務則交給了高正的叔叔高青和鍾離青幾人負責。如今東京尚有八萬禁衛軍，但是高正依然覺得有些不安，在朝臣的建議下，於是要將我調回，協助鎮守！

我默默聽完東京的情況，心中暗暗感嘆：高正呀，高正，你真是聰明一世，卻又糊塗一時呀！鍾離宏功力卓絕，怎麼會突然病故？這中間分明有鬼。向寧守衛東京，就是爲了保護你的安全，只要向寧在，清林秀風就無法展開手腳。陀羅突然對房陵發動進攻，這其中也有不對，自兩年前我制定下對陀羅的騷擾戰策以後，兩年來陀羅顆粒無收，國庫空虛，那有什麼力量來對付正在強大中的明月？這其中必然有詐！我想更多的可能，是清林秀風的連橫政策。至於那高青，更是一個對你皇位虎視眈眈的傢伙，你讓他掌握住禁衛軍，不是將你的小命交給了別人？真是胡鬧呀！

不過我更加傻，明知道此次入京是一個陷阱，卻要睜著眼睛往裏面跳，沒有辦法，誰讓我現在還是你高家的臣子？我如果不奉召入京，京城中的那些老太爺們勢必又有了許多的藉口，不過此次我入京，倒不是害怕什麼彈劾，以我現在的實力，即使明月再次對我宣戰，我也絲毫不懼，但是我不希望已經在北方大陸上平息數年的戰亂再起，那樣最後得利的，還是遠處的墨菲帝國。

我一定要回京看看，我很想見識一下清林秀風到底有怎樣的手段，畢竟這個女人能夠變身爲一個商賈，縱橫各國，結交權貴，光是這一點，就已經很高明了！她甚至險將明月控制於手中，如果不是我的出現，給了顏少卿母子信心，那麼明月如今必然已經被她控制在手中，更重要的是陸卓遠的死，我想很大程度上是出於她的手筆，對於這樣的一個女人，這樣的一個對手，我很想和她好好的過招，我要看看她究竟能夠在東京玩出什麼樣的把戲！

一路上，我們風餐露宿，向東京飛奔。天京被我們甩在了身後，在開元稍作停留，我藉口要看兒子，停留了兩天，在這兩天的時間中，我對東京的情況有了更深的瞭解。梅惜月告訴我說，東京目前表面平靜，但是暗流洶湧，鍾離世家自鍾離勝歸天之後，群龍無首，鍾離智等人似乎已經無心再去理睬許多事，家族大事大多都是由鍾離青等第三代弟子把握，這些第三代弟子心高氣傲，全力與朝中權貴結交，意圖再現鍾離世家雄風，一時間攪得東京烏煙瘴氣。根據東京青衣樓密報，如今高青更是和化名趙良鐸的清林秀風聯繫密切，出入翠鳴閣頻繁，此次高青能夠掌握禁衛軍，很大程度上是得益於清林秀風一干人在朝廷的活動。不過清林秀風目前行蹤飄忽，似乎無法查到。最後她還告訴我，墨菲的國師，有天下第一高手之稱的扎木合，在數月前曾經在陀羅現身！

我聽得頭皮有些發麻，按照梅惜月的情報，那麼東京如今已經亂成了一團糟，而且扎木合的突然出現，已經說明我的猜測至少有半數的可能性，從鍾離宏的死亡到將我召回東京，一切全部都在清林秀風的掌握之中，那麼東京目前是一個巨大的陷阱。

梅惜月甚至將天一等人搬出來，勸說我不要輕動。我仔細考慮了一下，東京我必須要去！

我們一行人來到了建康。剛到建康城下，鎮守在建康的守將匆匆的將我們攔住，是解懷！他現在已經是一方的守將，他來到了我的面前，低聲的說道：「主公，皇上和太后歸天了！」

好像一個霹靂般在我的頭上炸響，我險些從馬上摔落下來，看著解懷的臉，我腦子裏面一片空白。我還是沒有趕上，我匆匆向東京進發，潛意識中也許就是爲了阻止這件事情的發生。雖然我一心在謀奪高正的江山，但是從內心而言，我一直避免和他們衝突，就是因爲我始終無法狠下心來，去面對他們母子兩人。

「什麼時候的事情？」我坐在建康帥府中，平靜的問道。

解懷恭敬地站在我的身邊，輕聲的說道：「大約在七天前，朝廷中突然傳出了消息，說是皇上和太后兩人一夜間歸西！」

我閉上眼睛，好厲害的清林秀風，她知道如果我入京之後，她將再無能力控制東京局勢，那些宵小也絕對不是我的對手。但是現在，高正一死，即使我再入京城，那麼也很難拿到禁衛軍的兵權。

我穩定了一下情緒，緩聲問道：「那麼東京如今由誰來主政？」

「七皇叔高青主政，同時鍾離青一干人輔政。他們要等待宗人府決定後才能正式登基！」

「你現在和我的關係還有沒有人知道？」我輕聲地問道。

解懷想了一下，「應該沒有人知道。屬下以前在梁王手下，只是一個小小的千夫長，後來向王將我派至青州，一年前向王秘密將我調防這裏，所有的人都以爲屬下是青州將領，與主公沒有任何的關係！」

我點點頭，突然冷聲說道：「還有一個人知道！」

解懷馬上明白了我說的是誰。那個傳令的太監，今天在城外迎接我的時候，他已經將我們的關係暴露。東京，我必須要回，不然一旦被高青掌權，那麼後方再也不穩，我可不想陷入兩面受敵的窘境，所以我一定要回去將清林秀風的計畫破壞！但是我和建康守軍的關係絕不能被任何人知道，這將是我決勝的關鍵！我冷冷地看著解懷，他會意地點點頭。

我閉上眼睛，清林秀風的動作未免有些太快了，這個女人兩線作戰，先是將陸卓遠幹掉，然後又請出她的師父扎木合以迅雷不及掩耳之勢將鍾離宏幹掉，再挑動陀羅進發房陵，而後又將向寧調出東京，安排了高青等人來接手東京防務，同時將我吸引回來，在我尚未入京的時候將高正母子誅殺，這一切行動如此迅疾，絲毫沒有給我半點的機會。我如果不入京，高青就可以用擁兵謀反的名義征討我，征討我倒是不怕，但是如此一來，我勢必將要回師開元，嘿嘿，想讓我兩線作戰！我就偏偏回京！

主意拿定，我站起身來，對解懷說道：「那件事情就交給你來處理，我立刻入京，穩定東京局勢。你調派十萬大軍，向東京秘密行進，萬不可讓人發現你的行蹤。我想用不了多久，也許只是十幾日，就可以有結果了，我會派陸非前來和你聯繫，一旦接到我的手令，立刻全力攻擊東京，任何人如果抵抗，格殺勿論！」

解懷躬身應是。

我帶著陸非、憐兒，踏著月色，向東京趕去。

我來到了東京城下。如今的東京已經恢復了往日的繁華，城門口更是車來人往，一派繁榮景象。我心中暗暗感嘆道：東京真是多災多難，在我的記憶中，似乎在這六年當中，東京已經發生了兩場大戰，而現在，也許又將是一個開始！

打馬揚鞭，我帶著陸非等人來到了城門前。東京城門守備森嚴，看到我們到來，立刻上來一個百夫長模樣的人將我們攔住，向我們索要通行證。通行證？我那裏有什麼通行證！看來他們似乎在等待著我的到來。

我從懷中拿出我的權杖甩給了那個百夫長，冷冷說道：「通行證，我沒有，告訴你的長官，就說明月修羅王來了，讓他給我滾出來！」

我話音未落，城門頓時騷亂起來。那百夫長的臉上立刻堆滿笑容，將權杖還給了我，他躬身讓開道路。我沒有理睬他，縱馬長街，回到了我的王府。

王府依舊大門緊閉。過了一會兒，門輕輕地被推開了一道縫。一個聲音響起：「誰呀！」接著，一個府兵模樣的人探出頭來向外張望。他一眼看到端坐馬上的我，臉上露出驚喜神情。大門頓時大開，他來到我的馬前躬身向我施禮。

我示意他不必多禮，將馬匹交給他，然後大步走進府中。陳可卿早已經聽到了動靜，匆匆忙忙地晃動著他那越發肥胖的身軀迎了上來，「主公，你怎麼回來了！」他驚喜地說道。

我沒有回答，邁步走進了大廳。洗漱完畢，我坐下來，剛要詢問陳可卿東京的情況，府兵來報：「王爺，門外有故人求見！」

站在我面前的，是一個年齡約在三十左右的壯年男子。不過說他是男子，卻又十分彆扭，在一言一行，舉手投足中，他無不流露出一種女人的嬌態，讓人心裏十分不舒服。頷下無鬚，眉清目秀，相貌中讓我隱隱感到有些熟悉。更讓我感到心驚的是，他臉上那層淡淡的青色，顯然是修煉了某種陰毒的武功，站在我的面前，他絲毫沒有慌張，臉上帶著淡淡的笑容。

他的身邊站著一個孩童，眉目之間顯得十分清秀，更令我奇怪的是，我竟對這孩童產生了一種血脈相連的親切感覺。我不知道是什麼原因，因爲我從來沒有見過這個孩童，爲什麼我會有這樣的感覺？

那壯年男子微微向我一躬，「許王，好久不見了！」他聲音尖銳高亢，更有一股森寒的感覺，我不禁心頭微微一震。

聽口氣他和我還很熟，但是，我實在想不起來到底在什麼地方見過這個男人。我疑惑地看著他，緩緩的問道：「你是什麼人？我們以前見過嗎？」

「許王貴人多忘事，小人不過是一個宮中的太監，許王怎會記得？不過，許王幾次前往慈寧宮參見太后，都是小人爲您通報的，爲此，許王還給了小人不少的賞賜，許王是否想起來了？」他細聲細氣地說道。

我頓時露出了瞭然的神情，我想起來了，這是慈寧宮的總管！那時我入慈寧宮和顏少卿議事，曾經多次和他打過交道，雖然那時我已經感到了有些不對。「我想起來了，你是……」我還是沒有想起來他的名字。

「小人丁銳，曾經是慈寧宮總管！」

我一拍頭，其實我一直不知道他的名字。本來嘛，雖然那時他是一個總管，但是由於我的身分和地位，並沒有和他有過多的接觸，又怎麼會留心一個太監的名字！曾經！那就是他現在已經不是了？爲什麼？我心裏疑惑著。

但是我沒有立刻詢問，我知道他會自己告訴我的。於是我沉聲的說道：「丁總管今日前來，不知道有什麼指教？」

「小人已經不是總管了，自從太后突然歸天，小人逃出皇城，就已經不再是總管了！」

突然歸天？逃出皇城？他分明在向我提示著什麼。但是又害怕大廳中說話不方便，所以不斷地點醒我。

我笑了笑，命令陳可卿不許任何人進出。當廳中只剩下了我和他，還有那個孩童的時候，我笑著說道：「丁總管，你不需要在我這裏拘謹。王府中都是我的心腹，你就放心說吧！」

丁銳看著我，突然眼中淚水漣漣，「王爺！請王爺爲太后和皇上報仇呀，太后她老人家死的好慘！」說著，他撲通一聲跪在了我的面前。

我連忙上前將他扶起，他的手很柔軟，更有一股陰森的寒氣透出，直迫我的心弦。我看著他，冷靜地問道：「丁總管，你慢慢的說，到底是怎麼一回事？」

「王爺，事情是這樣的。幾個月前，向王爺率兵前往武威，皇上讓皇叔高青執掌禁衛軍。其實沒有多久時間，皇上就已經發現了自己的錯誤，但是他卻無力改變，不知道什麼時候，朝中的大臣們已經和高青成了一個派系，以前向王爺在的時候還不是十分明顯，但是如今向王爺一走，勢頭立刻顯現了出來。高青這個傢伙多次在朝堂上頂撞皇上，皇上回到慈寧宮，經常是氣得摔砸器物。所以太后就說讓王爺您回來，將京城的局勢穩定住，然後再作打算！」

我點點頭，原來是這個樣子。我說高正爲何那樣著急的將我調回，原來是想讓我穩定東京局勢呀。他這樣做倒是沒有什麼不對，畢竟我手握明月兵權，各地人馬都聽候我的調遣，加上我的顯赫戰功，足以將那些騎牆派的大臣穩住。我沒有說話，示意丁銳繼續說下去。

「其實按照太后的想法，只要王爺您能夠趕回東京，高青就再也沒有可能繼續作威作福！但是一個多月前，太后突然收到了一份密報，密報的內容小人也不清楚，但是小人看到太后看完密報之後，臉色變得十分難看，私下裏和小人說害了王爺你！小人不明白，就問太后是什麼意思，太后也沒有說，她只是一個勁地嘆氣。在收到密報的三天後，太后突然將小人找來，她告訴小人，東京大亂在即，能夠平定這場大亂的，只有王爺您和梁王兩人。她將一個包裹交給了小人，說如果一旦發生突變，小人有兩個任務，一個是將那個包裹保存好，想辦法交給王爺您，另一個，就是要將小主公保護好，也送到王爺的麾下。那天晚上，皇上也在，他一直沒有說話，臉上雖然帶著笑容，但是小人還是可以看出皇上心中也是十分憂慮！」

包裹？小主公？我心中一震，看來顏少卿收到的那封密報，一定是有關清林秀風的行蹤，她這是在托孤呀！不過，什麼時候又出來了一個小主公？我下意識地看了看丁銳身後的孩童。那孩子此時躲在丁銳身後，探出一個小腦袋，正好奇的看著我。

丁銳將身後的一個背囊打開，取出一個包裹，呈遞在我的面前，恭敬的說道：「王爺，這就是那個包裹！」

我接過了包裹，並沒有立刻打開，從包裹中的物品形狀和重量，我已經隱隱猜到了是什麼東西。我不動聲色地問道：「丁總管，你繼續說！」

「二十三天前，小人正在伺候太后和皇上。高青和鍾離世家的鍾離青等人率領禁衛軍突然將慈寧宮包圍。宣稱要太后和皇上交出皇位，否則就要血染皇城。太后和皇上當時大罵高青，並立刻組織宮中的侍衛抵抗。小人一看勢頭不對，立刻將小主公抱走，躲在宮中。那天雖然侍衛勇猛，但是禁衛軍人數眾多。皇上當場戰死，太后更是被高青狗賊和他的一干親信姦殺於宮中！」說到這裏，丁銳和他身後的孩童已經是滿臉的淚水，他咬牙切齒的說道。

我長嘆一聲，心中也不禁有些淒然，一時間，我和顏少卿交往的過程一幕幕地閃現在腦海中。

「那麼，你是如何逃出來的？還有，這個孩子到底是什麼來歷？」

「小人在皇城中秘密潛伏了數日，後來透過小人一個心腹好友，借著去皇城外採購的機會，逃出了皇城。至於小主公……」

我伸手示意那個孩子過來。那孩子怯怯地躲在丁銳的身後。在丁銳的勸說下，緩緩地走到了我的面前。我將那孩子摟在懷中，越看越覺得有些眼熟，好像在那裏見過這個孩子。

「你叫什麼名字？」

「我叫許思陽！」

我感到頭嗡地一聲，霎時間，我似乎猜到了這個孩子的來歷。將他抱起，我坐在大椅上，打開了手中的包裹，果然不出我所料，裏面除了一枚晶瑩剔透的傳國玉璽之外，還有一封信件，那封皮上娟秀的寫著幾個字：正陽親啓！

我打開了信，躍入眼簾的正是顏少卿那娟秀的字跡：

正陽，收到這封信，說明妾身已經遭到了不測！妾身萬萬沒有想到，清林秀風的動作會如此快捷，她將她的老師扎木合請到了東京！收到了這個密報，妾身就知道害了你，你來到東京，將會面對著扎木合的挑戰！但是妾身有一種預感，勝利會站在你這一邊，對於這一點，妾身從來沒有懷疑過，不論是當年東京血戰或者是在開元坐等你的佳音！

妾身心中一直有一個秘密，本想讓這個秘密隨著我而消失，但是現在看來不可能了！還記得當年我們在太子府後花園中的一夕溫存嗎？不論當時是否出自於你的本意，但是妾身要告訴你的是，那次之後，我懷孕了！妾身秘密將孩子產下，這件事情，只有妾身和正兒兩人知道。

正陽你可知道，正兒對你十分地敬愛，他甚至在某種程度上將你當作了父親，因為你的絕世武功，因為你的沖天豪氣！你是他心目中的英雄。他沒有怪我，他把我們的孩子當成了自己的親生弟弟一樣，但是對外我們只能宣稱，他是高正的伴讀。

他叫許思陽，妾身想你一定明白這其中的含意。可惜我們無法結合，妾身拋不下權勢，你也丟不開名利，所以你我都是一種人，就讓我們之間的這段感情永遠記在我們的心中！

正陽，你千萬要小心扎木合，此人面似慈祥，但是心如蛇蠍。他的九轉陰陽大法已至化境，你萬萬不可對他掉以輕心！

倉促間，妾身也不知道應該說些什麼，若妾身母子發生事故，你要小心應對。宮中留有一隊侍衛，是妾身秘密訓練的死士，他們全部都是由丁銳一手訓練，極為忠誠，更重要的是，沒有人知道他們是妾身的人，因為他們一直都在宮中是最為低等的侍衛，相信他們可以對你有所幫助。

至於以後的事情，正兒在三年前你離開東京前，曾經給了你一份密詔，在那上面，我和正兒已經做了很清楚的交代，這也算是妾身送給正陽的一份大禮吧！

最後，正陽，妾身要再次提醒你，萬萬小心扎木合，此人功力之高絕，已經超出了你的想像，否則他也無法雄踞天下第一高手的寶座數十年無人能夠撼動。

言語至此，妾身也稍稍的放心。望正陽善待思陽！

少卿

我看完了這封信，心中突然有說不出的感慨。顏少卿，這個我生命中的第一個女人。我將信折疊起來，放在了懷中，同時也將對顏少卿的那份感情藏在了我的心底。我發誓，我要讓高青一干人死無葬身之地！

我將思陽摟在懷中，我知道顏少卿並沒有騙我，他是我的兒子，這一點，再也沒有人比我更加強烈地感覺到，雖然我從來沒有聽說過他的名字，在這之前，我甚至不知道在這個世界上還有他這樣一個人的存在，但是那種血脈相連的骨肉之情讓我第一眼看到他的時候，就有了無比的親切感。

我清楚的感到思陽的身體在我懷中一顫，「叔叔，阿娘他們是不是歸天了？」

我強忍住淚水，笑著看著他說道：「思陽，他們不是歸天了，他們是到一個十分美好的地方，你要永遠的記著他們，千萬不要將他們忘記！還有，不要叫我叔叔，我是你的父親！」

思陽身體又是一顫，抬頭看著我，他輕聲地說道：「父親？」

我笑著點點頭，沒有理會丁銳詫異的目光，我柔聲的說道：「思陽，以後跟在我的身邊，爸爸沒有盡到過責任，但是從今天起，爸爸向你保證，再也沒有任何人可以從爸爸的身邊將你奪走！」

思陽怔怔地看著我，好半天沒有說話。他的嘴唇輕輕蠕動著，「爸爸，爸爸……」突然間，他一把摟住了我的脖子，大聲的哭道：「阿爹，你爲什麼不來看我，你不要我了嗎？」

我將思陽摟在懷中，聲音也帶著哽咽的說道：「對不起思陽，阿爹怎麼會不要你？都是阿爹不好，從今天起，阿爹再也不會離開你……」

丁銳此時眼圈也有些紅潤，他靜靜地看著我們，始終沒有出聲。

「正陽大哥，南宮月求見！」就在我摟著小思陽心中不勝悲痛的時候，突然一個極爲清雅而又十分熟悉的聲音傳入了我的耳中，那聲音在我耳邊迴盪，似是距我只有咫尺之遙，又好像來自於天際，縹緲中帶著一種讓人振奮的力量，讓人無法捉摸。光是這份功力，就已經足以讓我震撼，就連小雨和鍾離華兩人恐怕都無法有這樣的修爲，而最讓我感到震撼的，莫過於那南宮月三個字！

南宮月來了？她在這個時候來做什麼？我心中不由一驚，丁銳也不由得全神戒備，站在我的面前，死死地盯著廳外！

廳外，不知道何時，她靜靜地站在那裏，周身散發出一種若有若無的氣息，雖然是那樣的清晰，卻又是那樣的模糊，彷彿是來自於九天的仙女。

她站在廳外，但是又好似立於廳中，臉上帶著淡雅的笑容，靜靜地看著我！

她正是南宮月！

大廳中分賓主落座，我坐在正中的大椅上，南宮月坐在我的下首，而丁銳卻不知道什麼時候開始默默的退在我的身後。他似乎已經把我當成了他的主子，他又一次回到了他以前的樣子。

看著依偎在南宮月懷中的思陽，我的心中突然有些悸動！思陽還小，他不能沒有母親！南宮月也許會是一個很好的母親，我可以從她看思陽的眼中看出來。我欠小月太多，也許思陽是上天讓我對小月的補償，就讓他們在一起吧，我相信小月不會虧待思陽的！而且，我現在還在征戰中，每天都在面對著殺戮，我沒有太多的時間和思陽在一起，雖然小華和惜月也會對思陽很好，但是她們已經或者即將有了自己的孩子，心中難免會存有私心，我不能讓思陽受到一點的委屈，也許跟著南宮月，將是一個最好的打算。

似乎感覺到了我的目光，南宮月抬起頭看看我，臉上露出了羞澀的神情，在這一剎那，我似乎又看到了當年在那山村外和我攜手走在田間的小月，我失聲的喊了一聲：「小月！」

南宮月似乎感受到了我心中的波動，她低頭輕嘆一聲，「正陽大哥！」

雖然聲音很低，但是卻隱含了佛門獅子吼的心法在內，讓我心頭一震，我迅速恢復了常態。穩定了一下心神，我緩緩的問道：「小月，妳怎麼會在這個時候來了？難道妳不知道如今東京的情況？」

小月抬起頭，「正陽大哥，我又怎麼會不知道？但是我也知道你勝算頗多！」

我一愣，看著小月疑惑地問道：「勝算？我又有什麼勝算？」

「首先，小月要恭喜正陽大哥妙悟破立之道，武功盡復，更有精進！」

我聞聽心頭一震，看著南宮月我久久無話。我武功盡復一事幾乎沒有人知道，除了秋雨、小華、惜月和梁興之外，就只有陸非和憐兒兩人，這些人都是我的心腹之人，他們是不會將我武功盡復之事說出。我一直隱藏著我的氣機，軍團中眾多的高手無人看出，但是才相處如此短暫時間，她居然……

南宮月沒有理會我內心的震驚，緩聲的說道：「正陽大哥不必驚奇。雖然你一直隱藏你的氣機，但是你呼吸緩慢沉穩，絲毫沒有半點武功盡失的跡象，而且行動間十分的矯捷，我東海一門最擅探人氣機，所以我可以察覺到你真氣流動的旺盛，深得恩師所說的靜篤三昧。小月對大哥有信心的，大哥若得機緣巧合，必然能再有突破！」

我突然笑了，隱藏的氣機頓時勃發，嘿嘿，我連小月都無法瞞過，如果面對扎木合，又怎麼隱瞞？索性放手一搏，我倒要看看扎木合究竟有什麼樣的本事！

我朗聲笑道：「小月，看來妳的武功進境出乎了我的意料，若是再隱瞞，大哥就有些矯情了，那麼既然有首先，必然有其他，正陽就傾聽小月說說這第二點必勝的原因！」

「大哥在建康秘密調駐兵馬，建康守軍完全是大哥你的部隊，東京雖然有八萬禁衛軍，又怎麼能和正陽大哥手中的精兵悍將並論，所以小月說你必勝，這是第二個原因！」小月看著我笑著說道。

我心中一驚，這比我剛才聽到說我武功盡復更為震驚。我看著小月，久久沒有說話。

「正陽大哥莫要這樣看我，這一點不是我猜到的！這是我二哥猜到的，我二哥自從隨我恩師回到了東海，歸了佛門，全心沉浸佛法之中，但是卻沒有忘記整理我父親遺留下來的兵書。一年前二哥突然出遊，回來後告訴我了兩件事情，一就是他找到了當年正陽大哥擊敗我父親走的秘道，二就是告訴我說，向寧必然是和大哥你一系，因為建康守將二哥曾經見過，卻是梁大哥手下的一員猛將，說是青州調派，但是卻無法隱瞞二哥的眼睛！」

我沉默不語，半晌我抬頭問道：「那麼是否還有第三？」

「當然有！」小月說到這裏，突然一挺胸脯，「這第三就是小月我！」

我一愣，疑惑地看著她，無法理解她的意思。

「大哥所忌諱的無非就是扎木合，但是以小月來看，扎木合與大哥只在伯仲之間，很難說誰高誰低！但是，他還有一個徒弟清林秀風，也十分厲害。大哥手下的府兵和身後的這位大哥可能要對付的是亂黨一系，無暇幫助大哥你，他們師徒兩人聯手，大哥絕無勝算。但是小月此次奉師命前來，一來是爲了幫助大哥你，二來就是要和那清林秀風較量個高低，小月很想試一下新近悟出的武功是否能夠戰敗清林秀風！只要大哥兵馬在外對東京攻擊，府兵在內對抗高青亂黨，而清林秀風由我來阻擋，扎木合怎不心慌。大哥你是否勝券在握？」

聽完小月的話，我看著她半天沒有說話，突然間我放聲大笑：「小月，妳當真說的不錯，如妳所說，我已經勝券在握，哈哈哈！」

自和小月談話之後，我當天連夜密令憐兒和陸非手持我的權杖，前往建康調集建康大軍向東京火速移動，不需要任何的隱瞞。因爲我入京的消息，恐怕已經傳到了清林秀風的耳中，若是要動手，那麼應該就在這些日子！我希望解懷能夠聰明一些，早早向東京進發，這樣我就可以省去了很多的時間。

當然，我也不是就坐等援兵到達，我同時命令陳可卿整備府兵，準備一戰，這一整備我才知道，這些年陳可卿當真是不簡單，如今我的府兵居然有兩千多人。雖然府中的只有五百餘人，但是陳可卿卻在王府四周以各種名義安插了眾多府兵，那些府兵平日和老百姓沒有什麼不同，絲毫不會引起他人的注意，但是訓練卻沒有停下，個個都是刀馬純熟。這不由得讓我對陳可卿刮目相看。不過陳可卿後來告訴我，這並不是他的主意，其實在四年前，高山就有了這樣的一個計畫，曾經和陳可卿多次商討過。後來東京事變，這件事情就一直沒有落實下來。在我再次離開東京之後，陳可卿將當年和高山一起商討的計畫重新拿出，按照高山的意思秘密招募和訓練府兵，這件事情無人知曉，連我也被蒙在鼓裏。

提起了高山，我就會覺得有些心痛，當年我依靠著他拼死送出的密詔和玉璽，才成功扭轉敗局，如今他已過世多年，我卻又一次得到了他的幫助，失去了高山，我真的就像是失去了一條臂膀一樣。陳可卿雖然是忠心耿耿，但是他畢竟是一個粗人，對於這些動心思的事情，怎麼能夠和高山的心思相比！在這一瞬間，我已經想好了小華的孩子的名字，就叫做高烈！

至於丁銳，我讓他重新潛入皇城，聯絡顏少卿所說的一干侍衛，我要讓東京化爲一片火海，連同著顏少卿的恥辱一同焚燒，我發誓要將高青千刀萬剮，雖然思陽說殺戮並不是好的結局，但是老子又如何能夠被兒子左右？在這一戰之後，炎黃大陸上將再也不會有東京這座城市，因爲我已經看了高正的密詔，我將會是明月未來的主宰！

我回到東京已經有五天了。高青沒有來找過我的麻煩，一切都十分平靜。但是在這平靜的後面，預示著一場災難！東京城中有先見之明的人已經開始離開，他們感到了瀰漫在整個東京城的壓力！

我沒有去朝見高青，他和他的哥哥高飛根本無法相比。我不在乎他，我更在乎的是在他身後的清林秀風和扎木合！他們才是我最擔心的變數。

我坐在王府花園中的涼亭上，看著正在園中嬉鬧在一起的南宮月和思陽，我的心中突然生出一陣感慨。思陽和小月兩人之間沒有半點的隔閡，他們整日在一起打鬧，他們之間的融洽，讓我這個做父親的感到心裏酸酸的。即使思陽和我在一起的時候，也沒有像現在這樣的親切，雖然我們是父子，但是我和思陽之間似乎除了那名義上的父子關係之外，思陽對我並沒有太多的感情，我不怪他，但是我又要怪誰呢？

長長嘆了一口氣，我百般無聊地坐在涼亭中發怔。

遠處，陳可卿順著小道向我匆匆走來，他走進了涼亭，向我躬身一禮，「主公！」

我一驚，從沉思中清醒了過來，看著陳可卿沉聲問道：「胖子，有什麼事情？」

「主公，剛才門前小吏收到了一封請柬，說是轉交給主公。我看了，好像是趙良鐸發來的請柬！」陳可卿緩聲的說道，他將趙良鐸三個字說的特別的響亮。

「請柬何處？」我話音剛落，陳可卿已經將手中的大紅請柬遞到了我的手中，我拿過請柬，的確是清林秀風的筆跡：今日戌時，妾身翠鳴閣擺酒，為王爺一洗心中煩憂，望王爺切勿失約，妾身將倚門而待！

我手中拿著這大紅請柬，心中思緒起伏不停。今夜看來要和清林秀風做最後的一次談判了，這那裏是什麼請柬，這是一封勾魂帖！

「正陽大哥，要開始了嗎？」南宮月不知何時突然出現在我的面前，她神色莊重地看著我，臉色平靜，依舊是一副淡然的模樣。

我點點頭，將手中的請柬遞給小月，她接過來看了看，好久沒有說話，突然她開口道：「大哥有什麼打算？」

「去！我要再會一會這清林秀風！」我沉思半晌之後，沉聲說道。說罷，我對陳可卿說：「胖子，陸非和憐兒是否有消息？」

「還沒有！」

「不能等了，看來他們就要在今晚行動了！」我緩聲的說道。低頭沉思，手指輕輕地敲擊著桌面，我突然抬起頭來，「胖子，你立刻派人聯繫丁銳，讓他在今晚子時時分火燒皇城，製造混亂！」

「遵命！」

「慢著！」我叫住了他，想了一想，「同時，你秘密聯絡青衣樓東京分舵，讓他們今晚子時以後，全城放火，鬧得越大越好，放完火後，讓他們立刻到北門集結。火勢起來之後，你率領兩千府兵，讓他們給我死守北門，我們今晚就從北門殺出東京！」

「明白！」陳可卿看了看我，確定我再也沒有指示，轉身離去。

「大哥，那我呢？」小月看著我輕聲說道。

「小月，不是我不給妳任務，如今我援兵尚未到達，勝負也未可知。妳和清林秀風一戰看來需要延遲，妳立刻帶領思陽離開東京，儘早離去。將來妳和清林秀風之間還有的是機會，萬不可在今夜意氣用事！」

「正陽大哥！」

「小月，妳也是軍人出身，當知道令出如山，妳必須要遵守我的命令！立刻帶著思陽離開東京！」我沒有讓小月說完，厲聲地喝道。

一旁的思陽從來沒有看到我發這麼大的脾氣，一時間依偎著小月，竟然不敢發出半點的聲音。我伸手將思陽拉到了我的懷中，輕聲說道：「思陽，原諒阿爹，阿爹說過不再離開你，但是現在看來又要食言了！阿爹教給你的修羅斬都記住了嗎？」

思陽輕輕地點點頭。

我使勁的抱了抱思陽，親了親他的額頭，「好好跟著姑姑練功，不要想著你那個什麼公公的狗屁話，記住阿爹的話，人家打你一拳，你就還他一腳。你是阿爹的兒子，雖然你不愛殺戮，但是你阿爹綽號修羅，掌下的亡魂無數，你也無法避免。但是你比阿爹強，你的心比阿爹的善良，你要記住，只要你心中無愧，殺多少人都無所謂，明白嗎？」

思陽似懂非懂地點點頭，小月在旁邊張了張口，但是沒有出聲。我將思陽放在了小月的懷中，「小月，思陽就拜託妳了，立刻帶他離去！」

看了看我，小月抱著思陽扭頭就走，她走出涼亭，突然回頭對我說：「正陽大哥，你保重！」

我笑了，示意她快快離去。看著他們離去的背影，我心中一陣輕鬆。重新坐了下來，後花園陷入了一片寂靜中，我緩緩運轉真氣，讓自己的心平靜下來，清林秀風，我來了！

當我來到了翠鳴閣時，翠鳴閣一片燈火輝煌，但是卻沒有一個人影。它靜靜地立於東京一隅，在漆黑的夜色中卻顯得那樣的陰森詭異。

依舊是趙峰恭立於門外，看到我到來，他的臉上露出笑容，連忙走上來躬身向我施禮道：「王爺，您來了，我家主人恭候王爺多時了！」

我冷冷地笑了一笑，「那麼，還真是有勞趙先生費心了！」

趙峰嘆了一口氣，他似乎想要說些什麼，但是最終還是沒有說出來。

翠鳴閣的大廳中空蕩蕩的，除了清林秀風外，沒有一個人。清林秀風依舊是一身白色長袍，她沒有再易容，而是露出本來的面目。已經有三年了，自我們上次見面，已經有三年了，她沒有半點變化。看到我走進來，她臉上露出燦爛的笑容，似乎整個大廳也隨之變得明亮了許多！

我深深的吸了一口氣，對著迎上來的清林秀風一拱手，「殿下，許久不見了！」

清林秀風的臉上露出了黯然的神色，她止住了腳步，看著我微微嘆了一口氣，「許王，許久不見，丰采依舊呀！」

清林秀風被我看得有些不太自然，她擠出一抹笑容，輕聲的說道：「許王為何如此看我？」

「顏少卿是怎麼死的？」我毫不客氣，語氣中帶著些許的怒氣，沉聲問道。

「哦？許王不知道？顏少卿是病死的！」

「殿下當許正陽是一個白癡嗎？」我冷笑了兩聲，「許正陽回到東京許多時日，並非每日在家中養老等死，許某的武功雖然不復，但是腦子還沒有壞！」

「唉，看來許王已經是打探清楚了！」清林秀風長嘆一聲，她看著我緩緩說道：「既然如此，秀風也不再敷衍許王，不錯，顏少卿是死在高青手中！」

「難道高青不是遵循殿下的旨意？」

「不錯，正是秀風的主意！」

「那麼，殿下當記得當年我與殿下的約定，殿下為何對我許某食言？」我先下手為強，厲聲指責清林秀風。

清林秀風沉默了，她看著我許久沒有出聲。好半晌，她突然開口道：「許王看來今日是向秀風興師問罪來了？」

「不錯！」我斬釘截鐵地說道。

「那麼秀風想向許王請教，當日你我的約定是如何？」她不緊不慢地說道。

一句話，讓我也無法接下去了，清林秀風那綿裏藏針的話讓我不知道如何回答。的確是我先破壞了盟約。當日我與清林秀風約定，我將和拜神威在欲望平原對峙，以吸引拜神威的兵力，墨菲帝國出兵死亡天塹，攻打拜神威，兩下夾擊，謀取天下！但是我首先將拜神威打回了蘭婆江，而後又與拜神威簽下盟約，使得拜神威全力和墨菲帝國交戰，而我則趁機休養生息。然後又突然對拜神威攻擊，搶渡蘭婆江，定天府就落在了我的手裏。說起來，確實是我先背棄了盟約。

「許王，你可知道當日你我結盟，秀風回到墨菲與鄭丞相等人據理力爭，總算說動我墨菲出兵。當日許王兵臨蘭婆江，秀風和更是在朝堂上為王爺百般的開脫，但是王爺你又搶渡蘭婆江，不知道王爺把秀風當成什麼，把墨菲當成什麼？」清林秀風看著我一字一頓地說道，聲音漸漸嚴厲了起來。

「這個……」我突然覺得自己引以為傲的辯才突然不見了，看著清林秀風，我說不出話來。

「王爺，秀風當真是仰慕王爺你的才能，更是真心的想要和王爺合作，同謀這炎黃大陸，但是，王爺似乎根本不把秀風當成朋友，一再的食言，讓秀風在朝廷難以做人。不但大臣們對秀風不滿，連皇侄，也就是我墨菲帝國當今的皇上也對秀風十分不滿。秀風想要請教王爺，是否真心的與我墨菲帝國合作？」

「當然是真心了！」我的聲音很小，那話語沒有半點的底氣。

清林秀風看著我，微微一嘆，話鋒突然一轉，「王爺當日可知道秀風為何要離開墨菲，來到這各國中當一個粗鄙的商人？」

我搖搖頭。

「秀風自幼胸懷大志，要統一炎黃大陸，讓這片土地不再有任何的戰火。但是秀風是一個女人，一個女人在這個時代無論怎樣的精明，她永遠都是男人的附屬。秀風不願做這樣的一個附屬品！秀風拜在家師門下，自問兵法韜略、治國大典無不精通，但是只是因為秀風是一個女人，我要將皇位讓給弟弟。嘿嘿，秀風不服！秀風就是要做出一番事業讓那些老傢伙們看看，女人不只是一個附屬品。」清林秀風的聲音越來越高亢，她似乎無法控制自己的情緒，繼續說道：「當日我在西環看到王爺，就知道王爺必然不是池中之物，秀風相信自己的眼光。所以我不惜耗費金錢，安排王爺來到明月。秀風的想法很簡單，就是要王爺能夠幫助秀風一把，證明給墨菲的那些老傢伙們看看！秀風想要成爲這炎黃大陸的第一個女皇帝！」

聽了清林秀風的話，我驚呆了。我沒有想到清林秀風竟然有如此的志向，她竟然想要成爲皇帝，一個過去從未有過的女皇帝！她潛伏於各地，是爲了培植自己的勢力，尋找能夠幫助自己的賢才。我從沒有想過她居然會有如此的想法。

清林秀風身上的白色長袍無風自動，燈火輝映之下，一種君臨天下的帝王氣勢自然發出，讓我心中震撼無比。這是一個不簡單的女人！我看著清林秀風，心中暗暗想道。這個女人有著遠大的理想，有著無比卓越的才能，也有著別人無法比擬的堅韌，可惜，她是一個女人，這個大陸上是不能夠允許一個女人掌握生殺大權的。

「可是王爺你一而再，再而三地讓秀風無法做人，這讓秀風的面子沒有半分。但是秀風從來沒有想過要傷害王爺半分。在秀風心中，寧可秀風承擔一切，也不願讓王爺你受到半點的傷害。因爲秀風愛王爺！」

我的腦袋嗡的一聲亂成了一鍋粥，這怎麼又牽扯到了男女的情愛！看著清林秀風，我始終沒有說出半句話。

清林秀風露出一抹淒然神色，看著我笑了，「王爺恐怕沒有想到吧，秀風竟然愛上了王爺。

秀風也沒有想到，開始的時候，秀風只是把王爺當成一個可以利用的棋子。可是隨著來往多了，秀風竟然陷入了這樣的一種情愛。當日王爺你在長街擁抱秀風，秀風那時突然感到好安全，好累，秀風竟然有一種想要那樣被王爺擁抱一輩子的衝動。那個時候，秀風才知道秀風已經愛上了王爺！」

看著清林秀風那嫵媚的面容，我的心中突然產生了一種悸動。我記得那一夜，我從高飛府中出來，那天我知道了南宮月即將成爲高飛的新娘，我無比的迷茫，我在長街遇到了清林秀風，那時她還是趙良鐸的身分，那天我擁抱了她！

「正陽感謝殿下的厚愛！」我語氣生澀地說道。

清林秀風看著我，緩緩說道：「王爺可知道當日爲何秀風可以答應王爺的條件？因爲只要秀風能夠登上皇位，天下人的生殺都在秀風的手中，不要說就是墨菲的敵人，秀風也可以饒恕，只要王爺你一句話，秀風莫不遵從！」

我沉默了，我不知道該怎樣回答。

「可是王爺竟突然撕毀約定。秀風本來也沒有想到要傷害顏少卿和高正，當時秀風曾經手書一封，只要顏少卿能夠到我墨菲做人質，我絕不會對她們母子下手。但是顏少卿不但拒絕了，而且回書十分強橫，這讓我感到不妙，這才決定下手！」說到這裏，清林秀風停頓了一下，「原本按照我的計畫，只要除掉了陸卓遠，拜神威就在我手中，然後，只要我統一了江南，再對高正母子下手，那時王爺必然會歸順於我，但是秀風沒有想到，王爺竟然在我下手除掉陸卓遠之前，就奇襲蘭婆江，擊殺了哲博殳。這使我不得不提前行動。王爺所有的一切要怪，就只能怪你過於強大了，讓顏少卿母子失去了他們應該有的冷靜！」

我閉著眼睛，深深地吸了一口氣，穩定了一下情緒說道：「正陽十分感激殿下的錯愛。但是殿下知道少卿是怎樣死的嗎？」

「這個秀風就不太清楚了。聽高青說是死在了他的手中，秀風畢竟不是明月中人，當日和高青等人的合作也不過是權宜之計，怎好過問許多？」

我猛然站起來，大聲的說道：「不錯，少卿是被高青殺死，許某自從知道了少卿的慘死，就發誓要爲她報仇，絕不會放過仇人！」

清林秀風也許真的不知道，她臉上露出了黯然的神色。她看著我，「許王，秀風是真的不知道。少卿說起來也與秀風相識多年，怎麼說也有一些感情，秀風是真的不知道！」

我突然笑道：「殿下，正陽只能抱歉辜負了妳的厚愛！」說著，轉身就要離去。

「正陽！」清林秀風突然喊道，這是她第一次喊我的名字，聲音中帶著一些淒然，她說道：「若是秀風將高青殺死，正陽能否原諒秀風？」

「許某無法臣服於一個女人！」

「若是秀風將天下交給正陽，又如何？」

我渾身一震，扭頭看去。燈光下，清林秀風臉上帶著淚水，顯得格外的淒美，她哀傷地看著我，等待著我的回答。

我緩緩的說道：「秀風，正陽也想成爲帝王，但是靠女人打下的江山，正陽不屑爲之。其實從我打過蘭婆江的那一刻，就已經注定了妳我要成爲敵人。秀風，妳我相識太晚了！」我幾乎被她那絕美風姿打動，但還是硬著心腸緩緩地說道。

「正陽！」清林秀風絕望地叫道。

我轉過身來，「秀風，我本來應該在這大廳中擊殺妳，這樣會讓許某省去很多的麻煩，但是許某不能。不過想將許某留下，整個翠鳴閣中沒有人能夠做到！」我背對著她說道。說話間，我整個人也進入了與天地合一的空靈之境，全身的真氣流轉身體三尺之外，宛如有形，廳中的燈火隨著我的呼吸也擺動不已！「秀風，從我踏出翠鳴閣後，妳可以用盡手段，正陽絕不怪妳。但是這翠鳴閣，是妳我真正相識的地方，就讓這裏保持著它的純淨吧！」

我知道清林秀風此刻的震驚，她始終沒有再說話。

我大步向外走去。

第十章　絕世之戰

一片濃霧，不知道在什麼時候，東京已經被裹在一層濃霧之中，長街上，一片寂靜！靜得讓人感到可怖。我緩步走在長街上，靈識已經與整個天地成爲一體，我清楚的可以感受到在漆黑的長街上，隱藏著十幾個人，雖然他們竭力忍住呼吸，但是卻無法躲過我的靈識感應。

勁風襲體，從街邊暴起數條身影，劍氣刀勁縱橫，組成地網天羅，將我的身形籠罩其中。雙手宛如兩把利刃，我的身體如同魚兒一般在劍氣刀勁中穿行，手掌看似不經意地在空中掠過，卻又準確擊打在對手的身上，血光迸現，哀嚎聲起，瞬間功夫，那幾個身影跌落在地上，一動不動，成爲沒有半點生命的死屍！

一聲呼哨聲響起，長街兩旁的人瞬間離去。我知道那是清林秀風發出的撤退命令，但是這只是一次試探的攻擊，真正的攻擊還在後面！我保持著古井一般的心神，緩步走在長街，每一步的踏踩都是追隨著自己的靈覺。

今夜，東京將是流血之夜！

當我走到了長街的盡頭，眼前一亮，燈火通明。密密麻麻的禁衛軍擋在我的面前，人數大約在千人左右。爲首的一人跨坐大馬，卻是鍾離世家的鍾離青！

他看到我，臉上露出笑容，嘿聲冷笑道：「許正陽，你也有今天！」

我不帶半點感情的看著他，冷聲說道：「鍾離青，無知小兒，你這是在毀滅你們鍾離世家！」

「許正陽，屠夫！當日在皇城中，你仗著手中的兵將和那個蕩婦對你的支持，對我極盡侮辱，今日你手無縛雞之力，還敢在我面前口出狂言，嘿嘿，你才是不知死活的傢伙！告訴你，支持你的那個蕩婦就是死在我身下，她的功夫可是真不錯，身段一流，我可是享用了她的全身，想起來就興奮，嘿嘿！三軍聽令，逆賊許正陽，擁兵自重，對新皇不朝不拜，意圖謀反，新皇有令，凡許賊黨眾，殺無赦！」

「殺！殺！殺！」身後禁衛軍同時高喊，聲音響徹雲霄。

我突然笑了，笑得十分的詭異，「鍾離青，說你是無知小兒，當真不假！你們這些跳樑小丑，當真以爲許某好欺？許某手握天下兵馬，戰功顯赫，威震天下，小兒，你去問問那些諸侯，又有多少人會聽派你的調遣？嘿嘿，不需我江南兵馬出動，只要我一聲令下，你將死無葬身之地！」

我聲音清朗，中氣充沛，雖然聲音不大，但是在我真氣傳送之下，將那千人的聲音壓住，清晰的傳到了每一個人的耳中。

鍾離青的臉上露出一絲恐懼神色，身後的叫囂聲也隨之減弱。就在我話音剛落之時，我身體陡然騰空而起，虛空大踏一步，數丈的距離被我化為一步之遙，身體如同鬼魅晃動一般，眨眼出現在鍾離青的上空，身後留下一道清晰的殘影，好像分身一般。我虛空向下一抓，鍾離青的身體彷彿被一條無形繩索捆綁，頓時離馬而去，向我飛來。

我冷笑著，左手如同鋼爪一般扣住鍾離青的腦袋，口中不時地發出冷笑，不理睬鍾離青淒厲的慘叫，我虛空站立，對著身下的那些禁衛軍說道：「修羅之威，不容輕犯！犯修羅者，百死不足以相抵！」我一字一頓，緩緩地說道。

隨著我的聲音，鍾離青身上的衣袍如飛花散落一般飛離他的身體，赤裸地出現在空中。他的身體好像是被一把利刃劃過，全身皮膚爆裂！

我左手真氣綿綿注入鍾離青的體內，但是那真氣帶著強大的死寂之氣，形同一把無形的利刃，一寸一寸將他的身體從內刨開，右手瞬間赤紅，整個空氣中頓時瀰漫著難耐的炙熱，鍾離青的血液才一流出，就在他的身上乾結了起來。

「誰告訴你我手無縛雞之力？嘿嘿，鍾離青，感謝你給我一個理由，我要讓你鍾離世家在今夜消失！」我話音一落，身體一閃，衝進了已經沒有半點戰意的禁衛軍中，右手如同大斧一般的劈落，帶著呼嘯勁氣，在人群穿梭縱橫，左手帶著鍾離青的身體，向眾人擊打，就好像他是我手中的兵器一般。

我一聲長笑，身體以詭異的軌跡穿梭，雙手連環擊出，兩腳踏踩之處必然是一個空點，只是在瞬間，我衝出了包圍，身後連聲的巨響，就在那一瞬間，我已經擊出百餘拳，每一拳的落點都是在同一個定點之上，拳勁擊打著拳勁，迅速的膨脹，形成了一個不斷膨脹的氣團，當我最後的一拳擊打在那氣團之上時，使用了完全不同的氣勁引發出氣團內的真氣，就在一聲轟然響聲之後，勁氣四溢，那龐大的真氣衝擊波在人群中蔓延，擴張！

一陣陣的慘叫聲起，血霧中夾帶著血肉紛紛，在這一擊之中，數百人的生命瞬間的消失，肝臟、殘肢、斷臂向四周飛射而去，掛在那些人的身上。

「修羅！」直到這個時候，那些禁衛軍才想起來我修羅中的含意，那就是無情的殺戮！在紛紛的血霧中，我的白衣上絲毫沒有半點的血污，全身被一團氣勁包圍，紛落的肢體和血雨落在了我的四周，我的臉上依舊帶著那淡淡的笑容。

「轟！轟！轟！」遠處傳來了三聲巨響，整個大地都在顫抖，在一瞬間，東京四處火光沖天，將整個城市都籠罩在一片火光之中，火勢最爲濃烈的地方就是在皇城方向，遠處傳來陣陣的喊殺聲，整個東京都在沖天的火光中顫抖。

我兩手張開，仰天一聲長嘯，身上的白衣在火光中格外的耀眼，我狂野地喊道：「聖上，太后！看到了嗎？這就是叛逆的下場！」

正在這時，一聲驚天長嘯破空而起，那嘯聲瞬間將整個東京城的喧鬧聲掩蓋，那嘯聲在瞬間充斥於蒼穹之中。嘯聲詭異非常，正大平和中又帶著一絲詭異的邪異氣息，說是邪異，不如說是濃郁的殺氣。

那嘯聲震撼著我的心靈，更像是在向我挑釁一般。我忍不住也縱聲發出長嘯，將那不知道出處的嘯聲掩蓋住。兩聲長嘯糾纏在一起，此起彼伏，聲音越來越高亢，尖銳！我已經猜到了來人是誰，除了梁興，如今能夠和我如此纏鬥一起不分勝負的只有一個人，那就是墨菲帝國國師，天下第一高手扎木合，他終於來了！

就在我和那嘯聲纏鬥的時候，突然一聲清脆的長嘯自我身後響起，宛如鳳鳴九天一般，與扎木合的嘯聲配合一起，嘯聲輕重緩急配合得十分巧妙，頓時將我的嘯聲壓住，我感到心血一陣顫抖，氣血也隨之有些滯澀，我的嘯聲好像被一道天網籠罩，怎麼也突破不出他們的糾纏，清林秀風終於出手了，她一直在等待時機！

突然，從天際傳來一陣若有若無的梵音，「觀自在菩薩。行深般若波羅蜜多時。照見五蘊皆空。渡一切苦厄。舍利子。色不異空。空不異色。色即是空。空即是色。受想行識。亦復如是。舍利子。是諸法空相。不生不滅。不垢不淨。不增不減。是故。空中無色。無受想行識。無眼耳鼻舌身意。無色聲香味觸法。無眼界。乃至無意識界。無無明。亦無無明盡。乃至無老死。亦無老死盡。無苦集滅道。無智亦無得。以無所得故。菩提薩垂。依般若波羅蜜多故。心無罣礙。無罣礙故。無有恐怖。遠離顛倒夢想。究竟涅槃……」

這是佛門中的心經，被稱爲能夠掃平一切自身魔障的無上聖經。那佛音嫋嫋，與我的嘯聲相合，雖然來的十分突然，卻和我的嘯聲配合的十分得當，我頓時有了精神，嘯聲立刻高亢起來，將扎木合和清林秀風的嘯聲壓制！

扎木合的嘯聲突然停止，我也隨之息聲。而清林秀風的嘯聲和那梵音也停止下來，此刻，整個東京城喊殺聲已經止歇，在我們那短暫的嘯聲纏鬥中，已經讓所有的人感到了震驚！我從懷中掏出一支響鈴箭，抖手發出，淒厲箭嘯破空而起，頓時喊殺聲再次響起。

「正陽小友，當真是好功力呀！」一個蒼老的聲音響起，聲音蒼勁雄渾，卻縹緲無蹤，只能聽到聲音，卻看不到人，顯現出一種說不出的詭異味道，「墨菲扎木合有禮了！」

我深深吸了一口氣，那短暫的嘯聲纏鬥讓我感到有些氣血不順，穩定了心神，我朗聲說道：

「明月許正陽拜見大師！」說話的瞬間，我的靈識瞬間擴展到了百丈，默查扎木合的行蹤。

濃霧中，一道白色的人影沖天而起，自我的身後出現，一股陰柔無比的真氣向我襲來。我沒有回頭，反手一掌虛空擊出。

我只覺得那陰柔的真氣詭異無比，更有一種陰森的寒氣湧動，讓我也不禁有些難受。接著一聲悶哼，白色的人影向側方飛出清林秀風！

只覺身邊的空氣似乎在一刻之間被抽光，清林秀風被震出的身影好像被一隻無形的大手接住，將她緩緩放下。濃霧之中，緩緩走來一個人，一身寬大的玄色僧袍隨著他的移動，輕微擺動著，每一次的擺動都顯得與他的步履是那樣的和諧，一頭密密的短髮，一雙睿智中帶著一絲不易察覺的邪異，白皙的面龐透出一層玄玉色的光芒，他神態安詳，步履輕快，慢吞吞走來。隨著他的走動，周圍的濃霧也輕輕滾動著，在五丈之內形成了一個薄薄的霧團，將他的身體籠罩著，彷彿他已經與濃霧融為一體。以至於我甚至產生了一種錯覺，他就是那團霧！如同霧中的精靈一般無處不在，卻又無跡可尋。他無聲無息出現在我的視線中，出現的那麼突然，卻又絲毫讓我感到沒有心驚！

看似緩慢，卻在眨眼間來到了清林秀風的身邊，他每一步都嚴謹有序，卻又看上去隨意異常。

扎木合！果然是扎木合！我心中不禁驚叫。眼前的這個僧人年齡看上去只有四十餘歲，絲毫沒有半點的老態，我實在無法相信這就是在四十年前已經成名的扎木合！

扎木合此刻也在看著我，突然開口道：「許王，你我神交已久，今日終於見面了！」他的聲音親和無比，讓人不禁有種想要昏然入睡的感覺，全身的緊張好像消失了，只有無比的輕鬆！我心中一驚，這個扎木合上來就給我一個下馬威，這非凡的功力確實讓我感到震驚無比。我緩緩呼吸，靈識與天地合而為一，絲毫不理會扎木合的聲音，微笑著說道：「是呀，大師，你我今日終於見面了！」

扎木合眼光慈祥和善地打量了我一下，卻轉過頭來對我右邊的一幢高大門樓說道：「東海來的道友，出來吧！」

白色的道裝隨風飄揚，南宮月出現在了門樓之上。臉上也是帶著淡淡的笑意，起手對扎木合一揖，「東海蒼雲門下南宮月見過大師！」

扎木合笑著說道：「東海門下，果然不凡，一段梵音破魔曲若沒有清雅佛心，絕無法吟唱。小道友口中梵唱，卻身穿道衣，釋道合一，看來已經突破了東海一門的武功，另求蹊徑，可喜可賀！」

南宮月飄然從門樓上走下，緩步來到我的身邊，先是向我輕聲說道：「正陽大哥，對不起，小月沒有遵照你的吩咐，還是來了！」

我笑了，「小月，妳來的正好，大哥又怎麼會怪妳？」

「思陽已經放在了前來的大軍之中，解懷將軍與你的兩位義子義女，各領數萬人馬攻擊東京三處城門，陳可卿率領兩千府兵已經控制北門，與陸小將軍會合，現正在向皇城進發；丁銳率領一千高手已經將整個皇城置於火海之中，如今高青已經首尾無法顧及，東京已經在大哥的掌控之下！」小月緩緩到來，她每說出一件事情，扎木合與清林秀風臉上的神色就凝重一分。

南宮月對我說完，這才轉身對扎木合說道：「國師，當年家師與國師天榜論戰，惜敗於國師手下，多年來，家師對此一直耿耿於懷，今日小月奉家師之命，前來與大師應三十年的約戰！」說著，小月扭身對清林秀風說道：「秀風殿下，南宮月請戰！」

清林秀風聞聽，柳眉微微一聳，輕笑一聲：「清林秀風倒想見識一下東海絕技！」說著，就要踏出。

扎木合輕聲笑了笑，清林秀風陡然止住了腳步，等待他的指示。

扎木合沒有理會清林秀風，也沒有理會小月，聲音輕緩平和的對我說道：「許王當真是好心思！今日扎木合敗得無話可說！」

他仰頭凝視，身邊濃霧不斷的聚合，將他的身形完全隱藏了起來，他說道：

「扎木合多年以來一直潛心爲墨菲帝國籌畫，從來沒有失算。但是沒有想到，這一次敗得真是淒慘。許王功力盡復，卻始終隱瞞，而且隱瞞得如此盡善盡美，使我一直沒有將許王計算在內。看來建康守將也是許王的心腹，但是滿朝的文武無人知曉，這一著棋子安排得妙！扎木合突然開始佩服少卿和高正母子，看來她們早有打算。扎木合一著棋算錯，步步算錯，嘿嘿，扎木合無話可說！不過，雖然許王如今占了先機，但是如果能夠將許王擊殺在此地，那麼所有的計畫倒也不會完全失敗，不知道許王以爲然否？」

「許正陽久仰大師九轉陰陽大法天下一絕，嘿嘿，心中也是頗爲期待。」

扎木合突然笑了，「少卿好厲害，居然連這個消息也告訴你了，看來今日之戰勝負尚在五五，扎木合當真是有些期待呀！」說著，他扭臉對南宮月和聲說道：「小道友的見識倒是廣博，只從隻言片語中就猜出老衲修煉。不錯，不錯！東海門下，但是也有兩分見識！」

我知道那一定是一種十分邪惡的功夫，我虛空向地上一抓，將散落於地面上的一柄長刀抓在手中。

「正陽大哥且慢！」南宮月突然將我攔住，「還是讓小月和秀風殿下一戰，大哥你也趁機調息一下！」

輕柔的聲音傳入我的耳中，我心中感到無比溫暖，我笑著點點頭。剛才和禁衛軍一戰，其實讓我也耗費不少功力，我確實需要調息一下。

南宮月看著數十丈之外的扎木合和清林秀風，平和地說道，「大師，還是先讓我們開始當年您與家師的約定吧！」

清林秀風長笑一聲，大步踏出，這一次扎木合沒有再阻止。她從袖中拿出兩柄短劍，劍身盡在尺餘長短，「東海門人，清林秀風在這裏了！」說著大袖一舞，短劍又沒入了袖中，口中輕嘯一聲，向前輕邁一步，數十丈的距離瞬間出現在小月的面前，大袖揮灑之間，數十道寒芒伸縮之間，連刺小月全身二十餘處穴位。

就在清林秀風短劍拿出之際，我已經認出那短劍是失傳已近千年的袖中劍！善使袖中劍者，其雙臂至指尖的肌肉已經練到如意隨心的地步了，可以用臂部的筋絡使十指任意伸曲，或練至倒纏，或倒貼手背，或突然進伸，或忽而暴縮，奇妙無比，更令人憂慮者，是用此劍法的人，俱皆有著一柄長兩尺吹毛截鐵的短劍，這種劍，又大多有劇毒，不是見血封喉，便屬子不見午！

我剛想出聲提醒，只見南宮月側身一站，背上長劍在一種極爲不可思議的角度出鞘，倒斬而上，化作點點的星光，迎向清林秀風的劍影。

星光與劍影碰撞，發出清脆的聲音，如雨打琵琶般的急促無比，小月手中長劍準確地點在了劍影的鋒尖之上，清林秀風如同觸電一般身形倒退。

南宮月沒有追擊，她輕笑道：「秀風殿下好身手！」說著，她身體輕移，虛空漂浮而起，身邊的濃霧似乎瞬間一掃而光，她彷彿立於茫茫的宇宙之中，我突然覺得小月的背後彷彿矗立一幅龐大的星圖，看似散亂無比，卻又是那樣的遵循著一種奇怪的規律運行著。小月此刻就是這星圖運行的控制者，她神態安逸祥和，我突然失去了小月的氣機！

清林秀風的臉色大變，而扎木合的眼睛瞬間神光閃爍。我突然開口問道：「小月，這是什麼武功？」

「大道日生，天地同始。養生之道，以靜爲先。靜爲道之本，靜爲動之體，若能動靜俱靜，則道可成。如能做到『虛極、靜篤』，謂之性空。性空而後體能虛，體虛而後氣能靈。空、虛、靈三者結合，成爲一體，天地運行無不就在我掌握之中！」小月清雅的聲音響起，淡然間沒有半點的火氣，她緩緩的說道：「正陽大哥，當日你與我師尊一戰，盡傳我武道真諦，於是回到東海之後，我每天坐在岸邊，靜靜地思索你們當日的話，但是沒有任何的結果。於是我離開了紫竹林，遊歷整個大陸。一日，我在十萬大山的最高峰仰視群星，心中突然有所領悟。我東海一門武功出自形意，何爲形意?形意者，乃天地生化萬物之形，五行生剋之意也。形意乃陰陽之理，養生之術，運動之道，動靜之功。人生於天地之間，爲萬物之一，故人體須合於天地之體，合於天地運化之自然。人體可與天地相配應，故人有小天地之稱。人生須潛心修養，攬陰陽而奪造化，使人體生命運動如同天地之生生不息，運化無窮，此即形意之大旨，也是人生須臾不可離者也！潮汐勁，東海觀潮劍，無不出自形意範疇。那一夜我坐在山巔之上，觀夜空繁星明月，任山風輕撫，我突然想到，既然人乃是一個小天地，那麼這點點的繁星爲何不能爲我所用？於是我就在群山之巔，觀夜星點點，足足兩年時間，以形意之法創出了現在的觀星論劍訣！」

「觀星論劍訣？好名字！」我笑著大聲說道。

扎木合此時也連連地點頭，沒有出聲。清林秀風有些不服，大聲說道：「好名字，還要看看是否實用！」

「觀星論劍訣根據天罡地煞排列，共有一百零八套劍勢，秀風殿下，就請先領教小月獨創的幽劍訣！」說話間，小月手中長劍一動，直刺清林秀風，而在我的感覺中，卻是她身後的星圖中寒星一閃，一顆星宿沿著一種完全無法理解的軌道直襲而去，角度之刁鑽，完全無法捉摸，更難以躲避。

清林秀風長袖揮舞，化成一片雲霧，期間更有森森的劍影迎向小月那一點繁星！

再次一陣清脆的鳴響，兩人的兵器瞬間就已經有了近百次接觸，站在一旁的我只覺得一陣勁氣湧動，更有蝕人肺腑的氣勁撲面而來。

「觀星論劍果然不凡！許王，你我也不要閒下來，扎木合再次領教許王絕學！」扎木合突然開口說道。

我朗聲一笑，只從這第一次接觸來看，清林秀風絕非小月對手，我不需再爲小月擔心，現在我要爲自己小心了！

一聲震天的巨響，皇城方向傳來一聲轟然巨響，我知道陸非已經得手了。不再猶豫，我的靈識瞬間與天地合一，「國師，接招吧！」隨著我一聲大吼，手中長刀揮動之間，湧出一陣陣上天入地，無從抵擋的張揚氣勁，就如同驚濤駭浪般，彷彿天也被這怒浪翻了個顛倒。我拋開所有的意念，窮盡畢生的功力，一切刀道的感悟內涵都已空了。此刻，我想要做的，並且只能做的就是劈出這一刀，斬天！

若天在我眼前，我誓將虛空劈斬！斬天，修羅三絕式中威力最爲宏大的一式，即使當日與蒼雲的一戰之中，她也對這一刀不敢有絲毫輕視。

但是扎木合的神色已經是那樣的平和，雙手在胸前結印，右手握拳，化作無畏印，左手豎掌，屈食指與中指執蓮花之狀，三指朝天，做蓮上三杵，配合無畏印呈寶處菩薩印，口中低沉輕喝一聲。

頓時，扎木合化作虛空一片，身前濃霧猶如實體一般凝實，我斬天一刀的彌天勁氣頓時化作無有，長刀刀身輕顫，竟然空空無著力之處，我只覺得心中一陣難受，心脈劇顫，一口逆血幾乎噴湧而出，全身真氣似乎滯澀，我引以爲傲的斬天一刀再無半點的威力！

身體急退，就在我後退之時，自那團迷霧之中湧出狂野真氣，扎木合身邊的濃霧翻滾湧動，向我急劇衝來。

我臉色不由得大變，這究竟是怎樣的一種武功，完全超出了我理解的範圍。不敢有絲毫懈怠，長刀揮灑，瞬間在空中劈出五百餘刀，刀身橫側掠過，在空中幻化呈稜形扇面，刀與刀連接，結成一座刀牆，迎向那滾滾的濃霧！

「轟！」一聲震耳欲聾的驚天巨響，我身體被一股真氣推動，向後飛退而去，手中長刀頓時斷爲兩截，那奇絕真氣中，更有一股陰寒詭異的死寂之氣侵蝕著我的身體，胸口的那口逆血再也無法忍住，一口噴出。我跌於地面之上！

「許王功力若止於此，那麼明年的今夜，必是你的忌辰！」扎木合朗聲大笑。說話間，他探手從那寬大的僧袍中，取出一個短小的如同矛一般的奇形兵器，尺寸大約在兩尺左右，他笑著說道：「許王就準備接我這小小護法鉞的破法九撲吧！」

我心中暗暗叫苦，剛才那一擊讓我已經受到一些傷害，雖然並不很重，但是在某種程度上已影響到了我的功力發揮，這破法九撲不知道又是什麼東西，我驟然間生出一種無力的感覺。

突然間，耳邊響起了小月那清雅的聲音，「空即是色。受想行識。亦復如是。舍利子。是諸法空相。不生不滅。不垢不淨。不增不減。是故。空中……」梵音嫋嫋，讓我的神智豁然一清，我突然想起當日蒼雲和我一戰之時說過的話，「……世間萬物皆由無而來，當你感受到萬物皆空時，身心才能解脫出束縛，天人交感，得窺天道……」

對了，管他什麼九撲，管他什麼天下第一高手，我現在何必計較什麼勝負？勝負與我又有何干！就在這一剎那，我真正瞭解到了當日蒼雲的話中含意！什麼濃霧，不過是由他真氣幻化的一種幻相，我在這一刻，感到自身的精神肉體已與宇宙合爲一體，在遁入一個生生不息的循環中，那刻我感不到自身的存在，因爲精神可以隨心所欲的往來空中任一角落，我張臂相抱，發出了出自天性的歡愉大笑。

「大師當真是讓許某佩服了！原來大師還是東密之中的忍者密的傳人，九密箴言八法手印，當真是名不虛傳！」我在笑聲中大聲的說道：「既然已經領教了大師的箴言之密，還請大師再接我這恆河手印密法！」說話間，我虛空踏踩一步，臉上帶著靜逸的笑容，看著扎木合。

就在我說出他的武功出處之時，扎木合的臉色大變。忍者密在千年前，就是整個炎黃大陸上的邪惡象徵，當年武尊嶽陵秘密籌畫震驚天下的影子忍者，破壞大魏帝國帝王曹玄對炎黃大陸的統一，最後被曹玄擊殺，影子忍者也隨之完結。如今我看出了他的武功出處，一旦傳出，勢必將要面臨整個炎黃大陸的聲討，他心中如何不驚！

護法鉞閃爍著森寒的光芒，像在空中狂草疾書，畫出無數深具某種難言美態的線條，令人眼花撩亂，無從入手。

我雙目微閉，絲毫沒有理會他那妙相紛呈的一擊，嘴角帶著微笑，我雙手在胸前做蓮花合掌，結成蓮花金剛印，神色肅穆，口中輕聲念道：「摩訶嘉魯拿耶，吽！」

隨著我密字箴言出口，空中的濃霧翻滾不已，霎時間，扎木合身上籠罩的那一層霧氣瞬間散去，我全身散發龐大氣場，真氣湧動，體內真氣激蕩不已，扎木合那巧奪天工，與天地融合的一擊頓時露出一絲的破綻，就在他破綻初露之時，我大喝一聲，身體虛空浮起，一拳擊出。

翻滾的濃霧頓時止住，這一拳沒有任何的花巧，毫無花巧的一拳，偏顯盡了天地微妙的變化，貫通了天道的秘密。

扎木合雙眼精芒暴射，護法鉞化作一道長虹，先沖天而起，忽然速度激增，有如脫弦之箭，游龍破浪般幾下起伏急竄，電射在我的拳頭上。

拳劍相交，卻沒有絲毫聲音。

翻滾在我們身邊的濃霧，倏地聚攏到拳劍交接的那一點上，接著，漫天煙雲以電光石火的驚人速度消逸得無跡無形！就像那裏剛被破開了一個通往另一空間的洞穴。

「啪啦！」一聲巨響，我和扎木合的身體頓時向兩邊飛射而去，同時落在了地上。我們相互久久凝視，誰也沒有動手！我們都在等待，等待對手心神上那一絲破綻的露出。

就在南宮月話音一落的時間，我清晰的捕捉到了他那與天道相合的氣機一顫，完美的氣場瞬間露出了一絲破綻！我大喝一聲，身體再次緩緩升起，完全違反了自然的常規。扎木合手中的護法鉞也突然投向了半空之中。

「秀風殿下，妳敗了！」

在我們兩人相距的方圓三十丈處，濃霧一掃而光，視野頓時變得清楚無比，兩人龐大的氣場相連，化成了一道屏障！

護法鉞化作一團映著天上電光的銀白芒點，流星追月般劃過虛空，包含了天地至理的弧線。

我以那違反了常理的身體，突然躍起，拳頭猛擊而出，轟在由銀點組成閃爍不休的光球上。光球爆炸開來，潮水般的星光鉞雨，一浪接一浪向我衝擊狂湧。

一聲長嘯，我沖天斜飛仰後，一個翻騰，身體距地面足有百丈，雙足連環閃動，在虛空之中踏踩不停，將那鉞雨化解。

鉞雨斂去，現出扎木合的雄偉虎軀，忽如飛鷹急掠，向我急撲，護法鉞再現出漫天螢火般躍閃的芒點，向我攻來，全不理會置身處是可令人斷魂飲恨的可怕高空。

我們在虎躍龍遊中，拳劍在空中剎那間交換了百多擊，卻沒有人下墜半分。無論護法鉞如何變化，我的拳頭總能轟擊在護法鉞的鋒尖之上；同樣的，無論拳頭怎樣急緩難分，護法鉞亦可及時阻截。

天地的精華，源源不絕地透過我的身體，循環不休地在拳劍交擊中，在我與扎木合經脈間運轉著，達到了絕對的平衡，把我們固定在虛空處。

我們愈打愈慢，似是時間忽然懶惰倦勤了起來。到慢得無可再慢時，我們兩人同時傾盡全力，使出渾身解數，攻出最後的一拳一劍。

護法鉞先斜射開去，橫擊我的腰肋。而我的拳頭由懷內破空衝出，直取扎木合的咽喉。就在這將要兩敗俱傷之時，我左手突然變拳，置於眉間，化作妙相金剛印，口中再吐箴言。

幾乎就在我口出箴言的瞬間，天地間的精氣瞬間自我左手傳入我的眉心，驟然流轉於我的體內，也就在我發出箴言的瞬間，扎木合的招式頓時一顫，那一拳擊出，彷佛炸雷狂響，天地間無上的精妙自我手中流出！拳頭擊打在肉體上的沉悶聲響，扎木合口中一口鮮血吐出，身體向下飛落，百丈距離，落在地面上只有死路一條！

早已經在小月劍下支持不住的清林秀風此時突然生出一股神力，她猛然向後飛撲，迎向扎木合的身體，絲毫沒有理會小月的劍氣。

清林秀風口中鮮血狂噴，她雖然接住了扎木合的身體，但是卻也被小月那逼人劍氣擊傷，兩人的身體同時落在了地面上！

我那一拳擊出，體力也已經完全透支，自百丈高空中飛墜下來。小月此時也無暇顧及清林秀風，飛撲上來，將我的身體接住。

就在這刹那間，清林秀風抱著扎木合的身體突然向遠處飛奔而去，幾個閃落之間，人影就已經消失不見。

我感到一陣陣眩暈，無力地靠在小月的懷中。

我突然笑了！

「正陽大哥，你沒有事情吧？」小月憂急的聲音傳入了我的耳中。

「小月，我沒有事，只是突然想起當年我在山村中養傷，妳也是這樣抱著我的，呵呵呵！」我笑著說道。

小月沒有說話，她沉默著。

遠處傳來一陣腳步聲，首先映入我眼簾中的，是滿身血污的丁銳，他的身後還跟著一名少年將軍，那是陸非！

「主子，你沒有事情吧！」看到我無力地依靠在南宮月的懷中，丁銳和陸非都急急的問道。

「我沒有事，只是感到有些累！」看到大獲全勝，我越發感到自己的神智有些昏沉，漸漸地，我在小月的懷中失去了知覺……

緩緩地睜開了眼睛，映入我眼簾的是陸非和憐兒，他們的身邊是丁銳、陳可卿和解懷一干人。看到我醒來，他們都驚喜地叫喊著。

我還是感到身體有些酸軟，但是體內的真氣卻十分充沛。我微笑著坐了起來，看著眾人我笑了，我又一次的勝利了！

我突然感到少了什麼似的，眼光在人群中尋找著。

似乎明白我在尋找什麼，憐兒附在我的耳邊輕聲地說道：「義父，月姑姑在戰事結束當晚，就已經帶著思陽離去了！」

我心頭一震，突然有一種莫名的傷感，小月還是離我而去了。我輕聲地問道：「她有沒有留下什麼話來？」

「月姑姑說請義父放心，她會好好的教導思陽的！」

我點點頭，沒有再說什麼。沉默了一會兒，我抬頭笑著向眾人詢問當晚的事情。

原來陸非和憐兒在離開東京以後三天，就遇到了向東京開進的解懷，兩下相遇，沒有任何的停頓，立刻全力向東京進發。火燒東京之夜，解懷率領大軍抵達東京，絲毫沒有休息，連夜狂攻東京！

守衛東京的禁衛軍並沒有做出太強烈的抵抗，他們在北門失守之後很快投降了！只有陸非在皇城遇到了頑強的抵抗。不過由於丁銳率領一千好手在皇城內不斷放火，使得守衛皇城的禁衛軍無心戀戰，沒有多久也被陸非攻下了皇城，並在龍息殿的床榻下找到了高青。

不過，清林秀風似乎消失了，在我昏迷期間，陸非等人將東京翻了一個遍，也沒有找到她的蹤跡。我不知道是該高興還是應該難過，但是我有一種強烈的預感，我和清林秀風之間的戰鬥還沒有結束！

看著床榻前的丁銳，我想起來在我脫力之時，他滿身血污的憂急神色，突然心中一動，沉聲的說道：「丁銳，你有一身的好功夫，現在太后大仇得報，你有什麼打算？」

「當日太后曾經吩咐奴才，若主子您能夠爲太后報仇，就讓奴才守在您的身邊！」丁銳聽到我的問話，恭敬地跪在榻邊說道。

我笑著點點頭，「丁銳，你是一個好奴才，我感覺到了！從現在開始，你就是大內的總管，總領大內一切的事物。你好好幹，我不會虧待你的！」

「謝主子！」丁銳欣喜地說道。

「有兩件事情我要你馬上去做，你可願意？」

「請主子吩咐！」

「第一，我要你立刻帶領大內侍衛，前往鍾離世家，除國師和鍾離宏一脈留下，其餘全部給我收監，此事不過三司，你要好好地盤問，你明白我的意思？」

「奴才明白！」

「第二件，高氏一門弒君謀逆，我不想再聽到有任何高氏一族人的消息，你能做到嗎？」我冷聲的說道。

「奴才必然不會讓主子失望！」

屋中眾人的臉色發白，他們當然明白我話中的含意，看著我，他們的神色漸漸開始變得無比的恭敬！

我走下床榻伸展了一下身體，對著眾人說道：「來，讓我們看看還能夠做些什麼！」

炎黃曆一四六六年九月二十五日，魔皇許正陽在東京擊敗有天下第一高手之稱的扎木合，從那一天起，他成爲了真正的天下第一高手！

炎黃曆一四六六年十月一日，梁興率領火鳳軍團，攻陷拜神威首府定天府，與墨菲帝國統帥阿魯臺激戰一場，大敗阿魯臺與定天府西南！墨菲帝國陳兵定天府西南外，雙方停止了交戰！

炎黃曆一四六六年十月五日，明月高氏一族因涉嫌弒君，滿門一千三百餘人被斬殺於東京校場，同日被殺的，還有曾經在炎黃大陸創下無數輝煌的鍾離世家。鍾離世家除王妃鍾離華一脈和國師鍾離勝一脈存活下來，其餘滿門八百六十餘人也一同被論罪謀逆，斬殺校場。

炎黃曆一四六六年十一月一日，東京由於多次遭受戰火侵襲，遷都開元城。

炎黃曆一四六七年三月，夜叉梁興率兵回到開元。

炎黃曆一四六七年五月，向寧率領武威大軍千里奔襲，五戰五捷，陀羅國滅！

炎黃曆一四六七年九月，在眾將的廷議之下，許正陽以明月親王身分登基大寶，改國號爲修羅帝國，同月分封群臣！

炎黃曆一四六七年十二月，東海蒼雲圓寂於紫竹林，南宮月自創論劍閣，以觀星論劍訣登上天榜第四！

炎黃大陸在經歷了數年的戰火之後，歸於沉寂，但是，這只是另一場戰爭的開始！

戰事已經結束，秋風蕭瑟的暮色中，黃色衣甲的步兵和騎兵已經退到了主戰場之外的南部山頭，高高飄揚的大旗上，斗大的墨菲丞相鄭字依稀可見。主戰場北面的山頭上，一片白色，彷彿是籠罩了一層厚厚的白雪，白色旗甲的兵團整肅地排列在印有浴火鳳凰圖案的戰旗下嚴陣以待，他們憤怒地望著南面的山頭上的士兵，隨時準備再次的衝殺。

南面山頭的墨菲大軍也已經重新聚集成了步騎兩個方陣，同樣憤怒地看著北面山頭上的修羅帝國的士兵，同樣準備著隨時廝殺。

血紅的晚霞在漸漸的消退，雙方就是這樣死死的對峙著，既沒有任何一方撤退，也沒有任何一方衝殺。戰場上，屍體和失去了主人的戰馬、輜重也沒有任何一方去搶奪，就像是兩隻猛虎凝視對峙，誰也沒有先脫離戰場。

這場戰役，沒有勝敗，只有傷亡，兩敗俱傷！

白色軍團是幾乎襲捲了半個大陸的修羅帝國浴火鳳凰軍團，統兵作戰的是浴火鳳凰軍團中資格最老的將領之一，軍團的副統帥，青州王向寧。

自修羅魔皇許正陽在登上皇位以後，改明月國號爲修羅帝國，短短五年的時間，在丞相張燕的謀劃和他強大的武力征服下，採取遠交近攻的方針，接連使東瀛臣服，陀羅合併，更與墨菲並分拜神威，炎黃大陸之上，唯一能夠和修羅帝國強大武力抗衡的，只剩下了遠在西部的墨菲帝國。

相對修羅帝國而言，墨菲的實力絲毫不遜色，朝中良臣猛將無數，更兼之在修羅帝國的前身，即明月帝國擴張初期，兩國都忙著擴張自己的實力，於是墨菲帝國太陽公主清林秀風（即明月大古玩商趙良鐸）秘密潛入東京，在多年觀察之後，選擇了修羅帝國國主許正陽為合作夥伴，兩人立下協約，也就沒有太多的衝突。但是後來，隨著許正陽擴張太快，明月的野心迅速膨脹，再也不受墨菲控制，一直受清林秀風控制的顏少卿和高正突然表現得無比強硬，非但不約束許正陽的擴張，反而全力支持。無奈之下，清林秀風邀國師扎木合於東京暗殺顏少卿和高正，並趁著許正陽入京的時候計畫擊殺！沒有想到，許正陽隱瞞自己功力恢復的消息，原本周詳的計畫因為這一變化而慘敗，許正陽非但沒有被搏殺，反而累得墨菲國師、天下第一高手扎木合油盡燈枯，提前圓寂。兩國開始互有爭鬥，隨著許正陽征服天下的步伐加快，更造成了兩國陳兵於定天府，開始了兩國交戰！

此次浴火鳳凰軍團在與墨菲帝國的作戰之中，在向寧的率領之下，半日激戰，斬敵三萬，向寧之子，有火爆麒麟之稱的向南行，更是率領三百麒麟軍直突敵陣中軍，一舉俘虜了墨菲帝國的丞相鄭羊君，按照雙方歷次交鋒的戰績，此次戰役可以說是一次極為罕見的特大勝利。

但是沒有想到，墨菲帝國的士兵在統帥被俘以後，非但沒有潰散，反而死命攻擊，企圖奪回鄭羊君。向寧看見向南行率領的三百麒麟軍瞬間被一片黃色的汪洋大海淹沒，心急之下，親自率領麾下兩萬精兵衝入敵陣，以接應向南行。兩軍會合以後，士氣大振，向南行一馬當先率領麒麟軍衝出了重圍，向寧率領兩萬精兵斷後阻擊。眼看就要脫離墨菲帝國大軍的包圍，卻被一支冷箭射中背心。向寧幾乎被那一箭強大的勁力給翻下馬去。

此時已經回歸本陣的向南行將鄭羊君交給了正在後軍壓陣的向北行，看到父親受傷，立刻率領麒麟軍反身殺回，向北行也趁機指揮大軍掩殺，浴火鳳凰軍團在向家兄弟拚死搏殺的激勵之下，士氣高漲，大舉衝殺，一口氣將墨菲帝國的大軍殺退到了三里之外，方才回轉。此刻向寧已經是面色如土，身後冷箭射入有五寸之深，傷口周圍已經是滲出一圈黑色的圓暈。隨軍的大夫此刻已經急得是滿頭大汗，卻不知該怎樣才好。

看到向家兄弟回來，向寧面色蠟黃，伏在軍榻之上低聲說道：「立刻回轉定天府！」話音剛落，便昏倒在軍榻之上。

「父親！父親！」向南行憂急地喊道。

一旁的向北行臉色陰沉，絲毫沒有大戰後的喜悅。他看著身邊的軍醫，沒有驚慌，沉聲問道：「告訴我，父帥到底傷勢如何？」

「四將軍，那箭枝恐怕是毒箭，而且箭頭之上帶有倒鉤，屬下不敢妄動！」

「是何種毒箭？」

「看傷口的狀況，好像是墨菲帝國特有的風狼毒箭！」軍醫小心翼翼的回答，他知道，此刻他的回答如果有半點的差池，眼前這位年輕的四將軍會毫不猶豫將他一劍斬殺。這向四將軍不比其他的將軍，性格極爲陰沉，平日裏沉默寡言，但是心腸之冷酷，就連最爲好戰的向三將軍都無法與他相較！所以整個軍團中，除了國君許正陽之外，他的心腸最爲狠辣，當年幾次的屠城，都是國君下令，他來執行，可以說是殺人如麻的人物，這樣的人物在這樣的情況下，還是小心爲好。

看了一眼向寧背上的箭枝，向北行眼中流露出一絲悲傷，他輕聲問道：「那箭是否可以拔出？」

「四將軍，箭深有五寸，而且箭頭帶有鉤刺，如果拔出，恐怕父帥會有危險！」軍醫看著向北行陰沉的臉回答道。

看看正在痛哭的向南行，向北行心中也有些難受，他知道自己這個三哥對父親最爲孝順，但是現在不是痛哭的時候。向北行從很久以前就學會了隱藏自己的情感，從那一次千里奔襲建康，被主帥責罰，他的心就已經變得冷酷，他發誓，決不會放過任何和自己敵對的人，因爲那一次，受責罰的還有自己最爲尊敬的主帥，在一次次的殺戮中，向北行學會了冷靜，學會了隱藏自己的感情，就像現在，自己雖然也十分痛苦，但是他知道現在不是痛哭的時候，因爲就在營外，還有十萬墨菲帝國的大軍虎視眈眈。輕聲的說道：「三哥，斷箭吧！」

向南行緩緩抬起頭，淚眼朦朧地看著向北行，點點頭。伸手將佩劍拔出，向南行雙手竟然有些顫抖，要知那箭簇深入向寧肉體，箭桿的受力處就在向寧的背心傷口，稍不留神，便會使得箭桿晃動帶動箭簇，向寧立刻就有性命之憂。那墨菲的兵器向來打造精細，長箭桿乃是用上好的硬木製作，箭桿反覆地刷過幾遍桐油大漆，油亮光滑，極難著力。

「三哥！」向北行口氣嚴厲，「父親如今身受重傷，必須趕回定天府治療，目下我們要以大局為重，不是和墨菲的賊人算帳的時候，你我必須要安全的將父親送回，這才是要事，三哥，你個性暴烈，容易衝動，還是率領大軍先行離去，在定天府和大哥等人會合，我率領三千鐵騎斷後，在定天府和你們會合！」

向南行也知道眼前自己的情緒有些失控，無法斷後，只能點頭答應。向北行又吩咐了數句，帳中的眾將紛紛領命而去。

烏雲遮月，秋風蕭瑟，墨菲帝國的營地中篝火軍燈閃爍，一派森嚴戒備。他們想明日將主帥奪回，一雪恥辱。因為按照墨菲的軍法，主帥戰死，將士無罪，主帥被俘，三軍大將和護衛親兵一律死罪。如今帝國主帥兼統帥的鄭羊君被生擒，不奪回主帥，誰敢撤軍？所以，墨菲的將領們都在默默準備，準備第二天的血戰。

太陽初生，墨菲大軍結陣在陣前，他們在等待！修羅帝國的營寨中炊煙嫋嫋，戰旗獵獵，卻沒有半點的動靜。

「不對！」墨菲的將領感到有些不妙，立刻揮動大軍衝向修羅帝國的營寨，牛角號聲淒厲的長鳴，黃色的鐵騎如同潮水一般，瞬間席捲上了北面的山地，但是所有的人都愣住了，營寨中空蕩蕩無一長物，只有枯黃的秋草和虛插的旗幟在蕭瑟秋風中搖曳。

「修羅帝國，你們這群膽小鬼！」墨菲的將領憤怒地咒罵道。

「父親！」向家四兄弟痛哭失聲。

「閉嘴！男兒流血不流淚！哭哭啼啼，淨做些婦人態，爲父爲你們感到恥辱！」向寧怒聲呵斥道。四兄弟緩緩止住哭聲，隱約間抽泣聲響起。看著眼前的四個兒子，向寧笑了：「你們都已經長大了，多年的磨練，已經讓你們成爲男子漢了！東行老實、穩重，如果不是早年受傷，必然也是一代高手；西行堅韌，也已經無需爲父操心，唯有南行和北行，南行性格有些暴烈，極容易衝動，這樣絕非好事，北行過於陰冷，也不是一件美事，爲父擔心呀！」

「父親，我們一定改！」

「呵呵，那倒是不必，你們本來的性格就是如此，我只希望你們能夠相互幫助，輔佐聖上一統炎黃，不要讓爲父失望！」向寧一口氣說了這許多話，隱隱感到疲憊，喘息了一會兒，他接著說道：「轉告聖上，就說墨菲如今強大，如果自正面強攻，我等傷亡必將慘重，請聖上早日想出辦法，也好解萬民於水火之中！」

「我等定將父親的話轉告聖上！」四人神色鄭重地看著向寧答道，他們知道向寧已經時間不多了，因爲他臉上的那片潮紅已經漸漸消退。

向寧緩緩的抬起頭，「我向寧自跟隨王爺，追隨浴火鳳凰戰旗五十餘載，殺人無數，戰功顯赫，沒有想到在這大業將成之際卻……王爺，寧子來見你了！」向寧悲呼道，言猶未了，一口鮮血噴出，帶著些許遺憾，緩緩閉上了雙眼。

「父親！」四子同時撲上，放聲大哭。

……

請續看《炎黃戰神傳說6》

天下炎黃 卷5 絕世之戰（原名：炎黃戰神傳說）

作者：無極
出版者：風雲時代出版股份有限公司
出版所：風雲時代出版股份有限公司
地址：105台北市民生東路五段178號7樓之3
風雲書網：http://www.eastbooks.com.tw
官方部落格：http://eastbooks.pixnet.net/blog
Facebook：http://www.facebook.com/h7560949
信箱：h7560949@ms15.hinet.net
郵撥帳號：12043291
服務專線：(02)27560949
傳真專線：(02)27653799
執行主編：朱墨菲
美術編輯：許惠芳

法律顧問：永然法律事務所 李永然律師
北辰著作權事務所 蕭雄淋律師

版權授權：蔡雷平
初版日期：2013年10月
初版二刷：2013年10月20日
ISBN：978-986-5803-15-5

總經銷：成信文化事業股份有限公司
地 址：新北市新店區中正路四維巷二弄2號4樓
電 話：(02)2219-2080

行政院新聞局局版台業字第3595號 營利事業統一編號22759935

定價：280元　特價：199元

國家圖書館出版品預行編目資料

天下炎黃 ／ 無極著. -- 初版-- 臺北市：風雲時代，
2013.07 -- 冊；公分

ISBN 978-986-5803-15-5（第5冊；平裝）

857.7　102012853